Zoutelande

Linda van Rijn

Zoutelande

Literaire thriller

uitgeverij
marmer

Juli

HOOFDSTUK 1

RECHERCHEUR SUZANNE DE NOOIJER LIEP MET SNELLE passen over het strand. De zee had zich teruggetrokken, maar het zand was nog nat. Ze vorderde snel. Het was warm, de zon was al uren geleden opgekomen. Toen Suzanne rond vijf uur wakker was geworden, was het al licht aan het worden. Ze was eraan gewend dat ze bij het krieken van de dag klaarwakker in bed lag, hoe laat ze ook naar bed ging. Weinig slaap nodig hebben was zowel een vloek als een zegen. Inmiddels had ze het maar gewoon geaccepteerd. Haar dag telde meer uren, dat was prettig.

In de uren dat anderen nog lagen te slapen, had zij heel wat af gepiekerd, zeker wanneer ze aan een ingewikkelde zaak werkte. Zodra de radertjes in haar hoofd begonnen te draaien, leek het of iedere vezel in haar lichaam wakker werd. Soms was het fijn wat tijd te hebben om haar gedachten ongestoord de vrije loop te laten, maar even zo vaak had zelfs de kleinste gedachte aan een zaak het laatste restje slaap definitief weggepoetst.

Haar laatste zaak was net vorige week tot een oplossing gekomen, vrij abrupt, doordat de man die ze tot dan toe als een belangrijke getuige hadden beschouwd, zomaar uit het niets een volledige bekentenis aflegde. Suzanne wist nog steeds niet waarom hij dat had gedaan, maar volgens zijn advocaat was zijn gewetenswroeging hem te veel geworden. In ieder geval hadden ze na maanden eindelijk antwoord op de vraag wie er verantwoordelijk was voor het begraven van een zestigjarige vrouw in haar eigen tuin in Domburg, en wie kort daarvoor haar schedel had ingeslagen met een voorwerp dat hard en zwaar moest zijn geweest. Een honkbalknuppel, was het vermoeden geweest. Een stompe hamer, had de dader opgebiecht. Zo eentje die jaren in een schuur had gelegen en zomaar ineens van een nutteloos stuk gereedschap tot een moordwapen was verworden. Het motief was nog volkomen onduidelijk, maar met de bekentenis was de zaak zo ver opgelost dat het rechercheteam gehalveerd had kunnen worden. Suzanne hoorde bij de rechercheurs die van de zaak waren gehaald. De afgelopen week had ze zich beziggehouden met kleine zaken – inbraken, een geval van stalking dat niet veel om het lijf leek te hebben, twee autobranden. Ze richtte haar blik recht vooruit. De komende week zou er anders uitzien, dat wist ze wel zeker.

Verderop, ter hoogte van de paalhoofden, had zich een groepje collega's verzameld. Een meter of twintig meer richting de duinen stond nog een groep mensen, groter. Publiek. Er waren al schermen geplaatst, die klapperden in de wind. Rood-wit afzetlint hield de mensen op afstand, een paar collega's waren belast met de taak om pottenkijkers te weren. Het was een prachtige zaterdagochtend in het hoogseizoen, de groep groeide in rap tempo aan. Suzanne wierp een blik op de zee. Rustig rolden de golven het strand op. Het ruisende ritme zat zo in haar hoofd, dat ze het amper nog opmerkte. Er stond een lichte bries, die zout aanvoerde dat ze op haar lippen proefde.

Ze veegde een lok blond haar weg die was losgeraakt uit haar staart. Hij plakte aan haar voorhoofd. Als rechercheur droeg ze geen uniform, behalve af en toe een windbreker met groot het woord POLITIE op de achterkant. Dat betekende echter niet dat ze op warme dagen als deze de vrijheid had om in een korte broek te verschijnen. Haar jeans voelde warm rond haar benen en haar donkergroene sneakers begonnen vol zand te lopen.

In haar hoofd maakte ze alvast een voorstelling van wat ze zo meteen te zien zou krijgen. Ze hield bijna onmerkbaar even haar pas in. Een seconde, misschien minder, had ze nodig om zich voor te bereiden. Er flitsten plaatjes voorbij op haar netvlies.

Het wende nooit echt.

Ze was niet dol op verdrinkingen. Hier in Zeeland waren het er nogal wat. Ze herinnerde zich de eerste keer dat ze een lichaam had gezien dat lang in het water had gelegen. Ze was drieëntwintig en net begonnen als agent op straat. Een wandelaar had 'iets' in een sloot gezien, was zijn melding geweest. Het was tegen het einde van een nachtdienst, in het late voorjaar. Het gras op de walkant was nat geweest van de dauw. Ze was nog bijna in het water gegleden, wat haar collega geestig had gevonden. Op de plek waar de melder mogelijk iets had gezien, was de begroeiing dicht. Riet had hun het zicht ontnomen en aan de rand van de sloot dreef een kleed van kroos, afgebroken takken en waterplanten. Ze waren ruim een halfuur aan het zoeken geweest en wilden het net opgeven, toen Suzanne ineens een heel eind verderop die schoen had gezien.

Hij lag er al een tijdje, waarschijnlijk meer dan een maand. Ze wist van het opzwellen, de grijze kleur van de huid, de ontbinding, maar die theorie had haar op geen enkele manier kunnen voorbereiden op de aanblik. Ze had de rest van de dag zitten trillen, ze had geen hap door haar keel kunnen krijgen en dat ze niet had overgegeven, was te danken geweest aan een uiterste krachtsinspanning.

Het wende misschien niet, maar ze had inmiddels genoeg verdrinkingen meegemaakt om niet meer te schrikken. Het slachtoffer van vandaag had niet lang in het water gelegen, dat scheelde. De identificatie moest nog plaatsvinden, maar de collega's ter plekke hadden al gezien wie het was, aangezien haar foto nog geen anderhalf uur geleden was geüpload in het systeem onder het kopje 'vermiste personen'. Stralend gezicht, brede lach, knappe vrouw.

Ze heette Hilde en ze kwam uit Antwerpen, had Suzanne in de auto begrepen van Jaap, haar collega die nu naast haar liep en steeds wat harder begon te hijgen. De melding van vermissing was gedaan door Hildes man, met wie ze hier op vakantie was. Ze was gaan hardlopen, vroeg in de ochtend. Halfzeven, wat de echtgenoot wist omdat hij nog sliep en zijn vrouw hem een berichtje had gestuurd dat hij zou lezen als hij wakker werd. Dan hoefde hij zich niet ongerust te maken, stond erin. Ironisch, achteraf gezien. Of misschien was bitter een betere omschrijving.

Het had anderhalf uur geduurd voor de echtgenoot zich toch zorgen was gaan maken, twee uur tot hij zelf was gaan zoeken en nog eens een halfuur tot hij de politie had gebeld. Het was nooit makkelijk om bij een dergelijke melding de urgentie in te schatten. Het was niets voor haar om weg te blijven, had de echtgenoot gezegd. Als Suzanne een inschatting moest maken, zou ze zeggen dat in de helft van de vermissingszaken het niets voor diegene was om zomaar de benen te nemen. In slechts een klein deel van de gevallen was de verdwijning daadwerkelijk onvrijwillig.

Gelukkig was zij niet verantwoordelijk voor de beslissing om al dan niet te gaan zoeken. Er waren protocollen, natuurlijk, maar zoals zo vaak had je daar in de praktijk maar weinig aan. Het protocol schreef voor dat er bij kinderen meteen begonnen werd met zoeken en dat er bij volwassenen een afwachtend beleid werd gevoerd, tenzij er een aanleiding was om onmiddellijk op te schalen. Dit leek Suzanne een protocol van het soort waar je alle kanten mee op kon. In het geval van de vermiste Hilde had de verantwoordelijk inspecteur in samenspraak met de officier van justitie besloten eerst maar eens een klein team op te zetten, dat naar haar zou uitkijken en ondertussen wat dingen zou uitzoeken. Toen Hildes echtgenoot – Wout, had Suzanne inmiddels begrepen – twintig minuten later had gebeld om te zeggen dat hij haar kleding had gevonden, waren er een paar rechercheurs aan het team toegevoegd.

Haar hardloopkleding en haar schoenen lagen helemaal aan de rand van het strand, keurig opgevouwen en opgestapeld. Haar ondergoed zat erbij. Suzanne stond zichzelf tegelijkertijd wel en niet toe alvast een voorstelling te maken van wat er gebeurd kon zijn.

Nog een meter of dertig. Ze kneep haar ogen samen. Ondanks haar zonnebril had ze last van het felle licht. De collega's en de palen benamen haar het zicht op wat daar op de grond moest liggen. 'Ik snap niet dat jij dit kunt', had Ger, haar beste vriend, onlangs nog gezegd. 'Altijd maar dat bloed.'

Maar bloed was niet erg. Dat was iets technisch. Een hoeveelheid die je kon inschatten, een spattenpatroon dat je kon analyseren. Van de meeloopdagen bij de technische recherche in het kader van haar opleiding had ze genoten. De analyses, de verklaring die school in een halve millimeter menselijk materiaal onder een vingernagel, hoe een afgebroken mensenhaar of de vorm van een bloeddruppel de sleutel tot de oplossing van de zaak kon zijn – fascinerend, dat vond ze nog steeds. Toch had ze niet voor die richting gekozen. Ze hield van haar eigen werk. Het vragen, het puzzelen, het eindeloos zoeken, het wroeten. Het samenwerken, intensief, soms letterlijk dag en nacht. De kick als een zaak was opgelost.

Er was lang niet altijd bloed, trouwens. Hier, op het randje van land en zee, was water de grotere vijand. Als je niet oplette dan. Elk seizoen verdronken er wel een paar badgasten, hoeveel waarschuwingscampagnes de Reddingsbrigade en de politie ook opzetten. De zee was nu eenmaal geen zwembad. Het verontrustte Suzanne weleens hoeveel mensen nog nooit van muien hadden gehoord of dat toeristen zich er niet bewust van waren hoe gevaarlijk paalhoofden konden zijn.

Ze was er nu bijna. Twee collega's zetten net een scherm

neer dat haar het zicht op de plaats delict benam. Ze knikte hun toe. Legitimatie was niet nodig, ze kende beide mannen al jaren. Zo groot was het korps niet.

De plaats delict was maar klein: het lichaam en een paar meter eromheen. De vrouw lag op haar rug, haar hoofd richting de duinen, haar benen gebogen, haar gezicht naar links gedraaid. De rechterzijkant van haar romp was geschaafd en gebutst door de paalhoofden. Haar gezicht vertoonde blauwe plekken aan diezelfde kant.

Suzanne sloot even haar ogen. Iedereen had zo z'n eigenaardigheden. Er was een collega die in twintig jaar bij de recherche nooit een lijk had aangeraakt, ook niet met handschoentjes. Alles kon hij aan, als hij maar geen fysiek contact hoefde te hebben. Niet aanraken was de afstand die hij nodig had om te kunnen loslaten.

Zijzelf had het met ogen. In het begin had ze vaak nachtmerries gehad van die starende ogen, en de ultieme doodsheid die eruit sprak. Ze had er niet over gepraat, omdat ze als groentje vond dat ze er maar aan moest wennen. Tot een oudere collega een keer had bemerkt hoeveel mentale drempels ze over moest, voor ze naar een lijk durfde te kijken. Achteraf had hij haar gevraagd of het wel ging met haar en die vraag was voor haar genoeg geweest om in snikken uit te barsten. Het was een enorme geruststelling geweest om te horen dat haar collega – en met hem vele anderen – in het begin ook last had gehad van die angsten. Dat het normaal was, dat ze er niet in haar eentje mee hoefde te dealen.

'Als je hun blik ontwijkt, gaat het beter', had haar collega haar geleerd, en dat was ook zo. Sindsdien probeerde Suzanne altijd om oogcontact met een lijk te vermijden.

In de negen jaar dat ze nu als rechercheur werkte, was ze er steeds handiger in geworden. Tegenwoordig ging het zo goed als vanzelf. Achteraf, op een foto, ging het beter. Dan was de afstand al gecreëerd, dan kwam de blik minder binnen.

De vrouw was blank, redelijk jong, begin dertig. Blond haar dat nu nat en vol zand en klitten slordig rond haar hoofd gedrapeerd lag. Er moest een elastiekje zijn geweest, dacht Suzanne onwillekeurig. Wie ging er nu hardlopen met los haar?

De huid was groezelig, blauwig ook. Kapotte lippen, daar moesten ze later nog naar kijken. Het zou de patholoog ook zeker opvallen. Haar blik gleed over het naakte lichaam. Ze was slank, op het smalle af. Kleine borsten, lange benen, roodgelakte teennagels. Dichtbij klonk het klikken van een camera. Bert, de vaste fotograaf, schoot zijn klinische plaatjes. Veraf, meer ingezoomd, details of juist foto's van de meters rondom het lichaam, en nog verder. Foto's die de komende uren – dagen – uitgebreid bestudeerd zouden worden. Het lichaam zelf ook. Dat zou straks naar het mortuarium gaan, waar de patholoog-anatoom zijn onderzoek zou doen. De zichtbare beschadigingen aan de zijkant verdienden extra aandacht, al vormden de paalhoofden een logische verklaring. Suzanne keek naar de dubbele rij houten palen, van de waterlijn tot halverwege het strand, en op sommige plekken verder dan dat. De twee evenwijdige rijen stonden een meter of tien bij elkaar vandaan. Karakteristiek voor dit gebied, fotogeniek bovendien. Nuttig, omdat ze waren geplaatst om de erosie tegen te gaan. Ze maakten de getijdenstromen minder sterk, waardoor er minder zand werd meegenomen. Maar ze waren ook gevaarlijker dan ze leken. Bij vloed verdwenen de rijen onder water, onzichtbaar voor nietsvermoedende zwemmers, die er soms hard mee in aanraking kwamen. Rondom de palen was de stroming onvoorspelbaar, ook iets om rekening mee te houden. Suzanne wierp nog een blik op de verwondingen – voornamelijk schaafwonden en blauwe plekken. Het zou weinig moeite kosten om vast te stellen of een botsing met de paalhoofden daar inderdaad de oorzaak van was, en ook of dat voor of na het overlijden was gebeurd. Voor, vermoedde ze, vanwege de bloeduitstortingen. De verwondingen op zich waren gemeen, maar zagen er op het oog allerminst dodelijk uit.

'Ik heb het wel', zei Bert, die door de foto's op zijn camera scrolde. Suzanne zette een stap achteruit. Leden van de technische recherche liepen rond en pikten zo nu en dan iets op van het zand, maar iedereen wist dat de kans op sporen nihil was. Het water had alles al lang en breed meegenomen.

'Zullen we?' vroeg Jaap, die weer achter haar opdook. Zojuist, bij de teambriefing, had de inspecteur de koppels gemaakt en de taken verdeeld. Zij en Jaap waren verantwoordelijk voor het zoeken en horen van getuigen. Suzanne knikte. Een man en een vrouw liepen om het scherm heen in de richting van het lichaam, een brancard met daarop een zwarte bodybag tussen hen in.

Suzanne liep weg tot het punt waarop de schermen haar zicht op de duinen niet langer blokkeerden. Dit stuk van het strand was zeker niet het drukste en de kans op getuigen die al om halfzeven over het wandelpad door het duin hadden gelopen, was niet zo groot. Ze keek naar de strandtent die zo'n honderd meter naar links lag. Gesloten tot tien uur.

'Laten we daar maar beginnen', zei Jaap, met een knik in de richting van de inmiddels behoorlijk grote groep nieuwsgierigen. Suzanne liep achter hem aan. Ze bemerkte de opwinding bij de groep toen ze naderden. Het was een vreemd soort opwinding: sensatiezucht vermengd met iets van afschuw. Ondanks de schermen had het publiek allang door wat er gaande was.

'Is het die hardloper?' vroeg iemand. Op social media was al een haastig in elkaar geflanst opsporingsbericht verspreid, Suzanne ging ervan uit dat de echtgenoot de afzender was.

Ze gaf geen antwoord. Zonder overleg verdeelden Jaap en zij hun taken. Suzanne hield haar informatie kort en zakelijk en liet het praten aan anderen over. Maar hoe graag iedereen ook iets wilde bijdragen, niemand wist iets, niemand had iets gezien, niemand kende de vrouw. Vanuit haar ooghoek zag ze een zwarte pick-up in de richting van de schermen rijden. In gedachten zag ze de bodybag voor zich, het laatste stukje van de rits dat werd dichtgetrokken.

Het wende nooit.

September

HOOFDSTUK 2

ZE WAS SCHOR GEWORDEN. MISSCHIEN NIET ZO GEK NA ruim een uur keihard meezingen met de radio, het raam noodgedwongen open omdat ze de airco nog steeds niet had laten repareren. Ach, zo kreeg je nog eens iets mee van wat er buiten gebeurde, dacht Eline van As nonchalant, al minderde ze niet alleen vaart maar toch ook maar wat volume nu ze de file in reed. Het mocht dan eind september zijn, nazomer, het asfalt zinderde nog in de zonnestralen die weinig aan kracht hadden ingeboet. Wat een geluk, dacht ze, terwijl de auto helemaal tot stilstand kwam en ze genietend haar gezicht naar het open raampje draaide. Op deze manier was ze al bruin voor ze überhaupt op het strand was.

Niet dat het nodig was om aan haar teint te werken. 'Je ziet eruit alsof je vier maanden aan de Costa hebt gelegen,

Van As', had Joost, haar leidinggevende, vorige week weer eens subtiel opgemerkt. Eline had er hartelijk om gelachen. Zij kon er toch niets aan doen dat ze altijd zo makkelijk bruin werd, hoe vaak ze zich ook insmeerde met factor dertig of hoger? Het kwam ook door haar haar, dat in de zomer nog blonder werd dan anders. Dan leek haar gezicht al snel lekker gekleurd. En dat ze in het weekend zoveel mogelijk tijd buiten doorbracht, hielp natuurlijk ook.

Voor haar kwam de rij auto's weer wat in beweging. Eline richtte haar blik op de weg en trapte het gaspedaal zachtjes in. Het was vrijdagmiddag, iets na vijf uur. Volgens de navigatie was het twee uur rijden van haar huis in Amsterdam naar Zeeland, maar ze rekende op minstens een halfuur vertraging. Het deerde haar niet. Iets waarop ze toch geen invloed had, zoals het verkeer, zou haar humeur niet kunnen verpesten. Er was sowieso maar weinig dat haar humeur kon verpesten. Ze had uitgekeken naar de week die voor haar lag, naar tijd met haar vriendinnen, naar uren bijkletsen, zwemmen, wijn drinken op het strand. Dankzij de vakanties uit haar jeugd stond Zeeland voor haar nog altijd symbool voor ontspanning. Ze kon de voorbode daarvan al voelen bij de gedachte alleen.

Eline trapte het gaspedaal wat verder in. Het was nog altijd druk op de weg, maar het naaldje van de snelheidsmeter tikte nu al bijna de negentig kilometer per uur aan. Op de radio speelde de top veertig verder. Onwillekeurig gleden haar gedachten naar haar vriendinnen.

Hoelang kende ze Lydia en Sascha nu al? Vijfentwintig jaar? Nee, het moest langer zijn. Er was een foto van hen drieën op het strand van Zoutelande, gemaakt in het jaar dat hun ouders elkaar hadden ontmoet. De peutertjes op het zwart-witbeeld waren allemaal drie jaar. Negenentwintig jaar geleden, en sindsdien hadden ze elkaar elk jaar gezien, soms zelfs meerdere keren. Nooit was er een jaar overgeslagen.

De eerste jaren was het makkelijk geweest. De ouders van Lydia hadden een pension, waar Elines ouders en die van Sascha ieder jaar een appartement huurden. Twee of drie weken in de zomervakantie, soms vier als de zaak van haar vader een goed jaar had gedraaid. Sascha was er altijd vijf weken met haar ouders, de zomerse onderbreking van hun leven in een Rotterdamse flat zonder balkon. Eline zelf was opgegroeid in Amstelveen, niet ver van het uitgestrekte Amsterdamse Bos. Toch stond het Zeeuwse strand symbool voor haar beste jeugdherinneringen. Ze had zich eigenlijk nooit afgevraagd waarom ze elk jaar naar dezelfde plek gingen, ook niet toen het langzaam maar zeker normaler werd dat klasgenootjes op vliegvakantie gingen naar landen als Griekenland of Spanje. Ze had er geen behoefte aan gehad, haar ouders evenmin. Die waren, toen Eline en haar broer al volwassen waren, nog jarenlang iedere zomer naar Zeeland vertrokken, ook al bestond het pension van Lydia's ouders inmiddels niet meer.

Ze voelde een steek in haar buik, de inmiddels vertrouwde pijn als ze aan haar vader dacht. Hij had vorig najaar nog net meegemaakt dat Lydia en Gert de strandtent kochten en hij had zich al verheugd op het moment dat hij en haar moeder bij hen konden verblijven.

'De volgende generatie staat op', had hij gezegd, met iets van trots in zijn stem, omdat hij hield van dat soort symboliek.

Helaas zou hij het moment dat de bovenverdieping van de strandtent het volgende jaar als appartementen verhuurd zou worden, niet meer meemaken. Een raar hoestje waarmee hij vorig najaar na een week of wat toch maar naar de huisarts was gegaan, bleek de voorbode van verpletterend nieuws. Eline herinnerde zich nog alles van die ene dag, de dag waarop ze met haar ouders mee was gegaan naar het ziekenhuis om de uitslag van de onderzoeken te horen. Ergens had het haar al die tijd al niet lekker gezeten. Haar vader was nooit ziek, en dan nu ineens dat gekke hoesten, dat maar niet overging. Hij was ook afgevallen, naar eigen zeggen omdat hij niet kon slapen en daardoor veel meer energie verbruikte dan anders. Wat natuurlijk een onzinnige diagnose was, maar omdat Eline niet aan iets anders had willen denken, had ze hem maar geloofd. Tot haar moeder hem had gedwongen een afspraak te maken bij de huisarts, die hem op zijn beurt onmiddellijk naar de longarts had doorgestuurd. Tien dagen na het consult bij de huisarts had Eline met haar ouders met open mond geluisterd naar wat de longarts had gezegd. Uitgezaaide longkanker, niet behandelbaar, een prognose van zes maanden.

Verschrompeld, dat was het enige woord dat Eline kon bedenken voor haar vader op dat moment. Van de grote, immer opgewekte man die zij kende, was ineens niets meer over. Verslagen zat hij op zijn stoel, zijn handen in elkaar verstrengeld op zijn schoot, zijn blik gericht op de muur achter de dokter, waarop niets bijzonders te zien was.

'Het spijt me', had de arts nog gezegd, en hij leek werkelijk aangeslagen. Het gesprek dat daarna volgde, was deels langs haar vader heen gegaan. Eline daarentegen had op het puntje van haar stoel gezeten, scherp, vol vragen. Wat als we voor chemotherapie gaan, wat als we voor een operatie gaan, experimentele behandelingen, het kan toch niet dat er níets meer mogelijk is? Geduldig had de arts haar vragen een voor een beantwoord. Een operatie was zinloos nu de kanker al op zoveel plekken was gegroeid. Chemotherapie kon hooguit levensverlengend werken, maar dan had je het over weken, geen maanden. En je moest je afvragen wat de kwaliteit van dat leven was, als je ziek was van de chemo. 'Weken is veel', had Eline gezegd, zich vastklampend aan een strohalm die, als ze rationeel was, veel te klein en te dun was.

Dat was het moment waarop haar vader iets had gezegd. 'Nee', was er beslist uit zijn mond gekomen. 'Geen chemo. Ik wil mijn laatste maanden zo gezond mogelijk doorbrengen, niet ziek van de medicatie.'

Het tekende haar vader. Hoe groot de klap ook was, hoe verslagen hij zich ook voelde, hij wist wat hij wilde. En wat hij niet wilde.

Met een stapel folders over palliatieve zorg, thuiszorg, stervensbegeleiding en, op verzoek van haar vader, euthanasie, waren ze het ziekenhuis uit gelopen. Haar vader had zelf Remco, haar broer, gebeld, die meteen in de auto was gestapt. Die avond hadden ze als gezin bij elkaar gezeten en uren gepraat, over vroeger, en over nu, over hoe het verder moest. Er was gehuild en gelachen, en elke keer als Eline terugdacht aan die uren, werd ze overspoeld door een warm gevoel.

Terwijl ze opnieuw afremde omdat er file ontstond, bedacht ze hoe bijzonder het was dat dat warme gevoel die laatste periode met haar vader niet was verdwenen. Alsof alles wegviel wanneer je je realiseerde wat er echt toe deed. En wat er echt toe deed, was liefde. Niet alleen voor haar vader, of allebei haar ouders, maar ook voor het leven. Want als er iets was wat haar vader haar had bijgebracht, was dat het wel.

'Stop niet met genieten', had hij haar in die laatste weken zo vaak gezegd. 'Als je dat doet, dan ben ik pas echt dood.'

Dat was makkelijker gezegd dan gedaan. De voorspelde zes maanden waren uiteindelijk slechts zes weken geworden. Hij overleed eind oktober, en met zijn dood trad ook meteen de herfst in. Wekenlang striemde de regen tegen de ruiten, alsof de hele wereld meehuilde. Eline kon toch al slecht tegen dit soort weer en had soms moeite gehad een reden te bedenken om uit bed te komen. Ze was een vaderskind geweest, altijd al. En nu voelde het verlies alsof ze een deel van zichzelf was kwijtgeraakt.

Het waren zijn eigen woorden geweest die haar door dat eerste, diepe dal heen hadden geholpen. Blijf genieten. Ze had zichzelf gedwongen elke dag iets te doen waar ze blij van werd. Lekkere koffie in een hip tentje, een wandeling door het bos, uitgebreid bellen met vriendinnen, vaak ook Sascha en Lydia, die haar vader ook zo lang hadden gekend. Even bij haar moeder langs. Haar moeder, die had laten zien hoe je tegelijkertijd verdriet en zin in het leven kon hebben. Ze miste hem, natuurlijk miste ze hem. Maar dat weerhield haar er niet van om er net als Eline elke dag op uit te gaan, om het leven te nemen zoals het kwam en er nog steeds de mooie dingen uit te pikken. Als er al iets moois was voortgekomen uit het drama van het afgelopen jaar, was het dat Eline niet alleen meer bewondering voor haar moeder had gekregen, maar ook dat hun band hechter was geworden. Ze gingen er nu weleens samen op uit, onlangs nog een weekend naar Antwerpen. Dat was nooit gebeurd toen haar vader nog leefde. Ook was ze dichter naar Remco toe gegroeid. Hun band was altijd goed geweest, maar ze hadden hun eigen levens gehad waarin de ander niet echt een rol speelde. Dat was nu anders. Steeds vaker belde ze haar broer, die meer een vriend was geworden. Zonder het uit te spreken, waren ze gaan inzien hoe waardevol familie was en hoe kwetsbaar dat bezit was.

Dat alles nam niet weg dat ze haar vader natuurlijk ontzettend miste. Deze zomer, toen haar moeder toch weer naar Zoutelande was gegaan, maar nu in haar eentje, had Eline gehuild bij iedere foto die haar moeder stuurde. En toen ze onlangs op zoek was naar een berichtje van iemand, was ze door de app-conversatie met haar vader in haar telefoon gescrold. Ze had zitten lezen wat ze allemaal naar elkaar hadden gestuurd en daarbij was het verdriet in steeds sterker wordende golven komen opzetten. *Hou van jou,* dat had hij vaak gestuurd. *Trots op jou,* dat ook. Het verdriet was de keerzijde van die glanzende medaille, dat realiseerde ze zich heel goed. De prijs die ze betaalde voor het feit dat ze zichzelf altijd gelukkig had geprezen met zo'n vader.

Ze voelde haar keel alweer dik worden bij haar eigen gedachten. Hier, in de auto, had ze ook gewoon te veel tijd om na te denken. En nu pas realiseerde ze zich dat ze de afgelopen weken naast zin in de vakantie ook een bepaalde zwaarte had gevoeld.

Ze haalde diep adem, haalde haar hand langs haar ogen om een ontsnapte traan weg te vegen en slikte een paar keer. Er waren momenten dat ze het verdriet wilde voelen, dat het zo ver was opgebouwd dat het er een keer uit moest. Dan stond ze zichzelf toe erin mee te gaan. Maar niet nu, nu wilde ze zich richten op wat voor haar lag en waar ze naar had uitgekeken. Er zouden deze week nog genoeg momenten komen waarop het gemis groter zou voelen dan anders. Heel Zoutelande lag vol herinneringen aan haar vader.

Ze dwong zichzelf haar gedachten in een andere richting te sturen. De strandtent van Gert en Lydia bijvoorbeeld, waar ze zo hard voor hadden gewerkt. Eerst met de verbouwing en daarna in het drukke zomerseizoen. Eline wist hoe onzeker Lydia was geweest, hoe vaak ze wakker had gelegen van de enorme investering die ze gingen doen en waarvoor ze bij de bank een lening hadden afgesloten.

'Straks mislukt het', had ze vaak gezegd. 'Straks komt er helemaal niemand, slaat ons idee totaal niet aan.'

Eline had geen moment geloofd dat dat echt zou gebeuren. Nog los van het feit dat de strandtent prachtig verbouwd was en dat Gert en Lydia allebei beschikten over een feilloos gevoel voor wat hun gasten wilden, zat het tij ook mee. Zeeland was populair, niet alleen bij Duitsers en Belgen, maar ook bij steeds meer Nederlanders. Het hoogseizoen duurde grofweg van april tot oktober, met een enorme piek in de zomervakantie. De strandtent lag net buiten het dorp, op loopafstand van vrijwel alle pensions, hotels en appartementen. En dan waren er nog de toeristen die in Domburg of Vlissingen verbleven en vaak genoeg een dagje naar Zoutelande kwamen.

Lydia's zorgen bleken dan ook ongegrond. De strandtent had een prachtig eerste seizoen gedraaid. Zo druk, dat Eline haar vriendin maar weinig had gesproken. Vaak genoeg had ze gebeld, maar die telefoontjes waren steeds onbeantwoord gebleven. Meestal was er uren of soms zelfs een dag later een berichtje van Lydia gekomen dat ze het zo druk had, maar dat ze snel zou bellen. Eline nam het haar niet kwalijk, ook niet dat die belofte vaak niet was waargemaakt. Beter dit dan dat Lydia midden in de zomer alle tijd had om urenlang met vriendinnen te bellen, omdat er geen hond in de zaak was.

Terwijl het verkeer voor haar vrij plotseling verder afremde en de matrixborden boven de weg maanden de snelheid te matigen, dacht Eline aan haar vriendin. Ze had Lydia altijd gezien als iemand die in de zorg zou gaan werken. Lief, zachtaardig, bescheiden, altijd oog voor een ander. Van de keerzijde van die eigenschappen had Lydia een tijdlang echt last gehad. Ze cijferde zichzelf altijd zo makkelijk weg, bijna alsof ze zich bezwaard voelde dat ze bestond. Dat iemand rekening met haar moest houden, of zelfs maar naar haar moest kijken. Allemaal onzekerheid, natuurlijk. Het viel vast ook niet mee om op te groeien als jongste van zes kinderen. Er kon altijd wel iemand iets beter, eerder of sneller. En het hielp natuurlijk ook niet dat het gezin uit elkaar was gevallen toen Lydia zes jaar was en haar vader van de ene op de andere dag was vertrokken.

Lydia's moeder had het pension vanaf dat moment in haar eentje gerund en Eline had respect voor de manier waarop ze dat had gedaan. Alles had ze draaiende gehouden: het pension, haar gezin. Het moest enorm zwaar voor haar zijn geweest. Eline herinnerde zich nog dat Lydia's moeder sinds het vertrek van haar man altijd iets zorgelijks had gehad, dat ze altijd zo goed mogelijk probeerde te verbergen. Ze was altijd hartelijk, altijd opgewekt, maar je kon aan haar zien dat ze het niet makkelijk had. Het was natuurlijk ook verschrikkelijk wat haar was overkomen. In de steek gelaten met zes kinderen, ingeruild voor een jongere vrouw – een groter cliché kon je bijna niet bedenken. Eline vond het nog altijd ongelooflijk dat Lydia's vader nooit meer echt naar zijn kinderen had omgekeken. In haar jeugd had Lydia hem misschien eens per maand gezien, als het niet minder was. Na haar achttiende had ze het contact helemaal verbroken. Ze praatte er niet vaak over, maar Eline wist dat het vertrek van haar vader haar jeugd had getekend. Dat haar moeder daarna de weinige tijd die ze overhield naast haar werk in het pension – dat van april tot oktober een meer dan fulltime baan vormde – had moeten verdelen over zes kinderen. Automatisch ging er het minst naar degene die het minste vroeg.

Eline vond het knap hoe Lydia zich de afgelopen jaren had ontwikkeld. Hoe ze had afgerekend met de onzekerheid uit haar jeugd, hoe ze aan zichzelf en haar zelfvertrouwen had gewerkt. Hoe ze kilo's was afgevallen, niet omdat ze vond dat ze er zo beter uitzag of omdat ze dacht dat het van haar werd verwacht om slank te zijn, maar puur en alleen voor zichzelf. Ze voelde zich er beter door, had ze gezegd, zekerder. Klaar was ze ook met vriendjes die haar te makkelijk voor lief hadden genomen, haar goedheid hadden gebruikt. Drie jaar geleden was ze nog klaar geweest met vriendjes in het algemeen, had ze toen verkondigd. Eline dacht met een glimlach terug aan het moment waarop Lydia had verklaard dat ze gewoon alleen bleef, omdat ze haar eigen favoriete gezelschap was. Zij, Lydia en Sascha hadden hun inmiddels traditionele week vakantie in het naseizoen doorgebracht in een gehuurd strandhuis precies tussen Zoutelande en Domburg in. Vrijwel elke dag had Lydia het herhaald: voor haar geen mannen meer. Vijf weken later was het aan met Gert.

Eline was in de lach geschoten toen ze het hoorde. Gert van Grinsven, had ze herhaald, omdat ze het gewoon niet kon geloven toen Lydia het aan de telefoon vertelde. Ken je hem, had Lydia gevraagd. Natuurlijk kende Eline hem, iedereen kende hem. Gert was het soort man dat opviel zonder iets opvallends te doen. Extravert, aanwezig, charmant. Eigenschappen die hem met gemak een foute babbelaar konden maken, maar hij was ontzettend aardig.

Nu, drie jaar later, was het zo logisch dat Lydia en Gert samen waren. Getrouwd zelfs, al hadden ze dat dit voorjaar zonder veel poespas geregeld, omdat het makkelijker was voor de zaak. 'We vieren het nog groots', had Gert aangekondigd en Eline twijfelde er niet aan dat het een feest zou worden.

Gert en Lydia waren tegenpolen, maar het werkte tussen hen. Hij nog steeds extravert genoeg om Lydia uit haar schulp te houden, zij kalm en zelfverzekerd genoeg om Gert in toom te houden. Samen hadden ze een balans gevonden. De strandtent was een gedeelde wens, waarin ze allebei een belangrijk deel van zichzelf kwijt konden. Eline vond dat mooi. Zelf was ze nog nooit een man tegengekomen met wie ze zo'n groot project zou aandurven.

Maar over haar eigen liefdesleven moest ze sowieso maar niet te veel nadenken.

Volgende maand werd ze drieëndertig, een feit dat ze maar een beetje verdrong. Het leven leek door te gaan, zonder dat ze het echt kon bijhouden. Ze kon elke maand wel ergens op kraamvisite, als het niet vaker was. Wil jij geen kindje, was een vraag die haar te vaak werd gesteld. Wilde ze dat? Ze had zichzelf altijd als moeder gezien, maar nu de mogelijkheden niet voor het oprapen lagen, wilde ze die vraag liever niet beantwoorden.

Sascha zat in dezelfde situatie, dat was ergens wel fijn. In haar dagelijks leven had ze steeds minder vriendinnen voor wie dat gold. Ze gunde hun de wereld, maar het voelde steeds meer alsof ze als laatste overbleef.

'Gaan we leuk samen naar het bejaardenhuis', had Sascha laatst aan de telefoon gegrapt. 'Is toch ook gezellig?'

Ze hadden er samen om gegrinnikt. Elines lippen plooiden zich nu weer in een glimlach toen ze eraan dacht. Het zou fijn zijn als Sascha wat dichterbij woonde, maar haar droombaan – iets ingewikkelds dat te maken had met Sascha's grote talent voor scheikunde – had haar ertoe genoodzaakt naar het noorden van Limburg te verhuizen. Als dat niet was gebeurd, was ze waarschijnlijk in Middelburg blijven wonen, waar ze was opgegroeid. En ook dan had ze niet naast de deur gewoond. Ze spraken elkaar telefonisch of per WhatsApp, een enkele keer reden ze buiten de jaarlijkse vakantie om naar elkaar toe. Het afgelopen jaar was dat er niet van gekomen, de begrafenis van Elines vader uitgezonderd. Sascha werkte naar eigen zeggen honderd uur per week, en nu Eline net van baan was veranderd, had zij ook niet veel tijd over. Zesendertig uur had er in de vacature gestaan, maar in de praktijk waren het vijf volle dagen. Ze was in het weekend al blij als ze even niet zoveel hoefde.

Het was een geweldige baan, dat wel. Productmanager van software voor webwinkels, een baan waarin alles samenkwam. Haar voorliefde voor IT en voor sales en marketing, en, zoals haar moeder gekscherend had gezegd, 'je uitzonderlijke talent voor online shoppen'. Ze was nu vier maanden bezig en genoot enorm van wat ze deed.

Al was het alleen maar omdat ze nu niet meer elke dag Roelof tegen het lijf liep. Begin nooit iets met je collega, hadden vriendinnen haar gewaarschuwd. En dat was natuurlijk ook een slecht idee geweest, behalve dan dat Roelof zo aantrekkelijk was en dat er, toen ze eenmaal een keer hadden gezoend op een – hoe cliché – bedrijfsborrel, geen houden meer aan was geweest. Ja, ze kende zijn reputatie. Ja, ze wist dat hij doorgaans na een paar maanden wel weer op een vrouw was uitgekeken. En ja, ze had zichzelf verboden verliefd te worden, wat natuurlijk toch was gebeurd. En toen hij haar na vier maanden – lang voor zijn doen, dat wel – aan de kant zette, was haar hart echt gebroken geweest, boven op het verdriet dat ze al had gehad om haar vader. Of misschien was het stranden van haar relatie er wel een katalysator voor geweest, dat kon ook. In elk geval was de breuk gevolgd door een periode van veel stappen en weinig slaap, maar dat was ook niet zo'n goed idee geweest. Gelukkig was ze op tijd tot inkeer gekomen.

Ze zette het volume van de radio harder en zong mee met een Spaanse zomerhit, waarvan ze de tekst alleen fonetisch kende. Het nummer werd gevolgd door nog een nummer dat haar onmiddellijk naar het strand deed verlangen. Ze zat net midden in een hoge uithaal, die zo vals haar keel uit kwam dat ze blij was dat niemand haar kon horen, toen de radio stopte doordat er een telefoontje binnenkwam.

'Hé Sas', zei ze toen ze opnam. 'Waar rij je?'
De stem van haar vriendin klonk opgewekt. 'Bijna in Zeeland, jij?'
'Bij Rotterdam. File.'
'Balen', zei Sascha. 'Ik heb echt zo'n zin in onze vakantie.'
Eline voelde een kriebel in haar buik, alsof ze acht was en op schoolreis ging. 'Ik ook, ik heb jullie gemist.'
'Ben je ook zo benieuwd naar de strandtent? Volgens mij is het prachtig geworden.'
Eline knikte. Tijdens de verbouwing had Lydia regelmatig foto's naar de groepsapp gestuurd, waarop de vorderingen duidelijk te zien waren. Het oubollige interieur was er met grote hamers uit gesloopt en langzaam maar zeker was er iets opgebouwd dat hip en fris was, maar wel die typische strandtent-sfeer had. 'Ik ben blij voor ze dat ze zo'n goed eerste seizoen hebben gehad', zei ze. 'Ze hebben er hard genoeg voor gewerkt.'
'Zeg dat wel. Wat een mazzel hebben we trouwens met het weer.'
Eline knikte. Ook al was het eind september, de zomer leek zich voor dit jaar nog niet gewonnen te willen geven. Voor de komende dagen waren er temperaturen tot zelfs vijfentwintig graden voorspeld en volgens Lydia was het zeewater nog heerlijk. Wat niet alles zei, want Lydia zwom altijd van half maart tot eind oktober in de zee.
'Jij hebt gewoon zout water in je bloed', zei Eline weleens gekscherend. Zelf was ze ook dol op de zee, maar alleen als het echt warm genoeg was. Het maakte trouwens niets uit. Ze kon rustig een hele dag op het strand liggen zonder zelfs maar in de buurt van de branding te komen, en dan had ze nog een topdag.

'Ik hoop dat Lydia wel tijd heeft om ook een beetje te ontspannen', zei Sascha nadenkend. 'Ze appte wel dat het nog druk was, maar dat Gert de tent komende week samen met het personeel runt.'

'Ik hoop vooral dat ze zichzelf die ontspanning gunt', zei Eline. 'Je weet hoe ze is, ze voelt zich natuurlijk megaverantwoordelijk voor de zaak.'

Sascha liet een snufje horen. 'Zeg dat wel. Ik denk dat het moeite zal kosten om los te laten.'

Eline knikte. 'We helpen haar wel. Ik stel voor elke dag minstens één mojito bij de lunch te drinken, dan wordt het vast makkelijker.'

Sascha grinnikte. 'Dat draagt in ieder geval bij aan míjn vakantiegevoel. Maar beter van niet, dat weet je.'

Eline moest ook lachen. Als er iemand niet goed tegen te veel drank kon, was het Sascha. Gelukkig wist haar vriendin dat zelf ook en deed ze doorgaans rustig aan.

'Maar ik hoop ook echt dat Lydia wat vrije tijd heeft', zei Eline toen, serieuzer. 'De laatste tijd klonk ze zo gestrest aan de telefoon, als ze al opnam of terugbelde. En op de app was ze ook de hele tijd gehaast.'

'We gaan het zien', zei Sascha. 'Het seizoen loopt op z'n einde, dat zal wel helpen.'

Het waren die woorden waar Eline aan moest denken toen ze iets meer dan een uur later het bord met daarop ZOUTELANDE passeerde. De kalender mocht dan aangeven dat de piek van het seizoen er al op zat, de straten gaven een heel ander beeld. Het was niet makkelijk om de auto door de toch al nauwe straatjes in het Zeeuwse dorp te manoeuvreren. Er stonden veel auto's langs de kant geparkeerd – niet allemaal even recht – en op dit tijdstip waren er nogal wat voetgangers die ofwel na een lange stranddag terugkeerden naar hun appartement of pension, ofwel op weg waren naar een restaurant. Waar Eline in haar woonplaats Amsterdam makkelijk opgefokt raakte als ze niet door kon rijden, leunde ze hier ontspannen achterover. Ze schakelde de radio uit en zette het raampje helemaal open. Met haar elleboog losjes op de rand van het portier wachtte ze geduldig tot een groepje oudere toeristen aan de kant was gegaan. Het was nog warm voor het begin van de avond en de zachte wind bracht zeelucht mee, vermengd met de geur die vanuit de achterliggende straat met restaurants kwam. Ze merkte dat ze trek had. Gelukkig had Lydia net een foto van een grote schaal tapas en een fles koele witte wijn geappt.

Toen ze de rand van het dorp naderde, kon ze wat meer doorrijden. Ze passeerde een tweetal op een tandem en een ruiter die zijn paard in de berm liet draven en toen bereikte ze de parkeerplaats. Ze stapte uit en rechtte haar rug en schouders, die verkrampt waren geraakt tijdens de lange rit. Daarna haalde ze haar weekendtas uit de kofferbak en begon door de duinen richting de strandtent lopen. Toen ze op het hoogste punt was aangekomen, bleef ze staan.

Het uitzicht was prachtig. De zee was op z'n hoogst, maar het strand was op dit punt zo breed dat er nog steeds een flinke strook zand over was. Late badgasten pakten hun spullen in, langs de waterlijn liepen wandelaars. Verderop hoorde ze een paar honden blaffen. Als ze naar links keek, zag ze de strandtent al liggen, een wit gebouw tegen de duinrand.

Hier, boven op het duin, blies de wind langs haar gezicht.

Zout sloeg neer op haar huid, ze proefde het op haar lippen. Zoals altijd vervulde de aanblik van de zee haar met een gevoel van thuiskomen, hoewel dit helemaal niet haar geboortegrond was. Opkomende melancholie drukte ze vooralsnog weg in haar gedachten. Ze snoof diep en voelde het zout nu ook in haar neus.

Er naderde een groepje Duitse toeristen, luidruchtig discussiërend over een onderwerp dat Eline ontging. Ze maakte haar blik los van het strand en begon in de richting van de strandtent te lopen. De late middagzon verwarmde haar gezicht, ondanks de wind. Ze zoog de zeelucht nog maar eens diep in haar longen.

Een paar minuten later liep ze de trap op die naar de ingang van de strandtent leidde. Haar slippers klepperden tegen het hout, er zat al zand tussen haar tenen.

Het was prachtig geworden. Eline keek haar ogen uit toen ze de deur door ging. Even bleef ze staan om alles in zich op te nemen. Twee jaar geleden was ze voor het laatst in deze tent geweest, toen nog in handen van de vorige eigenaars. Het leek een andere wereld. Niets van het oude restaurant was intact gelaten. Al het donkere eikenhout – dat nooit echt bij de sfeer van het strand had gepast – was verdwenen en vervangen door hout in allerlei lichte tinten. Steigerhout, witte delen, het paste allemaal perfect bij elkaar. De blikvangers in het midden van het restaurant waren een aantal grote surfplanken, die willekeurig opgehangen leken te zijn, maar waarvan Eline wist dat er goed over was nagedacht. De planken waren felgekleurd en boden daarmee tegenwicht voor al het wit. Lydia was er dagenlang mee in de weer geweest, herinnerde Eline zich nog.

Het viel haar vooral op hoe ruim het was geworden. Het oude restaurant had altijd klein geleken, en een beetje bedompt. Maar in de nieuwe versie was de strandtent juist veel groter dan je op het eerste gezicht zou verwachten. Als ze een snelle schatting moest maken, zou ze zeggen dat er binnen zo'n veertig tafeltjes stonden en buiten, op het ruime terras, nog eens vijftig. Door de opengeschoven deuren – aan drie kanten kon een deel van de wand worden weggeschoven – vlogen musjes in en uit. Op een van de surfplanken zaten er vijf op een rijtje.

Het was stil hier, iedereen zat buiten. Eline liep verder, langs de bar, waar een jongen van een jaar of vijfentwintig haar toeknikte. 'Kan ik je helpen?' vroeg hij, maar op dat moment viel haar blik op Lydia en Sascha op het terras. Ze schudde haar hoofd, glimlachte en liep verder.

Lydia zag haar als eerste. 'Elien!' riep ze verrukt uit en schoot overeind. Het volgende moment omhelsden ze elkaar stevig. Daarna hield Eline haar vriendin op een armlengte afstand. 'Wat zie je er goed uit', zei ze gemeend. Lydia droeg een jeansshort en een mouwloos topje, waardoor goed te zien was dat niet alleen haar gezicht, maar ook haar armen en benen gebruind waren doordat ze zoveel buiten was. Haar lichtbruine ogen stonden helder en nieuwsgierig en haar hazelnootkleurige haar had highlights, vast ook van de zon. Het was dat Eline wist dat Lydia de laatste tijd veel stress had gehad, maar aan haar uiterlijk was het niet te zien.

'En jij dan', zei Lydia. 'Wat heerlijk dat je er bent.'

Ze omhelsden elkaar opnieuw en daarna deed Eline hetzelfde bij Sascha. 'Zo fijn om jullie te zien', zei ze toen ze was gaan zitten. Ze keek van de een naar de ander.

Ongelooflijk dat het op een maand na al een jaar geleden was dat ze haar vriendinnen voor het laatst had gezien, op de begrafenis van haar vader. Het leek gisteren. Niet alleen Lydia, ook Sascha was amper veranderd. Haar gezicht was bezaaid met sproetjes en in haar blauwe ogen lag het zachte dat bij Sascha paste. Haar mond had zich in een permanente glimlach gekruld. Het straalde van haar gezicht dat ze aan het genieten was. Dat vond Eline leuk aan Sascha – ze kon nooit verbergen hoe ze zich voelde, het was altijd precies van haar gelaat af te lezen.

'Ik heb jullie gemist', zei Sascha nu, terwijl ze haar hand door haar blonde haar haalde en van de een naar de ander keek.

'Dat geldt voor mij ook', zei Eline, terwijl ze haar zonnebril van haar haar naar haar neus verschoof.

'Ik regel wijn.' Lydia stond op en kwam even later terug met de fles die Eline eerder op de foto had gezien. Ze schonk de glazen vol en zette de fles in een koeler op tafel. Eline pakte een stukje kaas van de tapasplank en stak het genietend in haar mond.

'Wat is het prachtig geworden', zei ze, toen haar mond weer leeg was. 'Nog veel mooier dan op de foto's.'

'Ja, vind je het mooi?' Lydia keek trots. 'We zijn er ook zo blij mee.'

'Lydia vertelde net dat ze in de zomer anderhalf keer zoveel omzet hebben gehad als gedacht', zei Sascha. 'Niet normaal toch?'

'Wat goed', zei Eline. 'Gefeliciteerd.'

'Ach ja.' Lydia knikte en glimlachte. 'We hadden ook niet al te hoog ingezet, zodat het niet tegen kon vallen.'

'Ah, daar is de bescheidenheid weer', zei Eline lachend.

'Je mag ook gewoon zeggen dat jullie het hartstikke goed hebben gedaan. Dat is iets om trots op te zijn.' Ze keek om zich heen. 'Waar is Gert eigenlijk?'

'Even naar de winkel. De groothandel had een deel van de bestelling niet geleverd.'

Alsof hij hoorde dat het over hem ging, kwam Gert van Grinsven net op dat moment het terras op gelopen. 'Ha, daar zijn ze', riep hij met een grote glimlach, waarna hij eerst Eline en toen Sascha begroette. Eline stond klaar om hem drie zoenen te geven, maar in plaats daarvan gaf hij haar één zoen en omhelsde haar vervolgens stevig, wat haar even van haar stuk bracht. 'Goed om jullie te zien', zei hij opgewekt, zich niet bewust van het korte moment van ongemak. 'Welkom in ons paradijsje.'

'Zeg dat wel', zei Eline, toen ze weer ging zitten. 'Het is echt prachtig geworden.'

'Ja, hè?' Gert glunderde van trots. 'We krijgen zoveel positieve reacties, dat is geweldig. Hebben jullie al iets te drinken?' Hij wees naar hun volle glazen. 'Ah, ik zie het al. Ik ga weer even aan de slag.'

Lydia kwam half overeind. 'Moet ik anders even helpen...'

'Nee, schat', lachte Gert ontspannen en legde zijn hand even op haar schouder. 'Jij hebt vandaag vrij, weet je nog?'

Na die woorden liep hij weer naar binnen. Eline keek naar de menukaart die op tafel lag. HET ZOUT stond er in grote letters op, de naam die Gert en Lydia aan de strandtent hadden gegeven, omdat ze de oude naam, 'Restaurant Jannes', niet bepaald flitsend hadden gevonden. Eline keek vluchtig naar de gerechten, die een combinatie vormden van oosterse invloeden en wat meer traditionele maaltijden.

'We hebben eindelijk de juiste chef-kok gevonden', zei Lydia, die haar blik volgde. 'De vorige chef was al na twee maanden weg. Een enorm getalenteerde jongen, maar hij wilde veel meer dan onze gasten aankonden.' Ze grinnikte. 'Uiteindelijk moet je in een strandtent niet al te gek gaan doen. Toen hij op een gegeven moment alleen nog ingewikkelde Japanse soep en geen tomatensoep meer op de kaart wilde zetten, zijn we maar even met hem in gesprek gegaan.'

Eline lachte. 'Weet je nog dat we vroeger altijd de eerste avond dat wij hier waren bij hetzelfde restaurant gingen eten, en daar jarenlang hetzelfde bestelden?'

'Kipsaté en dame blanche', zeiden Lydia en Sascha in koor.

Eline glimlachte. Daar was weer die zweem van melancholie, die een beetje pijn deed. Lydia pikte het op. Ze hield haar hoofd schuin. 'Hoe gaat het met je?' vroeg ze, en Eline wist meteen waar ze op doelde. Ze knikte een beetje. 'Goed', zei ze toen. 'Ik mis hem heel erg, maar het gaat goed.'

Lydia knikte begrijpend. 'Je bent hier niet meer geweest sinds zijn overlijden, toch?'

'Nee.' Eline schudde haar hoofd. 'Mijn moeder wel. Ze zei dat het goed was om terug te zijn.'

'Ze is hier in de strandtent geweest', zei Lydia. 'Het was fijn om haar te zien. We hebben de hele avond zitten kletsen.'

Eline herinnerde zich dat haar moeder dat had verteld, en ook dat Lydia alle tijd voor haar had genomen. 'Dat was lief van je', zei ze. 'Mijn moeder heeft dat heel erg gewaardeerd.'

Lydia glimlachte. 'Ik vond het heel gezellig dat ze er was. Ze is ook nog een dagje met mijn moeder naar Middelburg geweest.'

‘Dat kunnen wij ook wel doen’, zei Sascha. ‘Een dagje naar Middelburg.’

Lydia knikte. ‘En naar Domburg, want daar is een nieuw restaurant geopend dat heel goed schijnt te zijn. Ik ben er nog niet geweest.’

‘Goed idee’, zei Eline. ‘Dat kunnen we morgen wel meteen doen. Hoewel ik er wel voor voel om eerst even lekker op het strand te gaan liggen. Nu is het nog mooi weer, en je weet in Nederland nooit hoelang dat zo blijft.’

Sascha strekte haar benen en draaide haar hoofd naar de late zon. Ze sloot genietend haar ogen. ‘Heerlijk, vakantie.’

Eline humde instemmend en keek tegelijk naar Lydia, die geen antwoord gaf.

‘Jij kunt ook wel een weekje vrij gebruiken, volgens mij.’

Haar vriendin keek haar aan en haalde kort haar schouders op, hoewel Eline in haar ogen zag dat ze moe was. ‘Die keuze maak je nu eenmaal als je voor een eigen zaak gaat’, zei Lydia, maar de gelatenheid in haar stem leek wat houterig. ‘Dan zeg je je leven vaarwel en werk je alleen nog maar.’

‘Dat gaan we deze week dan mooi even omdraaien’, zei Sascha, haar ogen nog altijd gesloten. ‘Je zegt je werk vaarwel en leeft alleen nog maar.’

Lydia schoot in de lach. ‘Beloofd’, zei ze, en terwijl ze nog een slok wijn nam, richtte ze haar blik op de zee. Eline pakte haar glas, maar zette het niet aan haar mond. In plaats daarvan keek ze naar Lydia en hoopte dat het haar echt zou lukken deze week te ontspannen, want zo te zien had ze dat nodig.

HOOFDSTUK 3

ELINE WERD WAKKER VAN EEN IJSKOUDE DRUPPEL, DIE net naast haar navel op haar verhitte huid landde. Nog voor ze haar ogen had geopend, landde er nog eentje naast en toen nog een.

'Hé', zei ze, en sloeg haar ogen op om recht in het lachende gezicht van Gert te kijken. Hij hield een dienblad in zijn ene hand en een glas in zijn andere en keek haar nu vragend aan. 'Mojito, mevrouw?'

'Lekker', zei Eline, om vervolgens bedenkelijk te kijken. 'Hoe laat is het eigenlijk?'

'Drie uur.' Gert zette het drankje neer op een tafeltje dat ineens naast haar strandstoel stond. Met haar hand veegde Eline de druppels – condens van het glas, zag ze nu – van haar buik. Gert keek ernaar en grinnikte. 'Sorry, maar ik moest je op een of andere manier wakker maken.'

'Toevallig kun je mij voor een mojito altijd wakker maken.'
'Virgin mojito', verbeterde hij. 'Een echte leek me wat heftig op dit tijdstip. Die hou je van me tegoed.'
'Daar hou ik je aan', zei Eline lachend.
'Zeg, krijgen wij ook?' Dat was Lydia, die aan het eind van het rijtje van drie strandstoelen lag. Sascha had zichzelf in het midden geïnstalleerd, maar was net als Eline in slaap gevallen.
'Natuurlijk, mevrouw.' Gert zette ook drankjes neer bij de twee anderen en liep toen terug naar de strandtent, waar het terras behoorlijk vol zat. Ze merkte dat Lydia het ook zag.
'Hij redt het vast wel daar', zei Eline, die haar vriendin wat zorgelijk zag kijken. Lydia knikte, maar haar blik bleef gericht op het restaurant.
'Proost, jongens', zei Sascha, die ook wakker was geworden en nu haar mojito in de lucht hield. 'Op een heerlijke stranddag.'
Ze hielden alle drie hun glas omhoog. Eline nam een slok van het drankje, dat heerlijk koel en fris was. Ze staarde voor zich uit. In de branding speelden een paar kinderen. Een vader deed alsof hij een haai was, tot grote hilariteit van zijn twee kleuters. Aan de horizon voer een vrachtschip voorbij. Ze vroeg zich af hoelang ze had geslapen. Nadat ze hadden geluncht bij Het Zout had ze een duik in de zee genomen en daarna was ze met een boek op haar bedje gaan liggen. Ze moest al snel in slaap zijn gevallen. Dat was misschien nog wel het fijnste aan vakantie. Dat niet iedere minuut van de dag een invulling had en dat ze zich niet schuldig hoefde te voelen als ze gewoon midden op de dag een uur ging liggen pitten.

Niet dat ze vannacht niet goed had geslapen. Lydia had zich wel drie keer verontschuldigd dat de kamers op de bovenverdieping van de strandtent nog niet klaar waren, maar toen ze uiteindelijk naar boven waren gegaan, had Eline geen idee waarover ze het had. De kamer die zij had gekregen, was ruim en licht en al helemaal klaar om gasten te herbergen. Ze had zelfs een eigen badkamertje.

'We moeten sowieso nog andere bedden kopen', zei Lydia. 'En eigenlijk vind ik dat er nieuw laminaat op de vloer moet.'

Eline had geen idee wat er mis was met het huidige laminaat, maar dat had ze niet gezegd. In plaats daarvan had ze Lydia op het hart gedrukt zich geen zorgen te maken, omdat de kamers prachtig waren en het sowieso al geweldig was dat ze een week in de strandtent konden verblijven.

Toen ze haar spullen naar boven had gebracht en zich had geïnstalleerd, had ze het raam opengezet en een tijdje naar buiten gekeken. De schemering was al ingevallen en met het opkomen van het donker, was de zee steeds mooier geworden. De schuimkoppen van de golven leken op te lichten tegen het donkere water. Toen ze ging slapen, had ze het raam open laten staan. Op het ruisen van de golven was ze in slaap gevallen. De combinatie van het rustgevende geluid en de zeelucht had gemaakt dat ze als een blok had geslapen. Pas tegen halfnegen was ze wakker geworden met het gevoel dat ze een jaar had geslapen.

Gert had ontbijt gemaakt en was op aandringen van Sascha en Eline zelf aangeschoven. Toen hij weer aan het werk moest, hadden ze met z'n drieën koffiegedronken op het terras, om zich daarna te verplaatsen naar de strandstoelen die Gert al voor hen had klaargezet. Tegen enen had hij gezorgd voor een lunch op het strand. 'Handig, zo'n man in de bediening', had Sascha grappend gezegd. 'Misschien moet ik mijn best doen om deze week een ober aan de haak te slaan. Heb je niet een leuke in de aanbieding?'

'Wel als je van twintigjarigen houdt', had Lydia lachend gezegd. 'Anders moet ik je helaas teleurstellen.'

'Zullen we een strandwandeling maken?' Eline keek opzij. Sascha had haar drankje op en was opgestaan. Ze keek rusteloos om zich heen. 'Ik heb wel lang genoeg op een bedje gelegen.'

Eline kneep haar ogen samen. Ze kon zelf nog wel uren blijven liggen, maar kwam toch overeind op haar stoel. 'Oké, ik ga mee', zei ze, terwijl ze haar benen over de rand sloeg en de laatste slok van haar mojito nam. 'Een beetje lichaamsbeweging kan geen kwaad.'

'Eerst even zwemmen.' Dat was Lydia, die ook was opgestaan. 'Ik knap nergens zo van op als van het zeewater.'

'Wie er het eerste is!' riep Sascha, alsof ze plotseling weer vijf waren. Ze begon naar de zee te rennen en onmiddellijk zetten Eline en Lydia de achtervolging in. Ze bereikten de branding tegelijk en Eline liet zich voorover in de golven vallen. Ook al was de zomer officieel ten einde, de zon had maandenlang haar best gedaan en het water was nog aangenaam. Met een paar krachtige slagen zwom ze voorbij de branding en daarna dook ze onder water. Zout prikte in haar ogen toen ze weer boven kwam.

Even later liepen ze evenwijdig aan de waterlijn in de richting van Vlissingen. Ze lieten Zoutelande achter zich en het werd allengs rustiger op het strand. Eline liet het water bij elke stap over haar voeten spoelen. Ze luisterde half naar het gesprek tussen Lydia en Sascha, die voor haar liepen.

Na een tijdje kwam Lydia naast haar lopen. Eerst stapten ze een tijdje zwijgend voort, daarna deed Lydia haar mond open. 'Hoe is je nieuwe baan?' vroeg ze.

Gek hoe haar werk, en haar hele leven in Amsterdam, nu al zo ver weg leek. 'Geweldig', antwoordde Eline naar waarheid en ze vertelde enthousiast over het bedrijf, de collega's en het werk dat weliswaar veel was, maar ook uitdagend. Pas toen ze even een stilte liet vallen realiseerde ze zich dat Lydia al die tijd niets terug had gezegd. Ze keek opzij.

'En jij?' vroeg ze. 'Ben jij blij met wat je doet?'

Lydia keek verwonderd, alsof de vraag op zich haar verraste. 'Ja, heel blij. We hebben hier zo lang naar uitgekeken.'

'Echt geweldig dat het eerste seizoen meteen zo goed is gegaan.'

'Weet je wie er vorige week bij ons kwam eten?' zei Lydia toen, en ze begon meteen te grinniken. 'Leon Zuidbroek', antwoordde ze zelf, omdat Eline het waarschijnlijk toch niet zou raden.

'Wie?' Eline fronste en liet de naam door haar gedachten gaan, maar er ging geen lampje branden. 'Ken ik die?'

'Jazeker.' Lydia knikte een paar keer. 'Alleen toen jij hem kende was hij zestien en een beetje slungelig. Nu is hij vijfendertig en vader van drie kinderen.'

'O, ik weet wie dat is!' riep Sascha, die voor hen liep en nu haar pas inhield. 'Daar heb jij mee gezoend, Elien. Het was op een strandfeestje van de surfschool, volgens mij waren wij toen vijftien.'

'Ja, op dat strandfeestje', knikte Lydia. 'Ik had die avond voor het eerst alcohol gedronken en ik vond het heel erg vies. Mijn vader was woedend toen hij erachter kwam.'

'O god, ik herinner me hem weer', zei Eline. In haar

hoofd kwam het beeld op van een lange jongen, inderdaad slungelig, zoals Lydia hem omschreef, met wie ze had gekletst en gedanst en die haar aan het einde van de avond onzeker had gezoend. Ze was de rest van de vakantie verliefd op hem geweest, maar ze had hem nog maar één keer gezien en toen durfde ze bijna niet met hem te praten omdat zijn vrienden erbij waren.

'Woont hij hier nog?' vroeg Eline.

Lydia schudde haar hoofd. 'Nee, hij is volgens mij naar Rotterdam verhuisd. De meeste mensen van vroeger zijn vertrokken.'

Sascha knikte. 'Soms vind ik het wel jammer dat ik vanwege mijn werk niet in Zeeland kon blijven wonen. Ik mis het strand en de rust.'

Lydia knikte. 'Ik zou willen dat meer van mijn oude vrienden hier waren gebleven, maar als je wilt studeren en carrière wilt maken, ben je vaak op de grote steden aangewezen.'

'Als ik had moeten gokken, zou ik gezegd hebben dat Gert ook weg zou gaan', zei Eline nadenkend. 'Hij zat altijd vol plannen. Op wereldreis, werken in het buitenland.'

Lydia knikte. 'Eerlijk gezegd had ik dat ook gedacht. Hij heeft ook een paar keer op het punt gestaan om weg te gaan, maar uiteindelijk kan hij Zeeland niet missen. Het zit toch te veel in zijn bloed.'

'Waarschijnlijk lag de strandtent gewoon op zijn pad', zei Sascha, altijd de meer spirituele van hen drieën. 'Het moest gewoon gebeuren dat jullie bij elkaar kwamen en dit samen gingen beginnen.'

Lydia glimlachte. 'Misschien wel. Maar als het zo werkt, wat ligt er op jouw pad dan, Sas?'

Sascha slaakte een zucht. 'Een enorme hoeveelheid werk, gok ik?'

'Geen leuke man?'

'Als hij al op mijn pad ligt, heb ik hem in elk geval nog niet gevonden', zei Sascha. 'Maar dat geldt voor Eline natuurlijk ook.'

'Waar hij in elk geval niet ligt, is op Tinder', zei die op haar beurt.

Lydia keek opzij. 'Zit jij op Tinder?' vroeg ze met ongeloof in haar stem. 'Dat vind ik echt niets voor jou.'

Eline grinnikte. 'Ik ook niet, maar ik dacht: laat ik het eens proberen. Zonder resultaat vooralsnog, want ik ben erachter gekomen dat iets te dikke, kalende vijftigers op zoek naar een affaire toch niet echt wat voor mij zijn. Vooral niet als ze een profielfoto instellen die minstens twintig jaar geleden is gemaakt.'

Lydia proestte het uit. 'Ik neem aan dat je op date bent gegaan?'

'Ja.' Eline kreeg nog altijd een ongemakkelijk gevoel als ze aan die avond dacht, al kon ze er achteraf net zo hard om lachen als de mensen aan wie ze het verhaal vertelde. 'Ik kon echt mijn ogen niet geloven toen hij binnenkwam. Hij leek helemaal niet door te hebben dat ik niet wist hoe snel ik me uit de voeten moest maken. Het probleem was niet eens dat hij zoveel ouder was en er heel anders uitzag, maar dat hij zich zo anders had voorgedaan. Alsof ik dat niet zou merken.' Ze haalde kort haar schouders op. 'Maar het is in de wereld van het internet-daten kennelijk naïef om te denken dat mensen zich voordoen zoals ze echt zijn.'

'Is het zo erg?' vroeg Lydia.

Eline haalde haar schouders op. 'Ik ken mensen die de liefde van hun leven op internet hebben gevonden, maar mij lijkt het zoeken naar een speld in een hooiberg. Ik hoop nog steeds dat ik hem op een dag gewoon in de kroeg tref.' Ze grinnikte even. 'Al zou ik daarvoor waarschijnlijk vaker überhaupt naar de kroeg moeten gaan, want sinds ik die nieuwe baan heb, ben ik daar te moe voor.'

'Wie weet kom je deze week wel een leuke man tegen', zei Sascha.

'Of jij.' Eline lachte. 'We komen hier al zo lang en Lydia ging er uiteindelijk ook vandoor met iemand die ze al jaren kende.'

'Dat geeft me moed', zei Sascha zo opgewekt dat het niet leek alsof ze de moed eerder daadwerkelijk was verloren. 'Zullen we zo via de duinen teruglopen?'

Eline en Lydia knikten en ze zetten koers in de richting van de strandopgang. Ongemerkt hadden ze toch een behoorlijk eind gelopen, zag Eline toen ze omkeek en de strandtent al bijna niet meer te zien was.

Via de opgang liepen ze omhoog en kozen toen voor het pad door de duinen. Een tijdje liep ze achter haar vriendinnen, die met elkaar in gesprek waren. Haar gedachten gleden naar vroeger, toen ze vaak met haar vader door de duinen was gaan lopen.

'Iedereen houdt van het strand, maar de duinen zijn pas echt mooi', zei hij vaak. 'Je moet er alleen oog voor hebben. Je moet er meer moeite voor doen dan voor het strand.' Hij vond het altijd prachtig om haar te wijzen op kleine dieren of bijzondere planten, waarvan ze dan haar best deed om de namen te onthouden. Als ze de volgende dag of de volgende week weer op pad gingen, herhaalde ze trots die namen. Dan kneep haar vader in haar schouder en voelde ze zich verbonden, alsof ze een groot geheim deelden.

Haar blik viel op wat keien die ongeveer een meter naast het pad in de duinen waren opgestapeld. Er stonden bloemen in een pot en tussen de keien zat een verweerd plastic mapje met daarin een foto geklemd. Eline bleef staan en boog zich naar wat een monumentje leek te zijn. 'Wat is dat?' vroeg ze nieuwsgierig.

Lydia volgde haar blik. 'Een gedenkteken voor een vrouw die hier afgelopen zomer is verdronken', zei ze. 'Haar familie heeft dit neergelegd.'

Eline boog zich nog wat verder voorover en bestudeerde de foto. 'Jonge vrouw, nog.'

'Ja.' Lydia humde. 'Een jaar of dertig, geloof ik. Heel triest verhaal.'

'Ik heb dit in de krant gelezen', zei Eline. 'Zij was toch 's ochtends gaan hardlopen en toen verdronken?' Ze huiverde. 'Dat vond ik zo eng. Je zou toch denken dat dat niet zomaar gebeurt.'

Lydia schudde haar hoofd. 'In het dorp deden ook de gekste geruchten de ronde, maar de politie heeft het onderzocht en het blijkt toch een ongeluk te zijn geweest.'

'Was ze gaan zwemmen?' vroeg Sascha.

'Dat is wel wat de politie denkt.' Lydia haalde haar schouders op. 'Ze hebben geen enkele aanwijzing voor een misdrijf.'

'Of iemand heeft dat misdrijf heel goed aangepakt', zei Eline. '*The perfect murder.*'

'Is dat niet de titel van een boek?' vroeg Sascha.

'Een film, volgens mij. Maar wel erg triest, zo'n jonge vrouw. Was ze hier op vakantie?'

Lydia knikte terwijl ze weer verder liepen. 'Ja, met haar vriend. Ze ging 's ochtends vroeg hardlopen en toen is ze kennelijk gaan zwemmen en verdronken.'

'Maar waarom is ze gaan zwemmen?' vroeg Sascha.

Lydia haalde haar schouders op. 'Geen idee. Misschien had ze het warm gekregen van het lopen en wilde ze afkoelen.'

Eline fronste. 'Is dat wat de politie denkt?'

'Ze had al haar kleren uitgetrokken.' Lydia trok met haar mond. 'Dat vonden ze een belangrijke aanwijzing dat ze niet per ongeluk in het water terecht is gekomen. Of door iemand is meegesleurd.'

'Je hoort wel vaak dat mensen onderschatten hoe gevaarlijk de zee is', zei Sascha. 'Ik weet nog dat mijn ouders vroeger als de dood waren dat mij en mijn zussen iets overkwam als we alleen maar tot onze knieën in het water stonden. En dan waren wij hier nog opgegroeid en wisten we precies hoe link het kon zijn in het water.'

'De zee is ook gevaarlijk als je niet weet wat je doet', zei Lydia. 'Veel mensen denken dat het gewoon een soort zwembad is of dat er altijd strandwachten zijn die iedereen in de gaten houden. Of mensen gaan zwemmen als het vloed is en dan zien ze de paalhoofden niet. Voor je het weet word je door de stroming meegenomen en knal je er hard tegenaan.'

'Je zou denken dat iedereen dat inmiddels wel weet', zei Eline. 'De paalhoofden zijn zo bekend.'

'Sommige mensen denken echt niet na. Er staan ook overal waarschuwingsborden voor muien en dan nog gaan mensen zwemmen waar een rode vlag gehesen is.'

'Ik weet nog dat mijn vader ons vroeger op het hart

drukte nooit tegen de stroom in te zwemmen. Ik hoor hem nog zeggen: laat je meevoeren en zwem er dan uit.' Eline glimlachte. 'Ik hoopte op een gegeven moment zelfs dat ik er een keer in terecht zou komen, omdat het me zo spannend leek.'

'Wij zochten de muien weleens op', zei Lydia. 'Mijn twee oudste broers deden dat met vrienden en dan mocht ik mee. Het is maar goed dat mijn ouders dat niet wisten.'

'Weet je nog dat er een keer een jongetje was verdronken vlak bij de plek waar wij die dag op het strand zaten?' zei Sascha. 'Dat vond ik wel heel eng. Ik durfde die hele vakantie de zee bijna niet meer in.'

Eline fronste. 'Zat Gert niet een tijdje bij de Reddingsbrigade?'

'Klopt', knikte Lydia. 'Maar daar heeft hij nu geen tijd meer voor. Ik vind het wel een geruststellend idee dat als wij gaan zwemmen, ik niet zo snel zal verdrinken.' Ze grinnikte. 'Al zegt hij altijd dat ik een betere zwemmer ben, omdat ik elke dag train.'

'Doe je dat nog steeds?' vroeg Eline, terwijl ze aan de kant gingen voor een groepje vrouwen met twee kinderwagens. Een oude jack russell hobbelde erachteraan, zijn tong uit zijn bek.

'Elke dag', zei Lydia. 'Mijn dag voelt niet compleet als ik niet eerst in de zee heb gezwommen. Tot eind oktober, daarna wordt het meestal te koud.'

Sascha floot bewonderend. 'Ik vind het al knap van mezelf als ik één keer per week naar de sportschool ga. Meestal ben ik hoofdsponsor van die club zonder er ooit te komen.'

'Zoals het grootste deel van het ledenbestand', zei Eline grinnikend. 'Mijzelf niet uitgezonderd.'

'Als jullie hier zouden wonen, zou je ook elke dag gaan', zei Lydia vol overtuiging. 'Het is veel meer dan een workout en het is de beste manier om je hoofd leeg te maken.' Ze grijnsde. 'Je hebt meteen geen psycholoog meer nodig.'

Eline blikte opzij. 'Anders wel dan?'

Lydia schudde haar hoofd. 'Nu niet meer, al ben ik natuurlijk jarenlang wel naar de psycholoog gegaan. Maar dat heb ik niet meer nodig.'

Er viel een stilte waarin ze naast elkaar doorstapten op het inmiddels verlaten duinpad.

'Ik heb het wel nodig', zei Sascha toen.

Het kostte een paar seconden voor Eline begreep wat ze bedoelde. 'Ga je naar iemand toe?'

'Ja.' Sascha knikte een paar keer en deed haar mond open, maar sloot hem toen toch weer. 'Niets bijzonders, hoor. Gewoon mijn hart luchten en wat inzichten opdoen.' Ze grinnikte, maar dat leek eerder uit ongemak dan uit vreugde te zijn. 'Ik heb het eigenlijk aan niemand verteld.'

'Vind je dat lastig?' vroeg Lydia.

Sascha haalde haar schouders op. 'Ik weet het niet. Het klinkt al snel alsof je iets mankeert.'

'Dat vind ik niet', zei Eline. 'Het is toch eerder een teken van kracht dan van zwakte als je toegeeft dat je er zelf niet uit komt.'

'Waar kom je niet uit?' vroeg Lydia.

Opnieuw trok Sascha kort met haar schouders. 'Er is niet één duidelijk punt waar ik mee zit. Het probleem is vooral dat ik zo snel aan mezelf twijfel, en dat houdt me tegen. Ik word gewaardeerd in mijn werk, maar er hoeft maar iets te gebeuren of ik denk meteen: zie je wel, ik kan het niet. Als een man me niet ziet staan, denk ik: ik ben kennelijk niet de moeite waard, voor niemand. Ik betrek alles op mezelf en verval dan snel in het negatieve.'

Terwijl Sascha praatte had Lydia de hele tijd geknikt. 'Dat herken ik wel. Die voortdurende onzekerheid, daar heb ik me ook zo lang door laten leiden.'

'Ik wil dat niet meer', zei Sascha. 'Het belemmert me. Ik denk dat ik mezelf onbewust niet eens toesta om een leuke man te zoeken, omdat ik ervan overtuigd ben dat het toch wel kapot zal gaan.'

Eline keek naar haar vriendin, maar Sascha hield haar blik op het pad gericht. Ze raakte even haar arm aan. 'Ik vind het goed van je dat je dit onder ogen durft te zien', zei ze. 'Daar is moed voor nodig.'

'Ja.' Sascha knikte. Van haar luchtige houding van net was niet zoveel meer over. 'Ik vind het ook niet altijd makkelijk, maar ik denk dat het goed is dat ik met mezelf aan de slag ben gegaan.'

'Is het een goede psycholoog?' vroeg Lydia. 'Denk je dat hij het begrijpt?'

'Zij', verbeterde Sascha. 'Het is een vrouw. En ik heb wel het gevoel dat ze weet wat ze aan het doen is. Het is er tenminste niet zo eentje die voor het gemak alles terugvoert op mijn jeugd, want daar was niet zoveel mis mee.'

'Waar komt die onzekerheid dan wel vandaan?' vroeg Eline.

Sascha trok met haar mond. 'Karakter, waarschijnlijk. Het maakt ook niet echt uit waar het vandaan komt, het gaat erom dat je ermee leert omgaan.'

'Dat is precies wat mijn psycholoog altijd tegen me zei', zei Lydia.

'Heb jij nu er helemaal geen last meer van?' vroeg Eline.

'O jawel', glimlachte Lydia. 'Maar ik kan er nu veel beter mee omgaan. Ik weet nu dat het niet rationeel is om te denken dat Gert zomaar ineens bij me weg zal gaan of dat alle gasten wegblijven uit de strandtent of dat ik morgen ineens niet meer goed genoeg ben in mijn werk. Zolang ik mijn best blijf doen, is er geen reden om aan te nemen dat alles wat ik heb zomaar zal instorten.'

'Maar daar moet je ook weer mee uitkijken', zei Sascha. 'Want straks ben je alleen nog maar keihard bezig je best te doen, omdat je bang bent dat alles anders in duigen valt.'

Lydia knikte langzaam. 'Er is altijd het risico dat je daarin doorslaat, maar ik ben niet zo bang dat dat bij mij gebeurt.'

'En anders heb je altijd Gert nog', zei Eline. 'Volgens mij kun je wat dat betreft veel leren van zijn levenshouding.'

'Je nooit ergens druk om maken, bedoel je?'

Eline keek naar haar vriendin. De woorden klonken waarschijnlijk harder dan Lydia ze had bedoeld. 'Nou ja,' zei ze voorzichtig, 'ik bedoelde vooral dat hij het leven niet zo zwaar neemt. Vormt hij daarmee niet een mooi tegenwicht?'

'Ja.' Lydia fronste alsof ze over die vraag moest nadenken. 'Dat is wel zo.'

Eline wilde nog iets zeggen, maar ze waren bij de strandopgang aangekomen waar de strandtent lag. Achter elkaar aan liepen ze naar beneden en daarna de trap op naar het terras. Gert kwam net naar buiten. 'Ha, daar zijn jullie. Ik wilde al bitterballen komen brengen, maar jullie bedjes waren leeg.'

'Je bent een feeder', grinnikte Eline. 'Als ik hier wegga, ben ik zes kilo zwaarder.'

‘Ach ja.’ Gert keek haar aan in het voorbijgaan. Toen hij dicht bij haar stond, hield hij even haar blik vast. Toen hij zijn mond opendeed, voelde ze zijn adem langs haar wang strijken. ‘Je kunt het hebben.’

Net zo snel was het moment voorbij. Het voelde als iets wat per ongeluk meer lading had gekregen dan bedoeld. Eline keek hem na toen hij verder liep en realiseerde zich toen dat Lydia en Sascha al naar binnen waren gegaan. Vlug ging ze achter hen aan.

HOOFDSTUK 4

PAS BIJ HET DERDE BEKERTJE AUTOMATENKOFFIE VAN die ochtend kreeg Suzanne de Nooijer het gevoel dat ze weer leefde. De slapeloosheid had haar die nacht vanaf drie uur in z'n greep gehad, wat zelfs voor haar doen vroeg was. Nu was het halftien en had ze er al een halve dag op zitten. Uiteindelijk was ze om vijf uur uit bed gegaan om te gaan hardlopen – lange, verlaten kilometers over de dijk. De frisse ochtendlucht die de herfst in zich droeg.

De gedachte was opgekomen dat ze een hond moest nemen, die zou ze vast gelukkig maken met zulke matineuze rentochten. Alleen zou die hond dan de rest van de dag alleen moeten zitten, tenzij ze haar ouders kon overhalen ervoor te zorgen, en die kans achtte ze niet zo groot.

Op de terugweg was ze een vroege wielrenner en twee hardlopers tegengekomen, en toen moest het nog halfzeven worden. Thuis, in haar kleine huisje net achter de dijk, had ze gedoucht en vastgesteld dat ze zich opvallend kwiek voelde ondanks de korte nacht. Een opleving van korte duur, want toen ze tegen halfacht als eerste op het politiebureau was aangekomen, voelde ze zich moe en uitgewrongen. Misschien moest ze toch eens met de huisarts over die slapeloosheid praten. Al wist ze al wat hij zou zeggen.

Ze kon het ook moeilijk loslaten, haar werk, daar zou de dokter natuurlijk wel gelijk in hebben. Zelfs de enkele keer dat ze – zoals ze tijdens haar zoektocht naar slaaptips op internet had gelezen – aan het begin van de avond haar telefoon uitzette en al haar mail en berichten liet rusten, ging het in haar hoofd toch door. Ze was altijd op zoek naar verbanden, gemiste details, die ene zin uit een verhoor waarin een doorbraak verscholen lag. Ze kon er niets aan doen, zo werkte het gewoon in haar gedachten. Vroeger, op de middelbare school, had ze het al gehad. 's Avonds in bed ging de lesstof door in haar hoofd, zeker als ze iets niet goed begreep. Dan moest ze het vatten, kloppend krijgen, en dan pas kon ze slapen. Het hoorde bij haar en ze wist ook eigenlijk niet wat ze eraan kon veranderen. Slaappillen, ja, maar als je daar eenmaal aan begon, kwam je er zo moeilijk vanaf.

Onbewust schudde ze haar hoofd. Koffie hielp ook en verder moest ze er maar niet te veel bij stilstaan. 'Op een dag heb je genoeg tijd om te slapen', zei hij vader weleens. 'Tussen een paar planken.' Dan grinnikte Suzanne altijd en zei ze dat die dag nog maar lang moest wegblijven.

'Goedemorgen.'

Suzanne keek op toen Arend binnenkwam, de oudste en

meest ervaren rechercheur van het team en haar onofficiële mentor. Toen ze net was begonnen, had hij haar onder zijn hoede genomen en veel van zijn ervaring met haar gedeeld. Nu keek hij haar aan en knikte kort, voor hij achter zijn bureau plaatsnam en in nagenoeg één beweging zijn koffiebeker neerzette en de aan-knop van zijn computer indrukte.

'Goedemorgen', antwoordde ze, terwijl ze zich realiseerde dat ze zo lang voor zich uit had zitten staren dat haar computer in de slaapstand was gegaan. Met een tik tegen de muis wekte ze het ding tot leven. Het werd tijd om zich te concentreren, er lagen zes aangiftes van inbraken in één wijk, allemaal gepleegd binnen twee weken. De buurtbewoners wezen met de beschuldigende vinger naar een familie die er onlangs was komen wonen, maar er was geen enkel bewijs. Sterker nog, Suzanne had de vader en de oudste zoon gesproken en beide mannen kwamen op haar over als zeer redelijke mensen. Ze had geen idee waarom de straat zo'n hekel aan ze had, maar als ze iets had geleerd, was het dat zo'n collectieve mening heel snel aan populariteit kon winnen en heel moeilijk uit te roeien was. Wat dat betreft was een buurt-app of een Facebookgroep van een wijk of straat zeker geen zegen.

Ze opende Summ-IT, het programma dat de politie gebruikte om alle zaken in op te slaan. Aangiftes, verhoren, getuigen, bewijsmateriaal, gegevens van alle betrokkenen, alles stond erin. Ze ging naar het gedeelte waar de aangiftes stonden en las het nieuwste proces-verbaal, gisteren toegevoegd. Vandaag zou ze bij deze mensen langsgaan, hopend dat zij nieuwe informatie konden verschaffen. Tot nu toe was de methode van de inbrekers overal hetzelfde geweest: bij de achterdeursloten werd de hele cilinder eruit getrokken, waarna het nog maar een fluitje van een cent was om de deur open te maken. Deze methode was een tijdlang in trek geweest bij dievenbendes uit Oost-Europa, maar was inmiddels breed ingeburgerd. De oplossing was simpel: sloten vervangen door nieuwere exemplaren waarbij dit niet meer mogelijk was. Maar die nieuwe exemplaren waren prijzig en niet iedereen was in staat zo'n investering te doen. Over een paar maanden zou de politie weer een campagne houden om mensen te wijzen op het nut van nieuwere sloten, hopelijk zou dat het aantal inbraken omlaag brengen. Dieven waren doorgaans op zoek naar een manier om een snelle slag te slaan. Als ze langer dan drie minuten nodig hadden om ergens binnen te komen, hielden ze het voor gezien. Dan was het risico om betrapt te worden al te groot.

Net toen ze de nieuwste aangifte had geopend en begon te lezen, ging de telefoon op haar bureau. Terwijl ze haar ogen op het scherm gericht hield, reikte ze naar de hoorn.

'De Nooijer.'

'Met Angelique', klonk de stem van de agente die beneden achter de balie zat. 'Er is bezoek voor jou.'

'Bezoek?' Suzanne fronste en wierp een vluchtige blik op haar agenda. 'Ik heb geen afspraken, volgens mij.'

'Hij heeft geen afspraak, maar wil je graag spreken. Het is Wout Mertens, de vriend van Hilde Claes.'

'Ik kom eraan', zei Suzanne meteen en ze hing op. Ze pakte haar toegangspas en liep het kantoor uit, via het trappenhuis naar beneden.

Ze kon niet zeggen dat hij er goed uitzag. In de ruim twee maanden dat ze de man niet had gezien, leek hij twintig jaar ouder te zijn geworden. Ze schudde hem de hand, die pezig aanvoelde. Hij hield de hare wat langer vast en keek haar aan. Suzanne deed haar mond open om iets te zeggen, maar knikte hem toen alleen maar toe.

'Ik hoop niet dat ik stoor', zei hij uiteindelijk. 'Ik ben een paar dagen in Zoutelande, en ik...' Hij hief zijn hand. 'Nou ja, ik hoopte dat we even konden praten.'

'Ja, ja, kom verder.' Suzanne hield haar toegangspas tegen de lezer en ging hem voor het bureau in. Ze ging een spreekkamer binnen en gebaarde dat hij kon plaatsnemen op een van de twee stoelen voor het bureau. De stoel waar niemand op ging zitten, zag er ineens ontzettend leeg uit.

Wout besteedde er geen aandacht aan. Hij knikte toen ze vroeg of hij koffie wilde en ze liep naar de automaat op de gang. Toen ze terugkwam met twee bekertjes in haar handen, zat Wout nog precies zoals ze hem had achtergelaten. Hij volgde haar met zijn blik toen ze ging zitten.

Suzanne vouwde haar handen voor zich op het bureau en leunde wat naar voren. 'Hoe gaat het?' vroeg ze, zich realiserend dat dat een ingewikkelde vraag moest zijn.

Wout haalde kort zijn schouders op. 'Tja', zei hij, waarna er een stilte viel. Suzanne wachtte geduldig af tot hij verder zou gaan. Toen hij dat uiteindelijk deed, staarde hij naar zijn handen. 'Het begint eigenlijk nu pas door te dringen, ook al zou je denken dat ik na twee maanden wel zou weten dat ze echt niet meer terugkomt. Maar soms, als ik 's ochtends wakker word, is er toch weer zo'n moment dat ik denk dat ze naast me ligt. En dan komt het besef plotseling weer binnen. Dat doet zoveel pijn.' Zijn Belgische tongval maakte dat zijn stem op een of andere manier zacht klonk.

Suzanne knikte en keek hem meelevend aan. 'Het is ook nog maar kort geleden. Twee maanden is niet veel.'

'Nee, maar je merkt dat het leven om je heen doorgaat. Vrienden, zelfs familie, iedereen pakt de draad weer op. Maar mijn draad zal nooit meer hetzelfde zijn. Nooit meer heel zijn. Nu er almaar minder geregeld hoeft te worden, lijkt het wel alsof het verdriet meer ruimte inneemt.'

Suzanne herinnerde zich dat ze Wout destijds had geadviseerd hulp te zoeken bij de rouwverwerking. Toen ze vroeg of hij dat had gedaan, knikte hij eerst, maar schudde toen toch zijn hoofd. 'Ik ben twee keer naar een therapeut gegaan, maar daar kwam ik nog ongelukkiger vandaan dan dat ik erheen ging. Toen heb ik maar gebeld dat het niet meer nodig was.' Hij glimlachte flauw. 'Het werkt voor mij beter om hier zelf doorheen te gaan. Ik ben er inmiddels wel achter dat dat de enige manier is: er dwars doorheen, de pijn voelen en hopen dat de scherpe kanten op een dag wat slijten.'

'Ze zeggen wel dat het zo werkt. Dat het verdriet niet verdwijnt, maar wel beter hanteerbaar wordt.'

'Ja.' Wout trok met zijn mond en knikte. Toen dacht hij even na en zei: 'Weet je wat het ook zo moeilijk maakt? Ik geloof gewoon nog steeds niet dat het een ongeluk was. Daarom ben ik hier ook. Ik kan het niet loslaten, ik moet dingen uitzoeken. Het is ongelooflijk dat Hilde zomaar bedacht om te gaan zwemmen op een bizar tijdstip. Ze ging zo vaak hardlopen. Dan kwam ze weer thuis en ging ze douchen. Zo deed ze dat altijd.'

Suzanne ging verzitten. Hier hadden ze het binnen het team uitgebreid over gehad. Een deel van haar begreep heel goed wat Wout zei. De conclusie dat het een ongeluk was, was relatief snel getrokken. Destijds was Suzanne daar licht verbaasd over geweest. Maar ze kende niet alle ins en outs van het onderzoek. Als familierechercheur was het haar taak geweest om contact met Wout en Hildes ouders te onderhouden, niet om zich helemaal te verdiepen in al het bewijsmateriaal, de processen-verbaal en de conclusies van het onderzoek. Ze kende ze op hoofdlijnen en vertrouwde erop dat de inspecteur in samenspraak met de officier van justitie de juiste conclusie had getrokken.

Kennelijk was haar lichte aarzeling niet onopgemerkt gebleven. Wout hield zijn hoofd schuin. 'Ze wist heel goed dat de zee gevaarlijk kan zijn', zei hij. 'Ze was altijd juist erg voorzichtig. Toen we hiernaartoe reden, heeft ze me nog verteld over stromingen en paalhoofden. Niet zo vreemd, ze is hier vaak genoeg op vakantie geweest.'

Suzanne knikte kort. 'Ik begrijp dat het lastig te verkroppen is...'

'Wacht', zei Wout en hij stak zijn hand op voor ze de 'maar' kon uitspreken die ze wilde toevoegen. 'Ik heb iets gevonden.' Hij reikte in de binnenzak van zijn jasje en haalde er een opgevouwen stukje papier uit. Hij vouwde het open en legde het op het bureau tussen hen in. Suzanne keek er nieuwsgierig naar, maar kon niet goed zien wat erop stond omdat Wout zijn hand erop liet liggen.

'Dit heb ik gevonden in de zak van een rok van Hilde', zei hij. 'Toen ik thuiskwam, heb ik haar koffer gewoon in een kast gezet, ik kon het niet aan om hem uit te pakken. Maar vorige week ben ik dat toch gaan doen en kwam ik dit tegen.'

Suzanne fronste toen hij het papiertje over het bureau naar haar toe schoof. Het was een flyer, zag ze. Ze herkende het logo van een strandtent in Zoutelande. Ze pakte de flyer op en draaide hem om, maar zag er niets bijzonders aan.

'Je moet hier kijken', wees Wout. Hij wees naar de onderkant van de flyer, naast het adres van de strandtent. Het nummer van het restaurant stond voorgedrukt, maar er was een ander nummer naast geschreven. Een 06-nummer.

'Het bestaat niet', zei Wout, met een knikje richting het papier. 'Dat nummer. Ik heb het al geprobeerd.'

Suzanne knikte. 'Wat denk je dat dit betekent?' vroeg ze, omdat ze niet goed wist wat Wout hiermee wilde zeggen. Deze flyers zaten overal in het dorp in rekjes met folders vol toeristeninformatie. Dat Hilde er eentje op zak had, was niet iets wat Suzanne meteen verwonderde.

'Dat nummer is buiten gebruik', zei Wout. 'Ik heb de strandtent gebeld, maar daar wisten ze me te vertellen dat ze geen ander telefoonnummer hebben gebruikt dan hun eigen, vaste lijn. Het is dus geen correctie op hun eigen nummer.'

Suzanne tuitte haar lippen, maar zei niets.

'Het is niet van de eigenaar van de strandtent, dat heb ik gecheckt. Ik heb de verhuurder van ons appartement gebeld omdat ik dacht dat het misschien van hem was, maar ook hij kent het nummer niet.'

Suzanne knikte langzaam. Er kwamen talloze mogelijkheden in haar op. Een restaurant dat Hilde wilde bezoeken, het nummer van een surfschool, fietsenverhuur, manege. Zo kon ze nog wel even doorgaan.

Maar dat zei ze niet. In plaats daarvan liet ze een stilte vallen, terwijl Wout haar verwachtingsvol aankeek. Hij was het die uiteindelijk de stilte verbrak. 'Er moet gewoon iets zijn', zei hij met een stem waaruit bleek dat hij weigerde te geloven dat het echt een ongeluk was, wellicht tegen beter weten in. 'Het bestaat niet dat het een ongeluk was. Er is geen vezel in mij die dat gelooft.'

Suzanne knipperde een paar keer. Ze legde haar hand op het papier voor zich op tafel. 'Ik neem dit mee en zal het met de inspecteur bespreken.'

Wout keek haar aan. Ze had moeite haar blik niet af te wenden, de pijn in zijn ogen raakte haar. 'Ik kan er gewoon niet mee leven dat er misschien wel iemand is die dit op z'n geweten heeft, maar ermee wegkomt. Hilde verliezen was het ergste wat mij kon overkomen, en de gedachte dat er iemand is die het heeft gedaan en dat diegene vrij rondloopt, maakt het twee keer zo zwaar.'

Suzanne knikte langzaam. De wens voor boetedoening was heel begrijpelijk, en bij een groot misdrijf zelfs universeel. Een dierbare kreeg je niet terug, maar het idee dat de verantwoordelijke z'n straf niet ontliep, kon een kleine pleister op een immense wond zijn. Ze begreep heel goed dat Wout daarnaar op zoek was, naar iets om zijn pijn te verzachten, iemand om zijn woede op te koelen. Als rechercheur, maar zeker ook als mens. En ze was het met hem eens dat je een ongeluk niet onomstotelijk bewezen kon noemen. Er was geen om een boom gekrulde auto, geen ingestorte steiger, geen getuige die had gezien hoe de vrachtwagen uit het niets was opgedoken – allemaal situaties waarin een ongeluk amper twijfel leed. In theorie was het mogelijk dat Hilde niet was verdronken omdat ze zelf had besloten te gaan zwemmen, maar omdat iemand haar daartoe had gedwongen. Maar het probleem was dat die theorie op niets anders dan een verzinsel gebaseerd was, pure fictie, zonder enig bewijs. 'Nog geen procent', had de inspecteur het verwoord, en de rechercheurs hadden hun werk toch echt grondig gedaan. Hildes dagelijks leven was uitgeplozen, haar contacten, haar werk, exen van voor ze met Wout was – langer dan negen jaar geleden dus – die allemaal van onbesproken gedrag bleken te zijn. Niets gaf aanleiding om verder te onderzoeken. Niemand was van onbesproken gedrag, die les had Suzanne in haar werk allang geleerd. Maar Hilde kwam dicht genoeg in de buurt om aan te nemen dat niemand haar iets wilde aandoen. De enige andere mogelijkheid was de toevallige ontmoeting. Verkeerde tijd, verkeerde plaats. Het gebeurde, al leek die optie in films en series vaak breder uitgemeten dan in werkelijkheid het geval was. De losgeslagen gek die zomaar aan het moorden sloeg was niet de meest voor de hand liggende optie, maar kon niet worden uitgesloten. Het probleem was alleen dat ook hier geen enkele aanwijzing voor was.

'Stel', had de inspecteur destijds gezegd, 'dat ze een gek tegen is gekomen die haar iets wilde aandoen. Dan is het wel een zachtaardige gek geweest. Geen sporen van worsteling, geen sporen van seksueel geweld.'

Hilde was lang, een meter tachtig. Ze sportte veel, ze was sterk genoeg om een belager in elk geval enige weerstand te kunnen bieden. Het was aannemelijk dat er een worsteling ontstaan zou zijn, waarbij ze blauwe plekken zou hebben opgelopen. Maar al haar verwondingen waren veroorzaakt door de paalhoofden, had de patholoog vastgesteld.

Het kon iemand zijn geweest die ze kende en met wie

ze vrijwillig het water in was gegaan, dat was ook nog een onderzoeksoptie geweest. Een optie waar serieus naar was gekeken, maar waarvoor uiteindelijk geen enkel bewijs was gevonden. Hilde was met Wout op vakantie geweest, ze had geen bekenden in de omgeving. Wout was daarin heel stellig geweest. En ook de optie dat Hilde wel iemand had gekend, maar dat niet aan Wout had verteld, was onderzocht. Zonder resultaat. Waarbij het wel een manco was dat haar telefoon niet was teruggevonden. Gedacht werd dat die in het water terecht was gekomen.

'Oké', zei Wout met zachte stem. 'Dan ga ik maar.' Hij maakte aanstalten om op te staan, maar stokte in zijn beweging, waardoor hij bleef staan in een positie die er vrij ongemakkelijk uitzag. Hij keek Suzanne aan. 'Zou je het me willen laten weten?' vroeg hij. 'Wat de inspecteur zegt? Ook als hij er niets in ziet.'

Suzanne knikte. 'Natuurlijk doe ik dat.'

Ze nam afscheid met een handdruk, die ze iets langer aanhield. Ze wilde nog iets zeggen, maar kon niet echt wat bedenken. Alles was al eens gezegd, alle clichématige algemeenheden. Sterkte, succes – lege woorden, makkelijk uitgesproken. Liever wilde ze hem iets zeggen waar hij iets aan had. Maar wat? Het laatste wat ze wilde, was hem valse hoop op een nieuwe wending verschaffen.

Ze liep met hem mee naar de uitgang. Wenste hem toch maar sterkte, omdat ze in de tussentijd niets beters had verzonnen. Toen hij door de automatische schuifdeuren verdween, keek ze hem peinzend na.

Terwijl ze terugliep naar haar eigen bureau, dacht Suzanne aan het deel van het onderzoek waarover ze met Wout niet had gesproken. Destijds niet, en nu ook niet.

Het deel waarin hijzelf centraal stond. Niet zelden was het de echtgenoot, of echtgenote. De broer, zus, moeder of vader. De beste vriend. Hoe wrang ook, in een moordonderzoek golden dierbaren in veel gevallen als verdachten, naar wie in elk geval onderzoek moest worden gedaan. Als Suzanne iets had geleerd in haar tijd bij de politie, was het dat niets was wat het leek. Het ogenschijnlijk beste huwelijk kon slechts een dun laagje decor zijn voor een duisternis vol geweld. Waarbij gold dat rangen, standen en lagen veel minder zeiden dan je dacht. Rijkdom en beschaving gingen zeker niet hand in hand, evenmin kon je algemene conclusies trekken over mindere milieus. Wout en Hilde hadden gelukkig geleken, als je hun omgeving mocht geloven. Als je Wout mocht geloven. Maar dat was altijd de vraag: wie mocht je geloven?

Toch was ook die richting uiteindelijk zonder resultaat afgesloten. Het gebrek aan alibi was daarbij geen obstakel geweest, er was geen aannemelijke reden waarom Wout zijn vrouw iets zou hebben aangedaan. En hoewel niemand kon bevestigen dat Wout al die tijd in hun huurappartement was geweest – op dat tijdstip niet onlogisch – waren er evenmin getuigen die hem ergens anders hadden gezien. Voor wat het waard was, kon Suzanne ook eigenlijk niet geloven dat Wout er iets mee te maken zou hebben. Al maakte een dergelijk gevoel natuurlijk op geen enkele manier deel uit van het onderzoek.

'Iets bijzonders?'

Pas toen Arend haar uit haar gedachten haalde, realiseerde Suzanne zich dat ze al een tijdje naar een zwart scherm zat te staren.

'Hm?' vroeg ze, even gedesoriënteerd.

'Je bezoek.'

'O, dat.' Ze schudde haar hoofd, maar bedacht zich en knikte toen wat vaag. 'Weet je nog die zaak met die verdronken vrouw?'

'Hilde Claes.'

'Ja. Dit was haar vriend, hij is een paar dagen in het dorp.'

'Ah.' Arend knikte. Zelf was hij ten tijde van Hildes dood op vakantie geweest, maar achteraf had hij natuurlijk over de zaak gehoord. 'Wat wilde hij?'

'Praten. Hij vindt het lastig te verkroppen dat het een ongeluk was.'

Arend glimlachte half. 'Begrijpelijk.'

Suzanne tastte in haar zak en haalde de flyer tevoorschijn die Wout haar had gegeven. 'Hij had dit tussen haar spullen gevonden en dacht dat het misschien iets betekende. Het is een flyer van een strandtent met een 06-nummer erop.'

Arend trok met zijn mondhoeken, waarmee hij uitdrukte wat ook Suzannes gedachten waren: het kon van alles betekenen. Of juist helemaal niets.

'Ik zal het aan Haanstra geven', zei Suzanne. 'Dat heb ik Wout ook beloofd. Eerlijk gezegd denk ik niet meteen dat het iets te betekenen heeft, maar dat is natuurlijk aan de inspecteur om te beslissen.'

Arend knikte langzaam. 'Een trieste zaak, hoor.'

'Dat zeker.' Suzanne knikte een paar keer. 'Zo'n jong iemand.'

Suzanne knipperde. Het slaapgebrek maakte haar niet sneller, dat was zeker. Ze dwong zichzelf haar gedachten te verplaatsen naar de zaak waaraan ze nu werkte. Straks, als de inspecteur uit zijn bespreking kwam, zou ze wel even bij hem langslopen en hem de flyer overhandigen. Nu moest ze aan de bak met de inbraken, die zichzelf niet zouden oplossen. Ze verschoof haar muis om de computer uit de slaapstand te halen en concentreerde zich op haar scherm. Maar hoe ze ook haar best deed, het leek of haar gedachten er net niet helemaal bij waren.

HOOFDSTUK 5

'STIJN.' SASCHA SPRAK DE NAAM UIT MET ZOVEEL DRAMA in haar stem dat Eline in de lach schoot. Haar vriendin negeerde haar en staarde dromerig in de verte. 'Stijn Stevens. Ik probeerde al twee dagen op zijn naam te komen. Ik heb hem trouwens na die ene zomer nooit meer gezien.'

'Hij kwam uit Breda', herinnerde Eline zich, terwijl op haar netvlies een sprieterige jongen met rood haar verscheen. 'En hij had twee broers die exacte kopieën van hem waren.'

Sascha knikte. 'Ik weet nog dat jij me zo'n beetje uitlachte omdat ik verliefd op hem was, maar ik vond hem heel knap. En hij kon echt goed zoenen.'

Eline grinnikte. 'Ik vond op die leeftijd dat iedereen goed kon zoenen. Waarschijnlijk had ik te weinig vergelijkingsmateriaal.'

Ze trok haar jasje wat strakker om haar schouders. Hoewel het overdag mooi weer was, werd het na zonsondergang snel frisser. Je merkte dat de herfst in aantocht was, al was het onder de heater nog goed uit te houden op het terras. Ze hadden gegeten in een klein restaurant in de hoofdstraat van Zoutelande. Lydia had voorgesteld in de strandtent te blijven, maar Eline wilde niet dat zij en Gert voortdurend voor hen moesten zorgen. Daarom hadden Sascha en zij besloten Lydia mee uit eten te nemen.

'Jullie waren altijd verder dan ik', zei Lydia nu met een frons in haar voorhoofd. 'Ik zoende voor het eerst toen ik zestien was.'

'Ik twaalf', knikte Sascha. 'En ik vond mezelf heel wat.' Ze grinnikte. 'Weet je nog dat ik een keer met Remco heb gezoend?'

Eline schoot in de lach. 'Echt? Dat wist ik helemaal niet.'

Sascha staarde nadenkend voor zich uit. 'Hij kon het echt goed. Volgens mij wist hij toen allang dat hij op jongens viel.'

Eline knikte. 'Mijn moeder zegt dat ze het al wist toen hij drie was. Dus toen hij op zijn vijftiende uit de kast kwam, waren mijn ouders allerminst verbaasd.'

'Ik denk dat ik het laatste meisje ben met wie hij heeft gezoend.' Sascha glimlachte. 'Zou dat een eer zijn?'

'Ik miste het niet echt tot ik het deed', zei Lydia. 'En met seks was ik volgens mij ook de allerlaatste.'

'Ik was ook niet zo snel hoor', zei Sascha. 'Met zoenen dus wel, maar ik was maagd tot mijn negentiende. Daar heb ik achteraf ook geen spijt van.'

'Jij mocht dan niet de snelste van ons zijn, je hebt ons inmiddels wel ingehaald', zei Eline grinnikend tegen

Lydia. 'Je bent de enige met een serieuze relatie en als ik moet gokken, ook de eerste die een kind zal krijgen.'

Lydia staarde haar aan, alsof die opmerking rauw op haar dak viel. Een moment lang, daarna herstelde ze zich. 'Ja', zei ze. 'Misschien wel.'

Er viel een stilte waarvan Eline niet precies wist of die ongemakkelijk was. Ze blikte naar Sascha, maar die leek het niet te hebben gemerkt. Zij had haar blik op de passerende voetgangers gericht. Eline deed hetzelfde, terwijl ze zich afvroeg of ze iets verkeerds had gezegd.

'Ik eh...' zei ze uiteindelijk om de stilte te verbreken. Ze keek naar haar vriendin vanaf de zijkant. Lydia had een mooi profiel, met haar strakke kaaklijn en rechte neus. Op haar gezicht zwierven sproetjes rond. Af en toe trok er een spiertje in haar wang, zag Eline. Lydia haalde haar hand door haar haar, maar die liep vast omdat ze haar haren in een hoge paardenstaart had gebonden.

Er kwamen onderwerpen in Eline op die ze kon gebruiken om over het moment heen te praten, maar iets hield haar tegen. Misschien was het het gevoel dat ze kreeg als ze naar Lydia keek. Bedrukking, dat kwam er nog het meest bij in de buurt. Waar je zou verwachten dat Lydia haar plek had gevonden en ondanks de drukte gelukkig was, leek dat juist verder weg dan ooit.

Eline beet op haar lip. Ze besloot het maar gewoon te vragen. 'Heb ik iets verkeerds gezegd?'

Lydia had haar blik op haar vingers gericht, die ze in elkaar had verstrengeld. Het duurde een paar seconden voor ze haar ogen losmaakte van haar handen en Eline aankeek. 'Nee hoor', zei ze zo gespeeld dat Eline het niet kon helpen dat er cynisme op haar gezicht verscheen.

‘Ik ben gewoon een beetje moe’, zei Lydia snel. Ze haalde verontschuldigend haar schouders op. ‘Sorry jongens, ik ben geloof ik niet de gezelligste.’

‘Je bent niet gewoon een beetje moe’, zei Eline. Het was overduidelijk dat haar vriendin loog en ze vroeg zich af waarom Lydia dat deed. ‘Je hoeft niet te vertellen wat er is, als je dat niet wil. Maar het is duidelijk dat je ergens mee zit.’

Lydia perste haar lippen op elkaar en liet een kort humgeluid horen. Ze wendde haar blik af en veinsde interesse voor een ouder stel dat een moment lang weifelend bij de ingang van het terras bleef staan, maar toen toch doorliep.

‘Het is mij ook opgevallen’, zei Sascha zacht. ‘Ik wilde het niet zeggen, maar misschien is het goed om erover te praten. Wij zijn je vriendinnen, we zijn er ook voor je als je het moeilijk hebt.’

Even dreigde er opnieuw een stilte te vallen, toen merkte Eline dat er een traan langs de zijkant van Lydia’s neus naar beneden liep. Ze stond op van haar stoel en ging naast haar vriendin op de loungebank zitten. ‘Hé’, zei ze zacht. ‘Wat is er toch aan de hand met je?’

‘Ik weet het gewoon niet’, zei Lydia, terwijl ze zacht snikte en haar schouders schokten. ‘Het is allemaal zo...’

‘Zo wat?’

‘Zo anders dan ik me had voorgesteld.’

Eline fronste even, terwijl ze die woorden op zich liet inwerken. ‘Met de strandtent, bedoel je?’

‘Met...’ Lydia slikte een paar keer en probeerde haar snikken onder controle te krijgen, wat maar ten dele lukte. Ze had even nodig om op adem te komen en veegde toen langs haar ogen. ‘Ik zou gelukkig moeten zijn, maar ik voel het gewoon niet. Het is altijd maar druk, en Gert...' Ze knipperde een paar keer, deed haar mond open om die zin af te maken, maar begon toen opnieuw te snikken.

'Wat is er met Gert?' vroeg Eline. Ze had het gevoel dat ze eindelijk contact met Lydia kon maken, dat voor het eerst sinds het begin van de vakantie Lydia iets meer van zichzelf liet zien.

Lydia had weer even tijd nodig om haar ademhaling onder controle te krijgen. Ze zuchtte een paar keer diep, maar het leek haar te veel moeite te kosten de snikken terug te dringen. Ze richtte haar blik op een punt achter Eline, het was niet duidelijk wat daar precies te zien was.

Eline kon er niets aan doen dat haar gedachten automatisch de stilte opvulden. Wat was er met Gert? Hadden ze relatieproblemen? Wilde Gert stoppen met de strandtent? Onwillekeurig schudde ze haar hoofd. Dat laatste leek haar niet erg waarschijnlijk. Gert had net zo graag als Lydia zijn eigen zaak willen hebben en hij wekte niet de indruk dat het ondernemerschap hem te zwaar viel.

'Het komt allemaal op mij neer', zei Lydia nu, terwijl haar stem nog wat beverig klonk. 'Ik had me zo voorgesteld dat we het echt samen zouden doen. Maar in plaats daarvan lijkt Gert drukker te zijn met andere vrouwen.'

Eline fronste. 'Hoe bedoel je?'

Lydia haalde kort haar schouders op. 'Hij staat de hele dag met iedereen te praten, hij flirt met andere vrouwen en iedereen loopt met hem weg. Terwijl ik me intussen zes slagen in de rondte werk.'

'Maar zo is Gert toch gewoon?' vroeg Sascha. 'Eerlijk gezegd ken ik hem niet anders dan dat hij met iedereen staat te kletsen.'

Eline knikte. 'Dat herken ik wel, ja. Dat heeft hij altijd gehad.'

Lydia zuchtte diep. 'Dat weet ik wel, maar het maakt me soms onzeker. Ook waar we het net over hadden. Zoenen, seks, Gert heeft zoveel meer ervaring dan ik, zoveel meer gedaan dan ik.'

Eline begreep niet helemaal wat Lydia daarmee bedoelde. 'Waarom is dat nu nog belangrijk? Jullie zijn nu toch met elkaar?'

'Soms ben ik bang dat hij op me uitgekeken raakt.'

'Hij was vroeger net als ik', zei Sascha. 'Ik sjansde en zoende ook makkelijk. Dat had niets te betekenen, weet ik uit ervaring. En het gaat snel vervelen. Als je onze leeftijd hebt, wil je dat helemaal niet meer.' Ze dacht even na en grinnikte. 'Nu ik erover nadenk: volgens mij hebben Gert en ik zelfs nog een keer met elkaar gezoend.'

Lydia keek haar aan. 'Hoe bedoel je?'

'Zoals ik het zeg. Ik was geloof ik zestien of zeventien.'

'Heb jij met Gert...' Voor het eerste sinds een tijdje schoot Lydia in de lach. 'Dat wist ik helemaal niet.'

Eline merkte dat ze heel even haar adem had ingehouden. Het was niet bepaald het meest handige moment van Sascha om Lydia dit te vertellen, maar gelukkig leek die het goed op te nemen.

'Het stelde natuurlijk niets voor', zei Sascha. 'Ik denk zelfs dat hij het niet meer weet.'

Lydia snoof even. 'Jullie hebben ook wel gelijk. Ik weet dat hij sociaal is, dat hij graag praat. En flirt. Maar de laatste tijd...' Ze haalde haar schouders op en schudde haar hoofd. 'Ik werk me kapot in de strandtent en hij houdt zich voornamelijk bezig met het versieren van onze gasten.'

Eline knipperde een paar keer. 'Ben je niet gewoon heel erg moe? Het is een ongelooflijk druk seizoen geweest en...'

'Nee.' Lydia schudde ferm haar hoofd. 'Ik weet wel wat jullie denken, maar zo is het niet. Het ligt niet aan mij.'

'Dat denk ik ook helemaal niet', zei Eline, voornamelijk om Lydia niet tegen zich in het harnas te jagen. Als ze eerlijk was, dacht ze wel dat haar vriendin gevoeliger reageerde dan misschien nodig was. Het was waar wat Sascha zei: Gert was altijd extravert geweest, sociaal. Flirterig, zou je kunnen zeggen. Lydia kende hem al zo lang, het kon haar onmogelijk verbazen.

'Heb je het er met hem over gehad?' vroeg Sascha.

Even leek het erop dat Lydia de vraag niet had gehoord. Toen trok ze haar wenkbrauwen op, sperde haar ogen open en keek nadenkend. Een lok haar die achter haar oor had gezeten, gleed naar voren. De stelligheid die ze net nog had gehad, leek plotseling uit haar te zijn weggevloeid. 'Jawel', zei ze uiteindelijk, terwijl ze de haarlok terugduwde. 'Maar hij begrijpt het niet. Hij ziet het probleem niet. En hij doet er al helemaal niets mee.'

Ergens begreep Eline wel dat Gert niet inzag wat hij fout deed, omdat hij altijd zo was geweest. Al was het natuurlijk wel bot te noemen dat hij de woorden van Lydia zo makkelijk wegwuifde.

Sascha ging verzitten. 'Misschien moeten jullie gewoon wat tijd voor elkaar nemen. Nog een week of drie en dan zit het seizoen erop toch? Kunnen jullie niet samen op vakantie gaan?'

Lydia keek haar aan. 'Op vakantie?'

'Ja, om weer tot elkaar te komen. Als je zo hard werkt, is het vast niet raar dat je elkaar een beetje kwijtraakt en geen tijd hebt om te praten. Misschien vindt hij dat ook wel vervelend.'

Lydia keek haar fronsend aan. 'Zegt hij dat?'

'Geen idee, ik heb hem niet echt gesproken. Maar het zou toch kunnen? Misschien vindt hij het wel fijn om er even samen tussenuit te gaan.'

'Ja.' Lydia haalde diep adem. Haar gezicht vertrok in iets wat een glimlach zou kunnen zijn. 'Misschien wel.'

Eline had nog steeds haar arm om haar vriendin geslagen, maar haalde die nu weg. 'Het komt vast wel goed', zei ze opbeurend. 'Het valt natuurlijk ook niet mee om een eigen zaak te beginnen, met alle stress die daarbij hoort.'

Lydia bewoog heen en weer. Toen ze begon te praten, keek ze Eline en Sascha niet aan. 'Jullie hebben ook wel gelijk, en toen we hieraan begonnen wist ik dat we het zwaar zouden krijgen. Het is alleen... We hadden het over onzekerheid en dit maakt me onzeker. Ik weet dat Gert er niets mee bedoelt, maar het is soms moeilijk om te zien hoe hij het naar zijn zin heeft, terwijl ik soms het gevoel heb dat er zoveel meer werk op me ligt te wachten dan ik kan wegwerken.'

'Waarom neem je geen extra personeel aan?' vroeg Eline, toen Lydia een stilte liet vallen. 'Als je het te druk hebt, is dat toch geen gek idee?'

'Dat zou kunnen, maar in het eerste jaar willen we de kosten in de hand houden. Gert heeft het uitgerekend en een extra medewerker zou echt een te grote hap uit ons budget nemen.'

Eline wilde zeggen dat een overspannen Lydia ook een flinke hap uit het budget zou zijn, maar ze hield haar mond.

'Ik denk wel dat het goed is om je te realiseren dat Gert

niet voor niets met jou deze zaak is begonnen', zei ze in plaats daarvan. 'Hoeveel hij ook praat met anderen, of misschien flirt, hij ziet zijn toekomst met jou.'

'Gert zit gewoon zo in elkaar', zei Sascha knikkend. 'Ik denk dat hij daar niet zoveel mee bedoelt.'

'Ja.' Lydia glimlachte toegeeflijk. Daarna keek ze eerst Eline en toen Sascha aan. 'Dank jullie wel. Een peptalk van mijn vriendinnen is iets wat ik te lang niet heb gehad. En als ik moe ben, lukt het me sowieso niet om te relativeren.'

'Over moe gesproken,' zei Eline, 'wat willen jullie doen? Terug naar de strandtent en slapen of zijn jullie ervoor in om ergens nog iets te gaan drinken?'

Ze keek haar vriendinnen aan, maar zag al meteen dat ze de enige was die voor dat laatste plan enthousiasme kon opbrengen. 'Oké,' glimlachte ze toegeeflijk voordat iemand iets had gezegd, 'we gaan terug.'

'We kunnen in de strandtent nog wat drinken', zei Sascha.

Eline knikte. 'Of we gaan lekker slapen, dat is natuurlijk ook geen slecht idee. Het is trouwens al elf uur geweest.'

Sascha wenkte de ober en nadat ze hadden betaald, liepen ze het terras af, de hoofdstraat in. Links en rechts klonk gezellig geroezemoes uit de restaurantjes en vanaf de terrassen, die vrijwel allemaal oranje werden verlicht door de heaters. Eline hield van Amsterdam, van de grootsheid, de hippe tenten, het levendige en van het gevoel dat ze nooit iets miste omdat ze daar woonde waar het gebeurde. Maar dit gezellige, dit kneuterige vervulde haar automatisch met een gevoel van ontspanning. Een terras, fijne vriendinnen, een goed gesprek – dat was soms alles wat je nodig had.

Terwijl Sascha en Lydia het hadden over een nieuw

restaurant in Middelburg dat door een kennis van Lydia was geopend, gleden Elines gedachten naar het gesprek dat ze op het terras hadden gevoerd. Ze was blij dat Lydia eerlijk was geweest, dat ze eindelijk aan haar vriendinnen had verteld waar ze mee zat, al wist Eline nog steeds niet precies wat ze ervan moest denken. Als ze eerlijk was, had ze Gert en Lydia lange tijd een wonderlijke combinatie gevonden. Toen Lydia destijds had aangekondigd dat ze verkering hadden, had Eline onbewust gedacht dat het een bevlieging was, een verliefdheid zonder eeuwigheidswaarde. Juist omdat Gert was zoals hij was, had Eline gedacht dat de relatie al veel eerder zou stranden, en precies op dit punt. Het verbaasde haar dat Lydia er zo lang niet mee had gezeten. Eline wilde niet de amateurpsycholoog uithangen, maar Lydia's jeugd was getekend door de ontrouw van haar vader en juist zíj koos een man die er niet vies van was om vrij opzichtig met andere vrouwen te flirten. Ze mocht Gert heus wel. Hij was aardig, hij vormde leuk gezelschap als je op zoek was naar een avondje eten, drinken, lachen en goede verhalen, maar ze zou nooit een relatie kunnen hebben met iemand die zo'n zweem van losbandigheid om zich heen had hangen. Diep vanbinnen had ze altijd gedacht dat dat voor Lydia ook gold, al was ze in de loop der jaren gaan inzien dat zij en Gert de kracht hadden elkaars tekortkomingen juist aan te vullen.

Was aan die kracht een einde gekomen? Eline hoopte met heel haar hart van niet. De strandtent was Lydia's levensdoel, dat wist ze zeker. Maar Het Zout was van haar en Gert samen en het zou heel moeilijk worden die constructie te ontvlechten.

Ongemerkt hadden ze het dorp verlaten. Ze waren nu

aangekomen bij het pad dat door het duingebied leidde naar de strandopgang. Buiten de beschutting van de huizen was het opeens een stuk frisser en Eline trok haar jasje dichter om zich heen. Het pad voerde omhoog en vanaf het hoogste punt kon je Het Zout verderop zien liggen. Er brandde nog licht, misschien waren er nog gasten.

Het moest ook zwaar zijn, een eigen zaak. Eline vond haar eigen werk druk, maar uiteindelijk kon zij aan het einde van de middag – of soms 's avonds – de deur van het kantoor achter zich dichttrekken. Dan zat ze vaak nog 's avonds mail te beantwoorden, maar dat vond ze niet erg. Ze voelde zeker de druk van werkzaamheden die af moesten, maar als puntje bij paaltje kwam, wist ze ook dat ze kon terugvallen op haar collega's. Of dat ze bij haar baas kon aangeven dat de werkdruk haar te veel werd. Zo werkte het natuurlijk niet als je zelf de baas was. Dan was je degene die altijd doorging, die het minste vrije tijd had van iedereen. Die iets moest zien te regelen als het personeel het te druk had, maar die zelf nergens kon klagen over de werkdruk. Ja, bij je mede-eigenaar. Het was misschien niet zo vreemd dat Het Zout een wissel trok op de relatie van Gert en Lydia. Als de drukte te groot werd, konden ze nergens anders terecht dan bij elkaar. En dat waren vaak niet de gezelligste momenten.

Eline hoopte dat Sascha gelijk had, dat een vakantie een heleboel kon oplossen. En ze hoopte vooral dat Lydia die raad ter harte zou nemen voor het te laat was.

De deur van de strandtent was al op slot. Lydia maakte hem open met de sleutel en liet haar vriendinnen voorgaan. Gert stond achter de bar en keek op toen ze binnenkwamen. 'Hé, hoe was het?' vroeg hij. 'Lekker gegeten?'

Eline knikte. 'Heerlijk.' Ze keek rond in de strandtent, maar er waren geen gasten meer.

'Ik wilde net afsluiten', zei Gert, die haar blik volgde. Daarna keek hij naar Lydia. 'Alles is goed gegaan, hoor. Drukke avond.'

Omdat ze met haar rug naar haar vriendin toe stond, kon Eline Lydia's reactie niet zien. Gert tikte wat dingen in op de kassa, die vervolgens een lange bon begon uit te spugen. 'Ik maak het hier nog even af en dan ga ik naar huis', zei hij. 'Willen jullie nog wat drinken?'

Hoewel dat eerder wel het plan was geweest, schudden ze nu alle drie hun hoofd. 'We gaan lekker slapen', zei Sascha. 'Die wandeling hiernaartoe heeft me rozig gemaakt.'

'Slaap lekker dan maar', zei Gert met een glimlach. 'Tot morgen.'

Sascha en Eline liepen naar boven, Lydia bleef nog even bij Gert staan. Voor haar kamerdeur wenste Eline Sascha welterusten en daarna ging ze naar binnen. Ze verruilde haar spijkerbroek en blouse voor haar pyjama, die bestond uit een beige, zijden broekje en een topje met dunne bandjes van hetzelfde materiaal. Daarna zette ze het raam open en ging in bed liggen.

Via het raam kwam een frisse bries binnen, die zacht langs haar gezicht streek. Buiten was het stil, op het ruisen van de golven na. Ze wilde dat ze moe was, maar slaap was in geen velden of wegen te bekennen. Met open ogen lag ze op haar rug, starend naar het plafond. Op de gang klonken voetstappen, dat moest Lydia zijn.

Eline draaide van haar rug naar haar zij en toen weer naar haar rug. Ze gooide de deken van zich af, maar trok hem toch weer over zich heen. Het was al na twaalven, zag ze toen ze op de homebutton van haar telefoon drukte. Ze had geen berichten.

Nog eens vijf minuten later sloeg ze haar benen over de rand van het bed en liep naar het raam. Ze snoof diep om de geur van de zee in zich op te nemen.

Ze had dorst. Misschien zou thee helpen om de slaap straks te vatten. Gert zou nu wel naar huis zijn, maar Lydia had uitgelegd hoe het koffie- en theeapparaat werkte, zodat ze zichzelf konden voorzien. Eline trok een sweatshirt aan over haar pyjama, schoot in haar slippers en liep de trap af.

Er brandde nog licht, wat haar verraste. Net toen ze dacht dat Gert en Lydia vergeten waren het uit te doen, zag ze iemand aan een tafeltje zitten. Even bleef ze staan, toen hoorde hij kennelijk geluid achter zich en draaide zich om. 'Hé Eline', zei Gert en hij stond meteen op.

'Sorry, ik wilde niet storen', zei Eline.

'Je stoort niet. Wil je iets drinken?'

Eline knikte. 'Ik kon niet slapen en wilde een kopje thee nemen.'

'Wijn helpt ook', zei Gert.

Eline grinnikte. 'Ongetwijfeld, maar ik hou het bij thee.'

Gert gebaarde naar het tafeltje en Eline ging zitten, terwijl hij wegliep om haar drankje te halen. Even later kwam hij terug met twee glazen heet water en twee zakjes groene thee. Uit automatisme had Gert een koekje en een staafje honing op het schoteltje gelegd.

Hij grinnikte toen Eline hem daarop wees. 'Beroepsdeformatie', zei hij, en stopte het koekje in zijn mond. 'Zorgen?' informeerde hij daarna.

Eline schudde haar hoofd en keek verwonderd. 'Hoezo?'

'Omdat je niet kunt slapen.'

'O, dat...' Ze fronste en tuitte haar lippen. Daarna glimlachte ze. 'Ik heb afgelopen nacht gewoon heel goed geslapen, daar kan ik kennelijk twee nachten mee doen.'

'Het zal de zeelucht zijn', zei Gert, terwijl hij zijn pen uitklikte en dwars op een stapeltje papier legde. Daarna leunde hij achterover met zijn handen achter zijn hoofd.

'Administratie?' vroeg Eline met een blik op de papieren en de rekenmachine die ernaast lag.

'Bestellingen. Ik kan het ook morgenochtend doen, maar ik ben meer een avondmens. En na een avond werken kan ik vaak ook niet slapen.'

'Ik kan me voorstellen dat je hoofd dan tolt', zei Eline. 'Het zijn vast drukke dagen voor jullie.'

Gert glimlachte en draaide zijn theeglas rond op het schoteltje. 'Is dat wat Lydia zei?'

Eline trok haar wenkbrauwen op. Dat was niet de reden dat ze het had gezegd en ze had het gesprek ook niet op haar vriendin willen brengen. Ze haalde kort haar schouders op. 'Niet echt,' zei ze ontwijkend, 'maar mij lijkt een eigen zaak heel druk.'

Gert zweeg even. 'Dat is het ook', zei hij. 'Het is het meer dan waard, maar ik denk dat we dit wel hebben onderschat. Vrije tijd is een schaarse luxe geworden.'

'Wordt het nu wat rustiger?' vroeg Eline. 'Het seizoen zit er toch bijna op?'

'Op zich wel, maar we hebben natuurlijk grote plannen voor volgend jaar. Er moet deze winter wel een hoop gebeuren, en we blijven gewoon open.' Hij keek voor zich uit. 'Soms vraag ik me wel af of we niet te veel hooi op onze vork hebben genomen.'

Die opmerking verraste Eline. Onwillekeurig dacht ze

aan de woorden van Lydia. Ze hield echter haar hoofd schuin en gaf geen reactie. Dat had Gert ook niet nodig ter aanmoediging.

'Het is gewoon veel werk', zei hij. 'En we willen onze gasten elke dag het beste bieden wat we in huis hebben. Als je zelf eens een mindere dag hebt, kun je het niet even rustig aan doen. De gasten verdienen beter.' Hij dacht even na. 'Volgens mij voelt Lydia die druk nog meer dan ik. Ze kan het soms moeilijk loslaten.'

'Is dat zo?' vroeg Eline neutraal.

Gert kneep zijn ogen samen. 'Heb je dat niet aan haar gemerkt? Heeft ze er niets over gezegd?'

Eline haalde kort haar schouders op. 'Ik vind wel dat ze er moe uitziet.'

'Dat kun je wel zeggen', knikte Gert en hij lachte even, maar er leek niet veel vreugde bij te zitten. Daarna zweeg hij een tijdje, Eline zocht naar een manier om de stilte op te vullen, maar Gert leek in gedachten te zijn verzonken. Hij keek naar zijn thee, die hem bovenmatig leek te interesseren. Uiteindelijk haalde hij diep adem. 'Ik maak me soms zorgen om haar.'

Eline nam een slokje en brandde haar lip. 'Hoezo?' vroeg ze.

'Ze heeft zich zo vastgebeten in de zaak, er is helemaal geen ruimte meer voor andere dingen. Het lijkt wel alsof alles in haar leven ervan afhangt. Er mag niets misgaan.' Hij likte even aan zijn bovenlip. 'Soms ben ik bang dat haar oude angsten weer de kop opsteken.'

Die opmerking verraste Eline, al was het geen onlogische gedachte. 'Denk je dat?' vroeg ze.

Gert haalde zijn schouders op. 'Ik weet het niet, het is

lastig om hoogte van haar te krijgen. Het is soms alsof ze dat deel van haar afschermt.'

Eline knikte. 'Misschien doet ze dat ook wel. Ze wil die tijd achter zich laten. Ik denk dat ze zich wil richten op de toekomst.'

Gert leek even over die woorden te moeten nadenken. 'Daar heb je waarschijnlijk wel gelijk in. Toch zou ik willen dat we daar beter over konden praten. Het gaat alleen nog maar over werk. Ik heb soms het gevoel dat ik haar tegen zichzelf in bescherming moet nemen. Ze neemt veel te veel hooi op haar vork.'

Eline nam een slok van haar thee en liet haar glas langer op haar lip rusten dan nodig, zodat ze nog geen antwoord hoefde te geven. Ze probeerde de woorden van Gert op waarde te schatten. Hij leek zich daadwerkelijk om Lydia te bekommeren, maar Eline kon niet zomaar vergeten wat Lydia had verteld. Als dat waar was, als Gert Lydia voor het grootste deel van het werk liet opdraaien, was zijn medeleven natuurlijk niets dan een wassen neus.

'Wat?' vroeg Gert, die bemerkte dat haar stilte veelzeggend was.

Eline haalde kort haar schouders op en besloot zich neutraal op te stellen. 'Niks', zei ze. 'Ik dacht alleen: als Lydia het zo zwaar heeft, is het dan niet handig om wat werk bij haar weg te halen? Kun jij nog wat van haar overnemen?'

'Ik?' Gert lachte wel, maar hij leek het niet erg grappig te vinden. 'Ik zou niet weten wanneer ik dat er nog bij moet doen. Bovendien laat Lydia mij niets overnemen, omdat ze vindt dat ze het zelf beter kan. Dat is ook het probleem.'

Eline zocht naar een manier om het gesprek in de richting te buigen die ze wilde – de richting van wat Lydia over Gert had gezegd – maar ze zag geen opening. Ze wilde Lydia's woorden niet plompverloren op tafel gooien, haar vriendin had haar die immers in vertrouwen verteld.

'Ik vind het fijn voor Lydia dat jullie er nu zijn', zei Gert nu. Hij leek niet echt te hebben opgemerkt dat Eline geen antwoord had gegeven. 'Volgens mij lukt het haar voor het eerst sinds lange tijd om een beetje te ontspannen. Ze boft maar met zulke leuke vriendinnen.'

Eline glimlachte. 'We doen ons best.'

'Ze heeft erg naar jullie komst uitgekeken', ging Gert verder. Hij keek eerst nadenkend, daarna brak er een klein glimlachje door op zijn gelaat. 'Misschien geldt dat niet alleen voor haar, maar ook voor mij.'

'Jij moet anders twee keer zo hard werken nu Lydia vrij heeft.'

Gert staarde haar aan, het lachje nog steeds rond zijn mond. 'Je weet wel wat ik bedoel', zei hij. 'Het is altijd prettig om gezelschap te krijgen van twee mooie vrouwen. Waarvan er eentje...' Hij haalde diep adem en sloot even zijn ogen voor hij Eline weer aankeek. Er stond iets in zijn ogen te lezen waar Eline liever geen aandacht aan wilde besteden.

'Ik ga slapen', zei ze vrij abrupt. Ze zette haar nu lege glas terug op het schoteltje en stond op. 'Welterusten.'

Gert volgde haar voorbeeld en kwam ook overeind. Voor Eline doorhad wat er gebeurde, stond hij al vlak bij haar. 'Bedankt voor je luisterend oor', zei hij, wat op haar nogal plechtig overkwam. Ze knikte en Gert stak zijn armen uit en omhelsde haar kort. Even zette ze zich schrap, maar hij liet haar meteen weer los, zoals vrienden elkaar omhelzen. 'Tot morgen.'

Eline liep naar de trap, die zich naast de bar bevond. Ze keek om, maar anders dan ze had verwacht, keek Gert haar niet na. In plaats daarvan zat hij aan tafel en verzamelde zijn papieren. Ze wierp een vluchtige blik op de klok. Het was iets na halfeen.

De treden kraakten licht toen ze naar boven liep. Onder haar blote voeten voelde ze wat zand knarsen. Ze hoopte dat ze nu zou kunnen slapen, al had het gesprek met Gert de nodige vragen bij haar opgeroepen. Ze vond het moeilijk om in te schatten wat wel en niet waar was. Ja, Lydia was misschien wat overwerkt, dat had ze zelf ook al gezien. Aan de andere kant was het natuurlijk ook opvallend dat Gert een half flirterige opmerking had gemaakt, zonder dat hij zich daarbij ongemakkelijk leek te voelen. Ze kon zich goed voorstellen dat dat deel van Lydia's verhaal ook waar was. Ook al had Gert er misschien niet zoveel mee bedoeld, als je zo gevoelig was als Lydia, was het niet moeilijk om hier van alles achter te zoeken. Ze vroeg zich ook af waarom Gert het deed. Hij had die hele opmerking net zo goed achterwege kunnen laten, maar kennelijk had hij het toch nodig gevonden zoiets te zeggen. Bedoelde hij er iets mee? Ging het automatisch?

Als ze eerlijk was, dacht ze het laatste. Dit was Gert ten voeten uit, zo was hij altijd geweest, al was het de laatste jaren minder geworden. Vermoedelijk omdat hij met Lydia was en daardoor geen behoefte had om met anderen te flirten. Misschien zocht hij naar bevestiging nu Lydia door de zaak minder tijd voor hem had?

Ze schudde haar hoofd, terwijl ze de laatste treden bereikte. Haar gedachten waren niets dan psychologie van de koude grond. Ze kon die hele opmerking maar beter vergeten, waarschijnlijk had ze Gert wel voldoende duidelijk gemaakt wat ze ervan vond.

Ze was nu boven aan de trap aangekomen en liep naar haar kamer. Plotseling verstijfde ze, eerder door een gevoel dan door iets wat ze zag op de donkere gang. Of was het een geluid? In tweede instantie realiseerde ze zich dat ze geritsel had gehoord, niet ver bij haar vandaan. Ze tastte naar de muur, waar ze zich een lichtknopje herinnerde. Toen ze het aanknipte, zag ze dat ze zich niets had verbeeld.

'Ik schrok me een hoedje', zei ze, terwijl ze opgelucht uitademde. Lydia stond tegenover haar en keek al net zo geschrokken. 'Ik had je hier niet verwacht.'

'Ik jou ook niet.' De schrik verdween van Lydia's gezicht en ze glimlachte. 'Ik dacht dat je al sliep.'

'Ik kon niet slapen, dus ik ben naar beneden gegaan om thee te drinken. Gert was er ook nog.' Ergens kwam de gedachte op dat het goed was dat Lydia's Gert nogal onhandige omhelzing niet had gezien. Ze had er misschien veel meer van gemaakt dan het was.

'Ja, hij is vaak tot laat bezig', zei Lydia. 'Ik wilde net naar hem toe gaan, omdat ik ook niet kon slapen.' Ze gebaarde naar de trap. 'Loop je nog even mee of...'

'Nee, ik ga naar bed', zei Eline. 'De thee heeft me goed gedaan en ik denk dat ik de slaap nu wel kan vatten.'

'Prima, welterusten.'

Nadat Eline haar vriendin ook een goede nacht had gewenst, ging ze haar eigen kamer binnen. Het raam stond nog steeds open en ze liet het zo, terwijl ze weer onder de dekens kroop.

Op het nachtkastje pingde haar telefoon twee keer kort

achter elkaar. Terwijl ze bedacht dat ze het geluid moest uitzetten voor ze ging slapen, reikte ze ernaar om te zien wie haar zo laat nog een berichtje stuurde. Ze fronste toen ze zag wie de afzender was, ze wist niet eens dat ze zijn nummer in haar telefoon had staan.

Even aarzelde ze of ze het berichtje zou openen. Als hij nog online was, zou hij de vinkjes meteen blauw zien worden. Om een of andere reden had ze het idee dat ze dat beter niet kon doen. De inhoud van het berichtje had haar een vreemd gevoel bezorgd.

Ik vond het heel bijzonder met je. Hopelijk binnenkort meer. x

Ze hadden best gezellig zitten praten, maar ook niet meer dan dat. De omhelzing aan het einde was ook al vrij ongemakkelijk geweest. Ze vroeg zich af wat Gert met dit bericht wilde bereiken. Was het een nogal sentimentele manier om haar te bedanken voor een luisterend oor?

Ze liet haar duim een tijdje aarzelend boven de homebutton zweven, maar liet WhatsApp toen toch maar ongeopend. Er niet op ingaan was waarschijnlijk het beste. Terwijl ze het onbestemde gevoel van zich af probeerde te zetten, legde ze haar telefoon terug op het nachtkastje.

De thee had haar inderdaad goed gedaan, ze voelde haar oogleden al zwaar worden. Het laatste wat ze hoorde voordat ze in slaap viel, was het eeuwig ruisende ritme van de golven.

HOOFDSTUK 6

ELINE VERKEERDE NOG IN HET NIEMANDSLAND TUSSEN slaap en wakker worden, toen ze zich realiseerde dat het ongewoon licht was in de kamer. Langzaam deed ze haar ogen open. Twee dingen vielen op. Het gordijn was opengewaaid en de zon stond al relatief hoog. Ze reikte naar haar telefoon op het nachtkastje. Iets na negen uur. Niets voor haar om zo lang uit te slapen.

Ze sloeg de deken terug en liep naar het raam. De wind was in kracht toegenomen en de golven waren vandaag hoger dan gisteren. Geen wonder dat het gordijn opzij was gewaaid. Ze sloot het raam en besloot eerst maar eens te gaan douchen. Ze waste haar lange haar en daarna föhnde ze het uitgebreid tot het weer zacht was. De laatste dagen was het door de zoute wind en het water stug geworden.

Ze trok een simpele, blauwe jurk aan, schoot in haar

slippers en liep naar beneden. Half verwachtte ze dat haar vriendinnen al ontbeten hadden, maar tot haar verbazing zag ze hen niet. Alleen Gert was er, hij stond achter de bar met twee jongens van de bediening te praten. Over een kwartier zou de strandtent opengaan. Snel liep ze door, voor hij haar in het oog kreeg en naar haar toe zou komen. Het berichtje van gisteravond zat haar nog steeds niet echt lekker.

Eline liep naar buiten. Het was weer eb geworden, maar het zand was nog nat. Ze schoof haar zonnebril naar haar neus en kneep haar ogen samen. Een figuur kwam vanuit de branding het strand op. Aan de lange, slanke gestalte meende ze te zien dat het Lydia was. Ze speurde verder. Misschien was Sascha daar ook wel, was ze met Lydia mee gaan zwemmen.

Lydia zwaaide toen ze Eline in het oog kreeg. Eline stak haar hand op. 'Koffie?' vroeg Gert die naast haar was opgedoken en haar zonder haar antwoord af te wachten een latte macchiato overhandigde. Eline pakte de koffie aan en knikte. Gert bleef naast haar staan. Ze vroeg zich af of ze iets moest zeggen.

Hij was uiteindelijk degene die de stilte verbrak. 'Ik eh...' zei hij, terwijl hij haar blik vermeed. 'Dat berichtje dat ik stuurde...'

'Zwem je mee?' riep Lydia, die nu binnen gehoorafstand was.

Eline keek vluchtig naar Gert en schudde haar hoofd. 'Ik heb net mijn haar gewassen.'

'Niks mis met de beachlook', zei Lydia en ze pakte grinnikend een pluk van haar eigen, natte haar. 'Ik loop er al maanden zo bij.'

Ze liep het terras op. 'Wil je ook koffie?' vroeg Gert. Eline meende iets van vermoeidheid in zijn stem te bespeuren. Lydia schudde haar hoofd en zei dat ze ging douchen. Toen ze wegliep, wilde Gert duidelijk nog iets zeggen, maar iemand van de bediening tikte hem op de arm en zei dat het koffieapparaat geen melkschuim meer gaf. Gert knipperde even en liep met de jongen mee naar binnen. Eline ging met haar koffie in de zon zitten, achter het scherm dat de wind tegenhield. Ze nam een slokje en likte het schuim van haar lippen.

Twintig minuten later kwam Lydia bij haar zitten, haar haar nog nat van de douche. Ze droeg een korte jeans en een zwarte trui met het logo van Het Zout erop. 'Is Sascha er al?' vroeg ze, terwijl ze een kop koffie op tafel zette. En toen, zonder Elines antwoord af te wachten: 'Wil je er nog eentje?'

Kennelijk was het apparaat weer gerepareerd. Eline schudde haar hoofd als antwoord op beide vragen.

'Het verbaast me niet', grinnikte Lydia. 'Ze is nooit echt een ochtendmens geweest.'

'Ze zal zo wel komen.' Eline keek op het scherm van haar telefoon om de tijd te zien. 'Het is al bijna halfelf, zo lang heeft ze nog niet eerder uitgeslapen.'

De strandtent was nu geopend en op het terras nam een ouder stel met een drijfnat hondje plaats. Eline keek naar het beestje, dat een onbestemde grijsbruine vacht had die vol zand zat. Enthousiast lebberde hij een halve drinkbak leeg.

Een jonge serveerster bracht een mandje met broodjes en croissants en een etagère met wat jam, kaas en boter. Nu pas merkte Eline dat ze trek had. Sowieso at ze hier veel meer dan thuis. 'Als ik jou, was ik allang dichtgegroeid', zei ze tegen Lydia. 'Al die lekkere dingen, die de hele dag door beschikbaar zijn.'

'Waarom denk je dat ik zoveel ga zwemmen? Na lang zoeken had ik de perfecte leverancier voor onze taarten gevonden en de appeltaart was zo lekker dat ik elke dag een stuk at.' Lydia lachte. 'Daar ben ik na een paar weken maar weer mee gestopt.'

'Die wil ik wel proberen', zei Eline, terwijl ze verlekkerd keek.

Lydia wilde al opstaan, maar Eline gebaarde haar te gaan zitten. 'Straks natuurlijk, ik geniet nu nog even van dit heerlijke ontbijtje. Jullie zorgen zo goed voor ons.'

'Ik ga nog even koffie halen', zei Lydia, maar opnieuw maande Eline haar tot zitten. 'Ik loop wel', zei ze en ze nam hun kopjes mee.

Binnen stond Gert achter de bar. Eline zette de kopjes neer. 'Zo te zien doet die het weer', zei ze met een knikte in de richting van het koffieapparaat.

Gert knikte. 'Er was een storing, dat gebeurt weleens vaker.' Hij keek langs haar heen naar het terras. Automatisch volgde Eline zijn blik, er was nu niemand van de bediening in de buurt.

'Wat ik je stuurde', zei Gert, haastig nu. 'Ik meende dat. Ik wil met je verder praten, maar niet hier. Lydia is er altijd bij en als ze lucht krijgt van...' Hij maakte zijn zin niet af, maar haalde in plaats daarvan diep adem. 'Ik wil je zien, vanavond.'

Eline begon haar hoofd te schudden. 'Ik wil niet...'

'Het is belangrijk. En het is niet wat je denkt.' Gert keek zoekend om zich heen en pakte een papiertje en een pen.

Snel krabbelde hij iets neer. 'Kom hiernaartoe. Om negen uur.'

Voordat Eline wist wat er gebeurde had ze het papiertje aangepakt. Automatisch begon ze haar hoofd te schudden. 'Nee, Gert, echt niet. Lydia is mijn vriendin en...'

'Zorg dat je er bent', zei Gert, en daarna voegde een serveerster zich bij hen. Eline stopte het papiertje snel in de zak van haar jurk.

'Wat zullen we vandaag gaan doen?' vroeg Lydia, toen Eline de koffie voor haar op tafel zette. 'We zouden naar dat nieuwe restaurant in Domburg kunnen gaan om te lunchen.' Lydia keek naar de lucht. 'Ik heb net het weerbericht opgezocht. Als het goed is, gaat de wind straks liggen. Dan kunnen we op de fiets gaan.'

'Goed idee', knikte Eline. Ze had wel zin in wat lichaamsbeweging. 'Als Sascha tenminste wakker is tegen die tijd.'

Lydia keek op haar horloge. 'Moeten we niet even bij haar gaan kijken? Het loopt al tegen elven.'

Eline kneep haar ogen samen. Sascha had gisteravond geen extreem vermoeide indruk gemaakt, dus het was inderdaad misschien wel een beetje vreemd dat ze zo lang uitsliep. Ze kwam overeind. 'Ik ga wel even kijken.'

Het begon al drukker te worden in de strandtent, voornamelijk met wandelaars die koffie kwamen drinken. Een enkeling had al een menukaart voor zich voor een vroege lunch. Via de trap liep Eline naar boven. Op de gang bleef ze even staan en haalde het papiertje uit haar zak. Nu pas zag ze dat het een flyer van de strandtent was. Onderaan, in het hoekje, had Gert iets geschreven. Hij had geen mooi handschrift en het kostte wat moeite om te ontcijferen wat er stond.

Vanavond, 21.00 uur. Hotel De Branding. Bar.

Eline voelde haar hartslag toenemen. Ze wilde dit niet, ze wilde niet meegesleept worden in een of ander geheim avontuur, of wat Gert ook van plan was. Steeds meer begon ze te geloven dat Lydia gelijk had en dat Gert zich inderdaad voornamelijk bezighield met het versieren van vrouwen terwijl zij keihard werkte. Dacht hij nu echt dat ze hierin zou trappen? Ze voelde haar vastberadenheid toenemen. Straks zou ze hem vertellen dat ze niet zou komen, en als hij iets te vertellen had, moest hij dat maar gewoon hier doen. Wat kon er in vredesnaam zo belangrijk zijn dat het helemaal in een hotelbar besproken moest worden? Alsof het niet zou opvallen dat ze allebei weg waren. En wilde hij wel echt in de bar afspreken? Was het niet een doorzichtige smoes?

Ze stopte de flyer terug in haar zak en schudde haar hoofd. De vraag kwam op of ze dit aan Lydia zou moeten vertellen. Zij was haar vriendin en Eline wilde eerlijk tegen haar zijn. Aan de andere kant, wat bereikte ze ermee? Lydia had het momenteel al moeilijk, en de wetenschap dat Gert zo'n beetje onder haar ogen een van haar vriendinnen probeerde te versieren zou het niet beter maken. Misschien kon ze maar beter haar mond houden.

Ze zette de gedachte aan Gert van zich af en liep in de richting van Sascha's kamer, aan het einde van de gang. Ze klopte aan, een droog geluid dat weerkaatste in de smalle ruimte. Ze wachtte even, maar er kwam geen reactie. Na een paar seconden probeerde ze het opnieuw. 'Sas?' riep ze vragend. 'Sascha?'

Niets. Eline luisterde aan de deur, maar er klonk geen enkel geluid. Ze reikte met haar hand naar de klink. Die gaf mee en de deur zwaaide zachtjes open. In de luchtstroom die ontstond tussen de deur en het openstaande raam bolde het gordijn op.

Sascha's bed was leeg. Een moment lang dacht Eline dat haar vriendin aan het douchen was, maar er klonk geen geluid in de badkamer. De deur stond op een kiertje, Eline spiekte naar binnen. Niemand. De badkamer was droog, niet alsof die recent was gebruikt. Op het plankje bij de toilettafel lagen wat losse spulletjes – een haarelastiekje, een mascara, een paar ongebruikte watjes. Sascha's tandenborstel, haar haarborstel er precies naast.

Eline fronste terwijl ze de kamer rondkeek. Het bed was beslapen en rommelig opgemaakt. Op het nachtkastje lag een telefoonlader zonder telefoon, en een pocket waarvan ergens in het midden een hoekje van de bladzijde was omgevouwen. Over een stoel hingen de kleren die Sascha gisteren had gedragen, op de grond stond haar donkerbruine handtas. Eline aarzelde, maar liet het ding onberoerd.

Ze keek nog één keer rond, maar wist niet goed waarnaar ze zocht. Uiteindelijk draaide ze zich om en liep de gang weer op, met een zachte klik sloot ze de deur achter zich.

Toen ze beneden kwam, zag ze Lydia en Gert nergens. Ze keek bij de bar en op het terras, maar daar waren ze niet. Een Duitse vrouw wuifde naar haar omdat ze bediening wenste, Eline schoot snel een serveerster aan.

Uiteindelijk vond ze Gert en Lydia in de keuken. 'Ze is er niet', zei ze, terwijl ze zelf niet goed wist wat ze van die informatie moest denken. 'Haar kamer is leeg.'

Lydia staarde haar aan en Eline kreeg het ongemakkelijk

gevoel dat ze stoorde in een gesprek. Ze vermeed Gerts blik. Lydia slikte en knipperde. 'Hoe bedoel je?'

Eline haalde haar schouders op. 'Er is niemand op haar kamer.'

Lydia haalde haar telefoon tevoorschijn. 'Ik bel haar.'

Ze bracht haar telefoon naar haar oor, maar schudde al snel haar hoofd. 'Voicemail.'

'Misschien is ze gaan wandelen', zei Eline. 'Of hardlopen.'

Lydia knikte. 'Dat zou kunnen.' Ze keek opnieuw op haar telefoon. 'Ik reserveer wel vast een tafel voor de lunch. Ik kan me niet voorstellen dat Sascha niet mee wil.'

Eline schudde haar hoofd. Achter Lydia aan liep ze naar buiten en ze namen hun plek op het terras weer in. De wind nam inderdaad al af.

Een serveerster kwam thee brengen, die ze opdronken terwijl ze wat over nieuwe restaurants in de omgeving kletsten. Een halfuurtje later keek Eline opnieuw op haar telefoon, de hele tijd voelde ze iets van onrust in zich. 'Ze is nu wel erg lang weg, vind je niet?'

Lydia knikte. Ze belde opnieuw naar Sascha, maar ook deze keer kreeg ze de voicemail. Gert kwam weer langs. 'Nog niets?'

Eline en Lydia schudden gelijktijdig hun hoofd. Het was nu twaalf uur geweest. Eline stond op, zonder een idee wat ze ging doen. 'Ik weet het niet, maar ik vind dit wel erg vreemd, hoor. Waarom zou ze zomaar verdwijnen?'

Die vraag bleef onbeantwoord. Uiteindelijk haalde Lydia haar schouders op. 'Misschien is ze inderdaad gaan hardlopen en de weg kwijtgeraakt?'

'Dan kan ze toch bellen?'

'Telefoon leeg?' Lydia trok haar mondhoeken omlaag. 'Ik weet het ook niet.'

'Moeten we haar gaan zoeken?' vroeg Eline.

Gert gebaarde naar de strandtent. 'Ik kan nu niet weg, de lunch gaat zo beginnen.'

Lydia kwam overeind. 'Wij gaan wel even samen. Ik heb twee fietsen.'

Even later reden ze over het pad in de duinen. Als Eline geen stijgende bezorgdheid had gevoeld over Sascha's afwezigheid, zou ze van de tocht hebben genoten. Er was bijna niemand op het pad en de wind was, zoals Lydia had voorspeld, inderdaad gaan liggen. De zon had de overhand genomen en Eline moest stoppen om haar vestje uit te trekken. Na twintig minuten kneep ze haar remmen opnieuw in en stapte af. 'Ik denk niet dat ze hier is.'

Lydia hield naast haar stil. 'Nee,' zei ze en ze schudde haar hoofd, 'ik denk het ook niet.'

Met die vaststelling viel er een stilte tussen hen. Geen van beiden wist wat nu te doen. Lydia haalde haar telefoon nog maar eens tevoorschijn, maar dat ze opnieuw de voicemail kreeg, was op geen enkele manier een verrassing.

'En nu?' vroeg Lydia, maar Eline gaf geen antwoord.

Zonder het te overleggen keerden ze hun fietsen en reden terug naar de strandtent. 'Niet?' vroeg Gert, die hen met z'n tweeën binnen zag komen.

Eline wist niet goed wat ze moest denken. De meest logische verklaring was dat Sascha was verdwaald, maar zo ingewikkeld was de route nu ook weer niet. Je kwam altijd wel weer in een dorp terecht en als haar telefoon inderdaad was leeggeraakt, kon ze altijd een cafeetje binnengaan en naar Het Zout bellen.

'Dat is dus geen verklaring', zei Lydia. 'Wat zou er nog meer gebeurd kunnen zijn?'

'Hoe laat is ze eigenlijk vertrokken?' vroeg Gert.

'Ik heb haar vanochtend niet gezien', zei Eline. 'En ik was rond halftien beneden, volgens mij.'

'Ik ben rond negen uur gaan zwemmen', zei Lydia. 'Toen heb ik haar ook niet gezien.'

'Ik was er iets later', zei Gert. 'Ik denk rond kwart over negen.'

'Dus ze moet voor negen uur vertrokken zijn', zei Eline. Opeens schoot haar iets te binnen. Ze pakte haar telefoon en keek hoe laat Sascha voor het laatst online was geweest op WhatsApp. 'Gisteravond halftwaalf', zei ze, teleurgesteld dat ze hier niets mee opschoten.

'Ze is toch wel naar boven gegaan?' vroeg Gert. 'Gisteravond, bedoel ik?'

Lydia knikte. 'Ze is tegelijk met ons gegaan. Jij was hier de hele tijd en hebt haar niet meer gezien, toch?'

Gert blikte vluchtig naar Eline, die haar blik neersloeg. 'Nee', zei hij toen. 'Ze is hier niet geweest.'

'Staat haar auto er?' vroeg Gert.

Eline fronste. Het was een logische vraag en het verwonderde haar dat ze er zelf nog niet aan had gedacht. 'Ik ga kijken', zei Lydia.

'En ontbreekt er iets op haar kamer?'

Eline schudde haar hoofd. 'Het is me net niet opgevallen, maar ik loop nog even naar boven.'

Toen ze de trap op liep, overviel haar de valse hoop dat Sascha plotseling op haar kamer zou zijn. Dat ze haar de vorige keer over het hoofd had gezien, al bood de kamer weinig ruimte om je te verstoppen. Bovendien was er geen logische reden te bedenken waarom Sascha dat zou willen.

Ze aarzelde even voor ze de kamer binnenging, liet haar hand even rusten op de deurklink. Toen duwde ze de deur open met een vastberadenheid die ze deels voor zichzelf speelde. 'Sascha?' zei ze toen ze naar binnen ging. 'Ben je hier?'

Geen reactie, natuurlijk. Eline stond weer in de kamer, waar niets was veranderd. Het raam stond nog open, de kleren lagen nog rommelig op de stoel. Eline stond besluiteloos in het midden, zonder een idee waar ze moest beginnen.

Haar blik viel op iets wat op het kleine tafeltje tegen de muur lag. Het tafeltje waarop Lydia speciaal voor hun komst een bos bloemen had neergezet. Ze liep erheen en pakte de sleutels op. Autosleutels, onmiskenbaar. Het zou geen verrassing meer zijn wat Lydia zo meteen te vertellen had. Ze bukte zich en pakte Sascha's handtas van de vloer. Het voelde onnatuurlijk om door de spullen van haar vriendin te gaan.

Alles zat erin. Portemonnee, agenda, een opschrijfboekje, nog meer sleutels, deze zo te zien van een huis. Er zat een los tasje in. Eline ritste het open en vond een aangebroken strip paracetamol, een lippenstift, een paar tampons, niets ongewoons. Ze stopte de spullen terug. Daarna ging ze verder met de kledingkast. Sascha had haar weekendkoffertje uitgepakt en haar kleren netjes in de kast gelegd. Het eerste wat Eline opviel, was een felroze shirt. Ze liet haar vinger over de gladde stof glijden en bekeek toen de broek die eronder lag. Onder in de kast lagen de schoenen die de outfit compleet maakten.

Sascha was niet gaan hardlopen.

Ze schrok van een beweging achter haar. 'Iets bijzonders?' vroeg Lydia. De trek op haar gezicht was er een van bezorgdheid.

Eline schudde haar hoofd.

'Haar auto staat er gewoon.'

'Ik weet het, ik vond de sleutels.' Ze knikte in de richting van het tafeltje en Lydia volgde haar blik. Haar vriendin liep erheen en keek naar de sleutels alsof die heel bijzonder waren. Ze liet ze door haar handen gaan en keek nadenkend.

'Is ze gaan zwemmen?' vroeg ze toen, maar Eline hield Sascha's lichtroze badpak omhoog.

'Misschien had ze er twee bij zich', zei Lydia, en Eline knikte, maar ze realiseerde zich dat ze Sascha in drie dagen tijd maar in één badpak had gezien. Het was mogelijk, dat wel. Alleen vervulde de gedachte dat Sascha was gaan zwemmen en niet was teruggekeerd haar niet met de geruststelling waarnaar ze op zoek was.

Eline sloot de deuren van de kledingkast en draaide rond haar as. Ze liep naar het nachtkastje en bladerde doelloos door de pocket. Ze tilde de lader op, alsof de aanwijzing die ze zocht daaronder lag verborgen. Allemaal handelingen om zichzelf bezig te houden, om niet stil te hoeven staan. Want als ze stilstond... ja, wat dan?

Uiteindelijk moest het toch zover komen. Ze ging met haar rug naar het raam staan en keek naar Lydia, die in de deuropening van de badkamer stond. 'En nu?' vroeg Eline. Lydia haalde diep adem.

'Ik denk dat we de politie moeten bellen', zei Lydia uiteindelijk, en hoewel die gedachte al door Elines hoofd was gegaan, schrok ze er toch van.

Ze liepen naar beneden. Op een of andere manier hield iets Eline tegen. De politie bellen maakte het echt, dan kon ze niet meer denken dat het wel meeviel, dat ze vast spoken zagen. Dan kon ze het niet klein houden, voor zichzelf bagatelliseren.

'Ja', knikte Gert, toen Lydia deelde wat ze van plan waren. 'Dat is misschien wel een goed idee.'

Het telefoontje stelde niets voor. Lydia belde, haar stem was rustig, ze beantwoordde een heleboel vragen en toen hing ze weer op. 'Ze willen afwachten', zei ze. 'Maar ze zeggen dat ze naar haar zullen uitkijken.'

'En dat is het?' vroeg Eline, haar hartslag twee keer zo hoog als normaal. 'Het is echt niets voor haar om zomaar te verdwijnen, dat moeten ze toch begrijpen?'

'Ze zeggen dat ze bij volwassenen altijd afwachten, ze is pas een paar uur weg.'

'Dat weten we niet', zei Eline. 'Ze kan al sinds gisteravond weg zijn. Er kan wel...' Ze hief haar handen. 'Er kan wel van alles zijn gebeurd.'

Lydia knikte, al leek zij makkelijker te berusten in de woorden van de politie. 'Ze zeggen dat de meeste volwassenen die verdwijnen vanzelf weer opduiken. Dat er talloze redenen zijn waarom iemand kan verdwijnen en dat je je erover zou verbazen hoe vaak dit gebeurt. Maar als wij aanwijzingen hebben dat er iets ernstigs is gebeurd, moeten we zeker contact opnemen.'

'Dat hebben we toch', zei Eline, haar kin eigenwijs naar voren gestoken. 'Namelijk het feit dat dit niets voor haar is.'

'Ze zoeken echt iets concreets', zei Lydia, met een korte beweging van haar schouders. 'Ik weet ook niet precies wat.'

Gert dook achter hen op. 'En?' vroeg hij. Zijn gezicht vertoonde de bezorgde trek die Eline zelf ook niet meer van haar gelaat kreeg. 'Gaan ze zoeken?'

'Ze kijken naar haar uit', zei Lydia. 'En verder moeten we afwachten.'

'Wat betekent dat, dat ze naar haar uitkijken?'

'Dat ze in hun systeem zetten dat we haar zoeken, zodat de surveillancediensten kunnen opletten.'

'Hebben ze haar foto?'

Lydia knikte. 'Die vond die mevrouw aan de telefoon op Facebook terwijl we aan het bellen waren.'

'En wat kunnen wij doen?' vroeg Eline.

Lydia zuchtte. 'Afwachten, vrees ik.'

'Ik ben daar te rusteloos voor. Zullen we anders nog even in de duinen gaan zoeken?'

'Of op het strand', zei Gert. 'Misschien is ze toch gaan zwemmen?'

Eline slikte een paar keer. Op een of andere manier wilde ze niet aan die optie denken, wilde ze de mogelijkheid uitbannen dat Sascha daadwerkelijk het water in was gegaan. Het was zo'n beetje het eerste geweest wat ze vanochtend had gedacht: de zee was vandaag ongewoon wild.

'Wanneer komt de politie wel in actie?' vroeg Gert.

Lydia dacht even na. 'Ze zei dat ze na vierentwintig uur gaan opschalen. Ik weet niet precies wat dat betekent. Of ze dan drie agenten inschakelen of dertig.'

Eline kneep haar ogen samen. Vierentwintig uur leek haar een onoverkomelijk lange periode. Ze kon zich niet voorstellen dat Sascha dan nog niet terug zou zijn, en als dat wel het geval zou zijn, had ze geen idee hoe ze die tijd moest doorkomen.

'Vierentwintig uur vanaf wanneer?' vroeg Gert praktisch. 'Vanaf gisteravond dat we haar voor het laatst hebben gezien?'

'Dat weet ik eigenlijk niet. Ze zei gewoon: vierentwintig uur.'

'Vanaf gisteravond dus.' Gert klonk vastbesloten. 'Vanaf het moment dat Sascha naar bed is gegaan, weten we niet wat er met haar is gebeurd. Voor hetzelfde geld is ze toen al naar buiten gegaan.'

Eline had moeite een reden te bedenken waarom Sascha dat zou doen. Maar aan de andere kant: deze hele situatie was toch al bizar, dus het was de vraag hoeveel zin het had om logisch te redeneren.

'Haar ouders', zei ze toen in een opwelling. 'Misschien is ze bij haar ouders op bezoek gegaan en is ze vergeten dat tegen ons te zeggen. Zo vaak ziet ze hen immers niet sinds ze zo ver weg woont.'

Heel even zag ze de hoop oplaaien in de ogen van Lydia, maar vrijwel meteen volgde de reserve die ze zelf ook voelde. Als ze naar Middelburg was gegaan, had Sascha haar auto gebruikt. En haar telefoon opgenomen.

'Haar telefoon gaat ook meteen naar de voicemail', zei Lydia, die kennelijk dezelfde gedachte had. 'Hij gaat helemaal niet over, alsof hij is uitgeschakeld.'

'Of ze heeft geen bereik.'

Lydia haalde kort haar schouders op. 'Dat zou ook kunnen.'

'Ik kan Steven bellen', zei Gert toen nadenkend. 'Het kan geen kwaad dat ze extra naar haar uitkijken.'

'Wie is Steven?'

'Een vriend van me bij de Reddingsbrigade. Misschien

is hij vandaag op het strand en anders kan hij zijn collega's vragen.'

Eline begon te knikken. 'Dat is een goed idee. De hele kustlijn wordt toch door de Reddingsbrigade bewaakt? Als Sascha ergens op het strand is, zullen ze haar vast zien.'

'Niet de hele kustlijn', temperde Gert haar verwachtingen een beetje, terwijl hij in zijn telefoon naar het nummer zocht. 'Er is zoveel strand, het zou onmogelijk zijn dat allemaal door de Reddingsbrigade te laten bewaken. Maar hier rond Zoutelande wordt het grootste deel van het strand inderdaad bewaakt. Hé Steven!' Dat laatste was bedoeld voor de persoon aan de andere kant van de lijn. Gert handelde wat korte beleefdheden af en kwam toen meteen ter zake. Terwijl hij aan het bellen was, gebaarde hij naar Lydia dat ze een foto van Sascha naar hem moest sturen. 'Oké, Steven, die komt er nu aan', zei hij. 'Hou me op de hoogte.' Gert bedankte zijn vriend en hing op. Meteen opende hij WhatsApp en stuurde de foto door. Daarna keek hij eerst Lydia en toen Eline aan. 'Steven is vandaag op het strand aan het werk en zal naar haar uitkijken. Hij gaat haar foto ook doorsturen naar iedereen die vandaag aanwezig is. Als ze op het strand is, zullen ze haar zeker vinden.'

Eline knikte. De hoop die ze eerder had gevoeld, begon in rap tempo alweer weg te ebben. Als Sascha ergens op het strand liep, moest ze wel dronken zijn mocht het haar niet lukken om zelf de weg terug te vinden. Ze was geen verdwaald kind.

'Misschien moet ik haar ouders bellen', zei Eline, zonder precies te weten wat ze daarmee wilde bereiken.

Lydia trok met haar mond. 'Ik denk niet dat ze daar is.

Dan zou ze echt de auto hebben genomen, of anders een van onze fietsen.' Ze keek op haar horloge. Eline wist niet meer hoe laat het was, haar besef van tijd begon te vervagen. 'Eén uur', zei Lydia, alsof ze Elines gedachten kon raden. 'Zelfs als ze naar Middelburg of waar dan ook was gegaan, was ze allang weer thuis geweest.'

Eline knikte langzaam. Er was te veel onlogisch om die gedachte op wat voor manier dan ook passend te krijgen en toch kon ze hem niet loslaten. Op een of andere manier voelde het als het laatste om zich aan vast te houden. Want als Sascha niet zelf was vertrokken zonder te zeggen waarheen, moest ze een heel scala aan mogelijkheden aanboren waaraan ze helemaal niet wilde denken.

Kennelijk verging het Lydia hetzelfde. Ze haalde diep adem, het naar binnen zuigen van de lucht klonk wat trillerig. 'De politie zei dat de meeste mensen echt vanzelf weer opduiken', zei ze met een stem die veel minder hoopvol klonk dan de woorden op zich. 'Er is natuurlijk een logische verklaring, die wij nog niet hebben verzonnen. Het komt vast goed.'

Eline keek haar aan, maar sloeg toen haar blik neer. In gedachten klampte ze zich vast aan die mogelijkheid, terwijl ze het gevoel had dat ze grip probeerde te krijgen op een spekgladde ondergrond.

HOOFDSTUK 7

'SUZANNE DE NOOIJER.'

Aan de andere kant van de lijn was het even stil. Suzanne kneep haar ogen samen en spande zich in om te horen of er iemand was. 'Hallo?'

'Hallo, met Wout.'

Hoewel hij zijn achternaam niet noemde, wist ze meteen wie de beller was. 'Hai Wout.'

'Ik vroeg me af...' Hij aarzelde. 'Sorry dat ik stoor. Ik vroeg me alleen af of de inspecteur al tijd heeft gehad te kijken naar wat ik je heb gegeven.'

Met haar potlood zette Suzanne een cirkeltje rond de naam die ze eerder vandaag op haar notitieblok had geschreven. 'Ik wilde je al bellen', zei ze naar waarheid, hoewel het nu klonk als iets dat ze glad was vergeten. 'Hij heeft er inderdaad naar gekeken, maar ziet geen aanwijzing het onderzoek opnieuw te openen.'

Zelfs zonder woorden was de teleurstelling aan de andere kant van de lijn hoorbaar. 'O', zei Wout na een paar seconden. 'Weet je ook waarom niet?'

Suzanne nam even de tijd om haar woorden juist te formuleren. Ze had de inspecteur hier zelf over gesproken en hij had het logisch uitgelegd. Alles in deze zaak wees op een ongeluk en de flyer was te weinig specifiek om hierin een aanwijzing te kunnen zien dat er iets anders was gebeurd. Natuurlijk moest elk onderzoek met open vizier worden gedaan, tunnelvisie was de grootste vijand van goed recherchewerk. Maar een flyer van een grote en populaire strandtent met daarop een telefoonnummer dat nergens naar leidde, kon van alles betekenen. De redenering dat het dus wel iets met Hildes dood te maken zou hebben, hield alleen stand als er meerdere aanwijzingen in die richting waren. En die waren er niet. Hilde en Wout hadden twee keer bij Het Zout gegeten, maar hadden er verder geen banden mee. Het telefoonnummer kwam verder in het onderzoek niet voor. En ook al was Hildes telefoon verdwenen, haar belgeschiedenis was via de provider teruggehaald. Het nummer op de flyer was er op geen enkele manier in te vinden. Het hoorde bij een prepaid kaartje en was niet te traceren.

Een kleine samenvatting van die woorden probeerde ze zo goed mogelijk op Wout over te brengen. Zijn antwoord bestond uit kort gehum, dat telkens iets zachter ging klinken. Suzanne wilde dat ze beter nieuws voor hem had, iets waarmee hij verder kon. Iets waardoor hij de dood van zijn vriendin op een of andere manier kon gaan verwerken.

'Het spijt me', zei ze oprecht, met het gevoel dat ze

feitelijk de hele tijd niets beters voor hem had dan haar spijt. 'Ik kan niets voor je doen.'

'Ik begrijp het', zei Wout. 'Bedankt voor je moeite.'

Zonder gedag te zeggen hing hij op. Met een zachte klik legde Suzanne de hoorn terug op het telefoontoestel. Ze wekte haar computer uit de slaapstand, maar bleef even zonder iets te zien naar het scherm staren. Als je bij de recherche werkte, moest je een klein pantser hebben. Dat kon niet anders. Als je het niet had, zou je na de eerste zaak – misschien de tweede – al vol zitten. Dan kon je niet loslaten, dan zou al het leed rechtstreeks binnenkomen. Je zou het werk niet kunnen volhouden. Gevoelens uitschakelen was niet mogelijk en niet nodig, maar je moest een manier ontwikkelen om niet al het leed dat je tegenkwam op jezelf te betrekken. Ook Suzanne was erin geslaagd zo'n modus te vinden, maar soms brak er iets doorheen. Het verdriet en de wanhoop van Wout Mertens was zoiets.

Ze sloot even haar ogen en haalde een paar keer diep adem. Toen ze haar ogen weer opendeed, concentreerde ze zich op haar computerscherm. Ze wilde Summ-IT openen en zich weer concentreren op de zaak waaraan ze werkte, toen haar oog viel op een ander berichtje. Vanaf een vierkante foto lachte een jonge vrouw haar toe, daarnaast stond in grote letters: VERMIST. Suzanne opende het bericht, het was drie kwartier geleden geplaatst. De politie was gewaarschuwd door vrienden van de drieëndertigjarige Sascha van der Horst, die vanochtend bij het wakker worden verdwenen bleek te zijn. Er was een vermoeden dat ze was gaan wandelen of sporten, maar het was ook mogelijk dat ze gisteravond al verdwenen was, want sinds middernacht had niemand haar nog gezien. Alle agenten op straat werd verzocht naar haar uit te kijken, maar vooralsnog werd een afwachtend beleid gevoerd. Dat verbaasde Suzanne niet, het was precies volgens protocol.

Ze las het berichtje twee keer door. Er stonden geen verdere bijzonderheden bij, behalve de gebruikelijke gegevens als lengte, postuur en haarkleur. Geen psychische problemen, geen 'overspannen toestand', zoals dat altijd vaag werd geformuleerd. Geen enkele oorzaak of verklaring. Zomaar, poef, verdwenen. Suzanne tuitte haar lippen, terwijl er al meteen allerlei denkrichtingen in haar opkwamen. Ze dwong haar eigen gedachten tot stilstand. Dit was geen zaak van de recherche.

Buiten hoorde ze hoe er een auto met sirene vertrok. Ze concentreerde zich weer op de zaak waaraan ze werkte, maar op een of andere manier ging de foto niet uit haar hoofd. Ze wist niet waarom, maar ze had er een raar gevoel over. Misschien kwam het door het telefoontje van Wout. Het ongeluk van Hilde zat daardoor weer vol in haar gedachten.

'Koffie?' vroeg Arend, die al met één been buiten hun kantoor stond. 'Thee?'

'Thee', zei Suzanne, hoewel ze hevig verlangde naar een kop koffie. Maar ze had op internet gelezen dat cafeïne op elk moment van de dag je slaapritme kon beïnvloeden, zelfs als je het vroeg in de middag dronk. Daarom had ze besloten zichzelf nog maar twee kopjes koffie per dag toe te staan, allebei voor tien uur 's ochtends. Vandaag was de tweede dag en ze had al minstens tien keer op het punt gestaan het op te geven.

Arend knikte en liep weg, om binnen een minuut terug te keren met twee dampende bekertjes. Suzanne snoof de geur uit het zijne op toen hij wegliep, en hing daarna een zakje groene thee in haar water.

Dat was het moment waarop de telefoon ging.

'De Nooijer', zei ze, toen ze aan de ringtone hoorde dat het een interne lijn was.

De stem van de inspecteur klonk wat gehaast. 'Met Haanstra. Teambriefing in vergaderzaal twee.'

'Ik kom eraan.' Suzanne stelde verder geen vragen, maar hing op en greep haar telefoon en een notitieblok. Ze wist vrij zeker dat dit niet over de inbraakgolf ging.

***

De koffie raakte maar niet op. Nu was er weer een nieuwe kop voor haar neergezet. Eline keek ernaar en voelde een vage misselijkheid opkomen. Haar handen waren trillerig, misschien door de overvloed aan cafeïne, misschien door de bezorgdheid die nu tot in al haar vezels bezit van haar had genomen. Gisteren, op het strand, had ze een moeder gezien die via een horloge om de pols van haar kind voortdurend kon zien waar het jongetje was. Waarom had niet iedereen standaard zo'n ding om? Of een chip in z'n arm? Hoe kon iemand zomaar spoorloos verdwijnen?

Eline had uiteindelijk toch maar de ouders van Sascha gebeld. Ze was daar niet. Om hen niet bezorgd te maken, had Eline snel gezegd dat het een miscommunicatie moest zijn. Dat had ze verder niet uitgelegd. Ze hoopte dat Sascha's familie zich hooguit vluchtig zou afvragen wat dit voor vreemd telefoontje was – mogelijk zouden ze denken dat Eline een beetje verward was – maar vreesde dat ze hen flink bezorgd had gemaakt. Het telefoontje was nu drie kwartier geleden en Eline verwachtte elk moment dat ze zouden terugbellen om te vragen of Sascha alweer terecht was.

Ze keek op haar telefoon. Het was nu iets na halfdrie, uren sinds Sascha was verdwenen, al wist ze nog steeds niet precies hoeveel uur.

'We hadden een camerasysteem moeten hebben', zei Gert, een opmerking waar Lydia en Eline niet op ingingen.

In gedachten zocht Eline koortsachtig naar iets wat ze nog konden doen. Lydia en zij waren al drie keer door de duinen gaan fietsen, ze hadden rondgevraagd in het dorp, ze waren over het stand gaan lopen. Lydia had nogmaals de politie gebeld, maar daar had ze te horen gekregen dat er nu geen aanleiding was het beleid aan te passen. Wel had ze afgesproken dat ook de politie in Sascha's woonplaats nu naar haar zou uitkijken. Eline had het aangehoord zonder reactie. Ze had geen enkele verwachting dat dat iets zou opleveren. Alsof Sascha stiekem met het openbaar vervoer naar huis zou reizen.

Was er ruzie geweest, had de politie gevraagd. Lydia had ontkennend geantwoord, en had achteraf de vraag aan Gert en Eline gesteld. Ook Eline had haar hoofd geschud, Gert had gezegd dat hij Sascha niet had gezien sinds ze naar bed was gegaan. Er was geen reden om aan te nemen dat dat niet waar was, en toch begon Eline een door angst gevoed wantrouwen te voelen. Was het waar wat Gert zei? Was het waar wat Lydia zei? Of was Sascha degene die iets verborgen had gehouden?

Ze haalde een paar keer diep adem, maar de benauwdheid die langzaam bezit van haar nam verdween niet. Ze liep naar buiten om frisse lucht in haar longen te laten stromen. De wind, die eerder in kracht was afgenomen, begon weer aan te zwellen. Expres ging Eline niet achter een scherm zitten. In plaats daarvan ging ze bij de ingang van het terras staan en liet de wind bezit nemen van haar haren. De benauwdheid verdween niet.

'Hebben jullie haar al?'

Eline keek om. Een haar onbekende man van haar eigen leeftijd was achter haar opgedoken. Het begon rond te zingen dat er iemand vermist was. In een dorp hield je nooit iets geheim, had Lydia gezegd, en bovendien hadden ze zelf rondgevraagd in de hoofdstraat. Ze schudde haar hoofd. 'Nog niet.'

De man knikte een paar keer. Hij leek nog iets te willen zeggen, maar sloot zijn mond toen weer. Om zichzelf een houding te geven, haalde hij zijn petje van zijn hoofd en zette het opnieuw op. Door zijn zonnebril kon Eline de kleur van zijn ogen niet zien.

'Hoe weet je dat er iemand vermist is?' vroeg ze, ook al kon ze het antwoord raden.

De man aarzelde even. 'Ik ving iets op in het dorp. Jullie vroegen naar haar en ik herkende dat meisje van Het Zout. Ik dacht: misschien kan ik helpen? Met zoeken?'

Even daarvoor had Gert gehoord dat de Reddingsbrigade bezig was een actieve zoekactie op touw te zetten. 'De post van de Reddingsbrigade is een stuk die kant op', wees ze. 'Misschien kun je je bij hen aansluiten?'

De man knikte. 'Dat is een goed idee, dankjewel.' Hij knikte bij wijze van afscheid. Eline stak haar hand uit.

'Ik ben trouwens Eline.'

'Wout.'

Het volgende moment draaide hij zich om en verdween. Eline keek hem na, maar meteen werd haar aandacht afgeleid door Gert, die naast haar opdook met een verrekijker. Lydia volgde hem op de voet. Gert bracht de verrekijker tot voor zijn ogen en tuurde er ingespannen doorheen.

'Er is daar iets aan de hand.' Gert liet de verrekijker weer zakken en kneep zijn ogen samen, alsof hij het daardoor beter zou kunnen zien. Hij hield zijn blik strak gericht op iets wat hij in de verte ontwaarde. Eline volgde zijn blik. Omdat het nog steeds goed weer was, liepen er diverse wandelaars op het strand. Daardoor zag ze eerst niet waar Gert op doelde.

'Daar', wees Gert, en toen zag Eline het. Er stond een groepje mensen bij de zee, zeker vijfhonderd meter verderop op het strand.

'Wat zie je?' vroeg Lydia. 'Laat mij eens kijken?'

Ze pakte de verrekijker uit Gerts handen en hield hem voor haar ogen. 'Ik kan het niet goed zien', zei ze en ze verstelde iets aan de scherpte. Toen ze het ding opnieuw voor haar ogen hield, schudde ze haar hoofd. 'Het wordt er niet beter op.'

Eline tuurde ingespannen naar het groepje. Er kwamen meer mensen bij, van deze afstand kon ze niet zien wat voor kleding ze droegen. Waren het omstanders? Droegen ze een uniform? Het kon natuurlijk ook gewoon een groep wandelaars zijn, een clubje. Er waren tientallen verklaringen die zonder enige structuur door haar hoofd schoten. Logische verklaringen ook, niets aan de hand. Dat was heel goed mogelijk. Desondanks voelde ze haar hartslag toenemen.

'Volgens mij zie ik een auto van de Reddingsbrigade', zei

Gert. Hij haalde zijn telefoon uit de zak van zijn short. 'Ik bel Steven.' Hij bracht het mobieltje naar zijn oor, maar schudde na een tijdje zijn hoofd. 'Voicemail.'

'De politie is er ook.' Lydia's stem klonk fluisterend. Ingespannen tuurde ze door de verrekijker. 'Ze zijn iets aan het afzetten, want ik zie lint.'

Op dat moment begon Gerts telefoon te rinkelen. 'Steven', zei hij toen hij zag wie de beller was. Eline hield ingespannen haar adem in. Ineens wist ze zeker dat het mis was. Alsof er een instinct aanging, iets wat diep vanbinnen kwam en sterker was dan zijzelf.

Ze wilde het nog niet denken. Ze wilde helemaal niets denken. Maar hoe harder ze dat probeerde, hoe meer haar gedachten op hol sloegen. Een zwemmer in de problemen, een aangespoeld dier, bewijsmateriaal van een nooit opgeloste zaak – als ze haar best deed kon ze honderden dingen bedenken die waren aangespoeld. Of misschien was er niets aangespoeld, maar ging het om een gevaarlijke situatie die de Reddingsbrigade wilde oplossen voordat er ongelukken gebeurden.

'Oké', zei Gert, en toen nog eens en nog eens. 'Ja. Oké.'

Daarna hing hij op. 'Wat?' vroeg Lydia. 'Wat zei hij?'

Gert gaf geen antwoord. Hij staarde voor zich uit, schoof zijn zonnebril naar zijn haar. Daarna haalde hij zijn hand over zijn gezicht. 'Ik eh...'

'Wat?' vroeg Lydia nogmaals, terwijl Eline haar adem juist inhield.

'Er is iets aangespoeld', zei Gert, zo zacht dat het Eline moeite kostte hem te verstaan. Verslagenheid droop van zijn gezicht, zijn ademhaling ging onregelmatig.

'Wat bedoel je?' vroeg Lydia. Haar stem ging zo ver

omhoog aan het einde van die vraag, dat het laatste woord verzandde in een soort piep. 'Aangespoeld? Wat dan? Gert, wat dan?'

De vragen die Lydia op hem afvuurde, knalden ook door Elines hoofd. Ze zette zich schrap voor het antwoord, of was het zich verzetten wat ze deed?

Toen het antwoord kwam, leek het alsof haar bloed bevroor. Een ijskoude stroom door haar aderen, die haar onmiddellijk de adem benam. Als de kortdurende, knallende hoofdpijn wanneer je een slok van een te koud drankje nam, maar dan in iedere vezel van haar lijf. Een moment lang benam het gevoel haar het vermogen om te denken, het enige wat ze wist was dat niet denken beter was dan de woorden tot zich te laten doordringen.

'Een lichaam', herhaalde Lydia wat Gert net had gezegd. De woorden kwamen als lucht uit haar mond, als een ademtocht zonder betekenis en tegelijkertijd als een bom onder alles in Elines leven. Haar lichaam, haar hersenen, alles wat ze was en had schudde en donderde en leek in te storten. Ze wilde de tijd terugdraaien naar een halve minuut – een minuut? – geleden, toen de woorden nog onuitgesproken waren geweest en dus niet waar. Het voelde oneerlijk dat dat niet kon, onrechtvaardig, niet juist. Dit hoorde helemaal niet te gebeuren. Hoop was het laatste dat ze had, niemand mocht dat afpakken. Wanhopig graaide ze ernaar in gedachten, ze wilde terug wat ze was verloren: de mogelijkheid dat dit allemaal berustte op een groot misverstand.

Het kon nog steeds, bedacht ze terwijl haar ademhaling hijgend ging. Niets was nog zeker, niets was verloren. Terwijl ze met alles wat ze in zich had haar hersenen in die kronkel probeerde te duwen, voelde ze ergens iets van de hoop terugkomen. Oké, er was een lichaam aangespoeld. Dit was Zeeland. Mensen verdronken. Het gebeurde zo vaak. Of nou ja, niet zó vaak, maar vaak genoeg om een zekere mate van toeval in te kunnen calculeren. Waren er niet meer mensen vermist? Al een tijdje? Was een van hen nu niet aangespoeld? Welk land lag hier aan de overkant? Engeland? Het kon ook iemand uit Engeland zijn. Dat was mogelijk. Er stond altijd een sterke stroming.

Ze sloot haar ogen alsof ze daarmee allerlei argumenten kon buitensluiten. Bijvoorbeeld dat de stroming een lichaam vrij snel zou terugvoeren naar het strand. Weliswaar een paar honderd meter of zelfs een kilometer of meer de andere kant op, maar niet naar de overkant van de zee.

'Ik moet erheen', zei Gert.

'Is het een man of een vrouw?' vroeg Eline.

'Ik weet het niet.' Gert schudde zijn hoofd. 'Steven zei dat een wandelaar iets in de branding had gezien en dat de Reddingsbrigade is opgeroepen om te gaan kijken. Toen ze zagen dat het een lichaam was, is de politie erbij geroepen. Ze zijn nu bezig het uit het water te halen.'

'Is het Sascha?' vroeg Eline met een stem die klonk alsof hij niet van haar was. Gert noch Lydia gaf antwoord. In plaats daarvan liep Gert het trapje af, van het terras naar het strand. Hij zette een looppas in toen hij zich in de richting van de oproer haastte. Zonder nog verder na te denken ging Eline achter hem aan. Toen ze vluchtig omkeek, zag ze dat ook Lydia volgde. Ze rende Gert voorbij, die op zijn beurt zijn tempo verhoogde.

Het was verder weg dan Eline had gedacht en tegen de tijd dat ze het lint bereikte, hijgde ze hevig.

'Achteruit, alstublieft', zei een jonge agent, die kennelijk belast was met de taak de afzetting te bewaken. Het roodwitte lint klapperde in de wind. Eline deed een stapje achteruit, maar Gert ging juist naar voren. 'Ik moet erlangs', zei hij. 'Een vriendin van ons is vermist en...' Hij slikte een paar keer. 'Het zou haar kunnen zijn.'

'Op dit moment kunnen we alleen politie toelaten', zei de agent formeel. 'Heeft u aangifte gedaan van de vermissing?'

'We hebben het gemeld bij de politie.'

'Als er meer nieuws is, zullen mijn collega's contact opnemen.'

'Maar ik moet haar zien. Ik moet weten of ze het is.'

Eline had het gevoel dat het gesprek dat Gert voerde, door haarzelf gevoerd zou moeten worden. In plaats daarvan stond ze daar maar, genageld aan de grond, zonder woorden om uit te spreken.

Ze tuurde langs de agent. De afzetting was ruim, de plek waar zich meer politie had verzameld was nog zeker honderd meter verderop. Rond het lint verzamelden zich steeds meer toeschouwers, het gonsde van opgewonden gefluister.

'Ze zeggen dat het een vrouw is', hoorde Eline iemand zeggen, maar ze blokkeerde haar eigen gedachten. Niets was zeker, mensen riepen maar wat.

Er kwamen meer mensen aan. Weer een andere pickuptruck van de Reddingsbrigade stopte net voor het lint. Er stapten vijf mensen uit, eentje in het tenue van de brigade, de andere vier – twee mannen, twee vrouwen – in donkerblauwe windbrekers. Toen ze zich omdraaiden, viel Elines blik op het woord POLITIE achter op de jassen. Het lint werd omhooggehouden, het viertal dook eronderdoor en liep doelbewust naar de geüniformeerde agenten die zich bij de zee hadden verzameld. Er moest water in schoenen lopen, zo ver stonden ze in het water. Ze bukten zich, maar er stonden te veel mensen die Elines zicht blokkeerden. Twee mannen kwamen aangelopen met een zwart scherm en toen zag ze helemaal niets meer.

'En nu?' vroeg ze ademloos aan Lydia. 'Wat moeten we nu doen?'

Lydia schudde kort met haar hoofd, maar een antwoord bleef uit.

Her en der om haar heen hoorde Eline speculaties, geen ervan leek gestoeld op daadwerkelijke informatie. Ze probeerde de aandacht te vangen van een jonge agent die de afzetting bewaakte, maar hij kon, of wilde, haar niet helpen.

Het wachten duurde lang, minuten kropen voorbij als uren. Eline keek voortdurend op haar telefoon. Vijf minuten, tien, vijftien – mensen verschenen en verdwenen rondom het scherm. Er kwam nog een auto aan, de auto van de Reddingsbrigade reed weg. Het lint werd aan de kant gedaan om een zwarte pick-up door te laten. Gefluister ging door de groep. Eline ving het woord bodybag op, en mortuarium. Haar maag draaide zich om. Ze wilde hier niet zijn. Het had niets met haar te maken. Het gevoel dat ze per ongeluk een filmset op gelopen was, overheerste alles. Die oudere man daar, met het witte overhemd dat strak over zijn buik gespannen stond, dat moest de regisseur zijn. Mannen en vrouwen – het werden er steeds meer – liepen rond als acteurs, allemaal met hun eigen rol en script. En tekst, want er werd druk overlegd, maar ze stonden te ver weg om het te kunnen verstaan. De portofoon van de agent bij het lint kraakte. Hij pakte hem uit de houder aan zijn middel en gaf een kort antwoord. Opnieuw klonk een stem aan de andere kant. De agent fronste en keek om zich heen. Eline probeerde het gesprek te volgen, wat niet lukte. Een vrouw in een spijkerbroek en met een lichte blouse aan, kwam vanaf het scherm aan gelopen.

Op dat moment begon Lydia's telefoon te rinkelen. Allebei keken ze ernaar alsof het ding in brand was gevlogen in haar hand. Lydia hield hem iets bij zich vandaan. *Anoniem* stond er op het scherm. Wegdrukken, was Elines eerste reactie, omdat ze dat altijd deed bij onbekende oproepen. Het waren immers meestal callcenters. Maar nu niet, dat wist ze, dat voelde ze. Als in slow motion zag ze Lydia opnemen.

'Hallo?' zei haar vriendin met trillende stem. Toen schraapte die haar keel en herstelde zich. 'Met Lydia Zuidgeest.'

Lydia luisterde even, knikte toen, beet op haar lip en werd bleek. 'Aha', bracht ze uit, schor en zacht. 'Oké. Ja, ik ben op het strand, ik had het al begrepen.' Weer even een stilte. Eline had de vreemde sensatie van woorden die haar oren binnenkwamen, maar niet bleven hangen. Alsof ze een poort had dichtgegooid, om haar hersenen ervan te weerhouden conclusies te trekken.

'Oké', knikte Lydia weer. 'Dat zal ik doen. Dag.'

Haar woorden deden vermoeden dat het gesprek ten einde was, maar ze hield haar telefoon nog tegen haar oor. 'Wat?' vroeg Gert. 'Wie was dat?'

Lydia leek te ontwaken uit haar trance. Ze liet haar

telefoon zakken en keek Eline aan, terwijl ze Gerts vraag beantwoordde. 'De politie. Er is een lichaam gevonden op het strand.'

'Ja jemig, dat wisten we al', zei Gert ongeduldig. 'Waarom belden ze jou? Willen ze dat je het identificeert?'

'Wat?' Lydia keek op, alsof die mogelijkheid nog helemaal niet in haar was opgekomen. 'Nee, nee, dat zei ze niet. Ze vroeg alleen of ik naar het politiebureau wilde komen.'

'We gaan nu', zei Gert en hij begon al in de richting van Het Zout te lopen. Eline en Lydia volgden. Eline dacht na over dat woord: identificeren. Het lichaam lag hier, op het strand, achter de zwarte schermen. Zouden ze het meteen weghalen en naar het mortuarium brengen? Moest er geen onderzoek worden gedaan? Moest de familie dat niet doen, identificeren? Was hier een protocol voor? Vast wel, bedacht ze.

Ze gingen met de auto. Lydia en Gert voorin, Eline achterin. De rit duurde tegelijkertijd veel te lang en veel te kort. Gert had de leiding over de strandtent overgedragen aan Stefan, de oudste bedieningsmedewerker, en leek zich op dit moment amper om de zaak te bekommeren. Datzelfde gold voor Lydia. Eline zat schuin achter haar en keek naar haar profiel – haar spitse kin naar voren, de spieren in haar kaken gespannen. Ze wilde zichzelf geen gedachten toestaan, maar dat lukte niet langer. Als, als, als ging het in haar hoofd. Als het Sascha was, als ze was verdronken bij het zwemmen... Als ze nooit op het idee waren gekomen deze vakantie te organiseren, had ze nog geleefd.

Ze sloot haar ogen en bande die gedachte uit met alle

kracht die ze in zich had. De vragen die door haar hoofd gingen, liet ze onbeantwoord. Wiens idee was het geweest? Hoever reikte het ruime begrip van schuld?

Gert parkeerde de auto, ze stapten uit. Het dichtvallen van portieren klonk als kanonschoten, de korte tocht naar de ingang voelde voor Eline alsof ze naar een gevangenis werd gevoerd. Er reed een politieauto weg, terwijl er tegelijkertijd eentje aankwam.

'Neem maar even plaats', zei de agente achter de balie toen ze zich hadden gemeld. 'Er komt zo iemand bij u.'

Dat 'zo' duurde een kwartier, toen verscheen er een jonge, slanke vrouw in een strakke, donkerblauwe spijkerbroek en een blouse die het midden hield tussen wit en heel lichtroze. 'Suzanne de Nooijer', stelde ze zichzelf voor en ze nam hen mee naar een kale spreekkamer met een bureau, wat stoelen, een computer en een muur met posters van campagnes waarvan het grootste deel al was afgelopen. *Pas op voor muien*, las Eline op een van de posters.

De vrouw nam achter het bureau plaats, Eline, Gert en Lydia ervoor. Er sloot een wat oudere, magere man aan die zichzelf voorstelde als Arend Janse, rechercheur. De vrouwelijke rechercheur bood koffie aan, die ze alle drie weigerden. Ze hield een pen in haar hand, die ze om de zoveel tijd aan- of uitklikte. Eline hield haar blik erop gericht. Slanke vingers, kortgeknipte nagels. Geen nagellak.

De vrouw nam het woord. 'We hebben u gevraagd naar het bureau te komen in verband met de vermissing van uw vriendin Sascha, die u vanochtend hebt gemeld.' Ze pauzeerde even en keek hen een voor een aan. Een bruine haarlok die was losgeraakt uit haar staart, viel voor haar oog. Met een geroutineerd gebaar streek ze hem weer achter haar oor. 'Mijn collega heeft u uitgelegd dat we volgens protocol een afwachtend beleid hebben gevoerd, met een wachttijd van vierentwintig uur. Er zijn echter ontwikkelingen die we met u willen bespreken.'

'De vondst van het lichaam', zei Gert zacht.

De rechercheur leek niet verbaasd dat hij dat zei, maar knikte slechts kort. 'Een groepje wandelaars heeft ongeveer anderhalf uur geleden gemeld dat er iets in de branding dreef, dat leek op een lichaam. Er zijn meteen collega's op afgegaan en er is een ambulance opgeroepen, maar voor hulp bleek het helaas te laat. Daarop is er een schouwarts gekomen, die heeft vastgesteld dat de persoon was overleden.' Ze zweeg weer even en keek hen opnieuw een voor een aan. 'Het lichaam dat is gevonden, is dat van een vrouw.'

Eline kon een kreet niet onderdrukken. Ze hoefde niet meer te horen om te weten wat de volgende boodschap zou zijn. Ze wílde zelfs niet meer horen. Met haar ogen samengeknepen probeerde ze de rechercheur te dwingen van gedachten te veranderen over wat ze wilde zeggen. Niets over een foto van Sascha en dat het lijk – het woord alleen al maakte haar onpasselijk – daarop leek. Niets over de leeftijd die overeenkwam, de donkerblonde haren, het postuur, een armband – Eline wilde niets horen.

Ze voelde Lydia's hand op haar knie en greep hem. Met hun vingers stevig in elkaar verstrengeld luisterden ze naar wat natuurlijk wel werd gezegd. 'Op basis van de foto die we hebben van uw vriendin hebben we reden om aan te nemen dat het gevonden lichaam dat van Sascha is.'

Een nieuwe kreet, Eline wist niet eens of die van haarzelf afkomstig was. Lydia huilde, zelf voelde ze ook tranen over haar wangen lopen. Gert zat daar maar, helemaal stil, steeds bleker. Uiteindelijk leunde hij naar voren en liet zijn hoofd in zijn handen rusten, zijn ellebogen op zijn knieën. Vingers streken door zijn haar. Lydia kneep in haar hand, zo hard dat het pijn deed. Eline wilde dat ook, pijn. Fysieke pijn was beter. Ze kneep haar kiezen op elkaar, waardoor de woorden verwrongen haar mond uit kwamen. 'Weten jullie het zeker?'

'De identificatie moet nog plaatsvinden', zei de man nu. 'We hebben haar familie gevraagd om naar het politiebureau te komen. We verwachten dat het lichaam nu elk moment in het mortuarium kan aankomen.'

Eline keek naast zich toen ze een gesmoord geluid hoorde. Lydia had haar hoofd gebogen en hield haar vrije hand voor haar mond. Ze kromp ineen, alsof ze plotseling werd geplaagd door hevige buikkramp. Eline sloeg haar arm om Lydia heen en voelde de botten in haar schouders heen en weer gaan op het ritme van haar snikken. Haar eigen verdriet leek door elke vezel van haar lichaam te knallen, zonder een uitweg te kunnen vinden. Het benam haar de adem, deed haar ineenkrimpen, maar tranen kwamen niet. Alsof dat te weinig was, te gewoontjes, te makkelijk. Alsof ze het moest voelen, snijdende pijn die overal doorheen ging.

De vrouwelijke rechercheur begon weer te praten. Wat uitleg over de rol van haar en haar collega – familierechercheurs, dat woord bleef bij Eline hangen, zij waren het aanspreekpunt voor de familie. Of omgeving, zei de vrouw. Dierbaren. Als er nieuws was, zou de familie dat als eerste horen. Maar natuurlijk konden Eline en Lydia haar altijd bellen, ze schoof een kaartje met daarop haar telefoonnummer over de tafel.

'En nu?' vroeg Gert. 'Wat gaan jullie nu doen? Onderzoek?'

'Dat is al in volle gang', zei de man, Arend. Zijn stem klonk krachtiger dan je bij zijn magere postuur zou verwachten. Zijn toon was zakelijker, zijn woorden ook. 'De collega's op het strand hebben de plaats delict afgezet en er wordt sporenonderzoek verricht. De patholoog-anatoom zal na identificatie het stoffelijk overschot onderzoeken. Vervolgens is het aan de inspecteur en de officier van justitie om te bepalen of het politieonderzoek wordt voortgezet.'

'Of anders?' vroeg Gert.

'De conclusie kan ook zijn dat er sprake is van een ongeval.'

'Het is belangrijk dat wij nog wat vragen stellen', nam de vrouw het weer over. 'Als onderdeel van het onderzoek.'

Eline ging verzitten. Ze haalde diep adem en probeerde haar hoofd helder te laten worden. Nadenken moest ze, goed nadenken. Dit was belangrijk. Hoe beter ze informatie kon verschaffen, hoe beter het onderzoek gedaan kon worden. Het voelde als het laatste wat ze voor Sascha kon doen, al bezorgde die gedachte haar een golf van misselijkheid.

De vrouw zette de computer aan door de muis te verschuiven. 'Is dit een verhoor?' vroeg Gert, wat hem op een verbijsterde blik van Lydia kwam te staan. De rechercheur schudde haar hoofd en leek in het geheel niet van haar stuk gebracht door deze vraag.

'Verhoren doen wij alleen met verdachten', zei ze. 'Dit is een gesprek om meer informatie te achterhalen over de laatste uren van uw vriendin. Zodat wij in beeld kunnen brengen wat er precies is gebeurd.' Ze ging verzitten. De pen werd aangeklikt. En weer uit. 'U heeft aan het einde van de ochtend een melding gedaan van de vermissing van uw vriendin. Hoelang had u haar toen niet gezien?'

'Sinds de avond ervoor', antwoordde Lydia gedecideerd. 'We zijn gisteravond uit eten geweest en toen we thuiskwamen, zijn we gaan slapen. Om eh...' Ze keek hulpzoekend naar Eline. 'Twaalf uur?'

Eline had moeite zich het precieze tijdstip te herinneren. Ze knikte. 'Zoiets. In elk geval gingen we alle drie naar boven en daarna heb ik Sascha niet meer gezien.'

'Omdat u ging slapen', knikte de rechercheur.

'Zij wel', zei Eline. 'Ik ben later nog even naar beneden gegaan, omdat ik nog niet moe was. En Lydia ook.'

Haar vriendin keek verwonderd, alsof ze zich dat nu pas weer herinnerde. 'Dat klopt', zei ze toen. 'Ik kon ook niet slapen. Uiteindelijk ging ik rond een uur of één terug naar bed en Gert ging naar huis.'

De rechercheur trok haar wenkbrauwen op. 'U was toch al thuis?'

'Mijn vriendinnen en ik verblijven in de strandtent', zei Lydia. Er trok een schaduw over haar gezicht. Ze probeerde haar formulering aan te passen aan de nieuwe werkelijkheid, maar begon te hakkelen. 'Of, nou ja, verbleven. Mijn vriendin en ik. Geen meervoud.'

'Ja.' De rechercheur keek op, meelevend. 'Dit moet bizar zijn voor u.'

'Ja', zuchtte Lydia.

'De strandtent dus', zei de mannelijke rechercheur, die de draad van het gesprek kennelijk niet kwijt wilde raken. 'U zag uw vriendin voor het laatst rond middernacht, toen zij ging slapen en u beiden nog een keer naar beneden ging. Waar was u?' Die laatste vraag was voor Gert bedoeld.

'Beneden', antwoordde hij. 'Ik was bezig met de dagafsluiting. Dat doe ik altijd het liefst meteen na sluitingstijd, omdat ik na een avond werken toch niet meteen in slaap kom.'

'Hoe laat ging u naar boven?'

'Naar huis', verbeterde Gert hem. 'Lydia slaapt met haar vriendinnen in de strandtent, ik ben zelf gewoon thuis. Het is hun gezamenlijke vakantie.'

'Kent u elkaar al lang?' Dat was de vrouw weer. Eline vroeg zich af of er een lijn in de vragen zat, of dat ze gewoon op hen afvuurden wat in ze opkwam.

'Dertig jaar', zei Lydia.

De vrouw floot even zacht tussen haar tanden. 'Dat is een hele tijd.'

'Ja', zei Eline, en daarna viel het even stil.

'We kennen elkaar van de vakanties van vroeger', zei Lydia toen. 'Sascha's en Elines ouders verbleven altijd in het pension van mijn moeder.'

Het viel Eline op dat ze moeder zei en niet ouders. Al zou dat misschien niet opvallend moeten zijn. Lydia's moeder had het pension bijna langer in haar eentje gerund dan samen met haar ex-man. Bovendien zou Lydia haar vader altijd verzwijgen als ze kon.

'En altijd contact gehouden', zei de vrouw.

Het was geen vraag, maar toch voelde Eline zich geroepen antwoord te geven toen niemand anders het deed. 'Elk jaar hebben we een soort reünievakantie, altijd in Zeeland. Tussendoor spreken...' Ze aarzelde, maar verbeterde zichzelf toen niet. 'Tussendoor spreken we elkaar ook, maar niet altijd zo vaak als we willen. Daarom is de vakantie heilig. We keken er allemaal erg naar uit.'

'Is u iets opgevallen aan uw vriendin?' vroeg de man, die zijn vragen scherper leek in te steken. Zou dat afgesproken zijn? Of vond hij de rest maar gebabbel?

'Niets', zei Eline. Over deze vraag had ze zich vandaag al een hele tijd het hoofd gebroken. 'Ze was vrolijk, ze leek goed in haar vel te zitten. Haar baan beviel haar. Ze zei een paar keer dat ze zo naar de vakantie had uitgekeken en...' Ze slikte. Plotseling was het alsof haar woorden binnenkwamen in haar eigen oren. Ze praatte over Sascha alsof ze dood was. Wat ze ook was, dus dat klopte, maar tegelijkertijd klopte er helemaal niets. Ze slikte opnieuw, maar haar keel was dik en pijnlijk. Er kwamen allerlei visioenen in haar op. Met Sascha langs het strand lopen, gisteren nog. Met Sascha appen of bellen, regelmatig. Haar vrolijke stem in Elines oor. Haar avonturen, haar eeuwig optimistische zoektocht naar de perfecte man, die zo perfect moest zijn dat hij vermoedelijk niet bestond. Het gemak waarmee Sascha daar vervolgens haar schouders over ophaalde. Het relativeringsvermogen dat Eline zelf soms miste en dat ze van Sascha kon leren. Allemaal verdwenen. Bruut weggerukt. Voor altijd verloren.

'Wat?' vroeg de mannelijke rechercheur. Ze was zijn naam kwijt. Het was iets met een vogel. 'Wat zei ze nog meer?'

Eline haalde kort haar schouders op. 'Ze zei niets bijzonders. Gewoon... opgewekt. Optimistisch. Zoals ze is. Was.' Ze wreef met twee vingers over haar neusbrug. 'Ik kan gewoon niets bedenken dat niet normaal was.'

De vrouw klikte een paar keer met de muis. 'Ze was single, toch?'

Eline knikte. Ze vroeg zich af hoe de politie dat wist, maar kon zich tegelijkertijd niet meer herinneren of ze het misschien wel zelf had verteld. Het stond trouwens vast ook wel op Sascha's Facebookprofiel.

'Was er echt niemand? Heeft ze daar iets over verteld?'

Eline schudde haar hoofd. 'Ze heeft niets verteld. En haar kennende zou ze dat hebben gedaan als er iemand was, hoe onbeduidend of beginnend ook.'

'Ze kon dat soort dingen niet voor zich houden', viel Lydia haar bij.

'Waarom is dit belangrijk?' vroeg Gert. 'Houden jullie er rekening mee dat...'

'We sluiten in deze fase niets uit', zei de man, het klonk opgedreund. 'In eerste instantie houden we het onderzoek altijd breed.'

Gert knikte. 'Ja', zei hij toen. 'Logisch, natuurlijk.'

Ze gingen terug naar de tijdlijn. De ene vraag na de andere. Hoe laat waren ze wakker geworden? Wat hadden ze gedaan? Wie hadden ze gesproken? Er waren collega's op het strand aan het rondvragen, zei de mannelijke rechercheur.

'Ook in de strandtent?' vroeg Gert.

'Is dat een probleem?'

'De gasten zullen het wel begrijpen.'

De man knikte. 'We zullen een persbericht uitsturen en iedereen die informatie heeft verzoeken zich te melden.'

'Wat denkt u?' vroeg Eline. 'Is ze gewoon gaan zwemmen en in de problemen geraakt?'

'Het is een optie.'

Het gesprek duurde anderhalf uur. Eline had moeite haar concentratie vast te houden.

‘Wat had ze aan?’ vroeg ze, midden in een ander onderwerp.

‘Zwemkleding’, antwoordde de vrouw. Suzanne, haar naam herinnerde Eline zich wel.

Eline knikte. Ze keek vluchtig naar Lydia, die onbewogen voor zich uit staarde.

‘Ze ging dus toch mee zwemmen’, fluisterde die uiteindelijk zacht voor zich uit, zo zacht dat alleen Eline het kon verstaan. ‘We zouden samen gaan.’

‘Sorry?’ vroeg de vrouwelijke rechercheur en Lydia herhaalde die laatst zin, harder.

‘Jullie zouden samen gaan zwemmen?’

Lydia knikte. ‘Dat hadden we min of meer afgesproken, al wist ik niet zeker of Sascha mee zou gaan. Ik ga elke ochtend in de zee zwemmen, maar zij is niet echt een ochtendmens.’

Was, verbeterde Eline haar automatisch in gedachten. Ze trok haar wenkbrauwen op. Zo snel ging dat dus.

Er kwamen nog meer vragen. Over dat zwemmen. Deed ze dat vaker, was ze getraind, kende ze de zee op dat punt? Drie keer nee, was Lydia’s antwoord.

‘Maar ze is hier natuurlijk wel opgegroeid’, zei Eline. ‘In Middelburg, maar ze kwam hier wekelijks. Ze kent de zee en ze kent de gevaren.’

‘Ze zou altijd uit de buurt blijven van de paalhoofden, zeker als het vloed is’, knikte Lydia.

Gert fronste. ‘Het was eb.’

‘We weten niet hoe laat ze de zee in is gegaan.’

Gert keek het recherche-tweetal aan. ‘Is dat bekend, hoe laat ze is overleden?’

Het antwoord kwam van de man. ‘Daar wordt onderzoek naar gedaan.’

Gert keek nadenkend. 'Het werd vanochtend rond half-zeven eb.'

'Ze is niet gevonden bij de paalhoofden', zei Eline, zich bewust van het feit dat je op basis daarvan geen enkele conclusie kon trekken.

'Als ze in botsing is gekomen met de paalhoofden, moet je dat kunnen zien', zei Gert. De man en de vrouw van de recherche zwegen beiden.

Arend, herinnerde Eline zich toen. De man heette Arend. Hij keek ook een beetje zo, als een arend, met zijn donkere, ronde oogjes.

Ze rondden het gesprek af. Drie visitekaartjes werden over de tafel geschoven. Ze beloofden te bellen als hun nog iets te binnen zou schieten. Gert wilde zijn nummer opschrijven, maar de rechercheurs hadden alle drie hun nummers al. Om een of andere reden bezorgde dat Eline een vreemd gevoel.

De man verdween na een handdruk, de vrouw liet hen uit. Bij de deur namen ze afscheid. Eline liep achter Gert en Lydia aan naar de auto, die voor het bureau geparkeerd stond. 'Ik kan het niet geloven', zei ze, knipperend tegen de zon. 'Ik weet ook niet wat ik van dit gesprek moet denken.'

'Ze willen gewoon informatie', zei Gert. 'Ze weten helemaal niets.'

Eline keek naar hem. Ze wist niet of het zijn woorden waren of zijn toon die haar verwonderde.

'O', zei Lydia en ze greep naar haar haar. 'Mijn zonnebril ligt nog binnen.'

Ze keerde om. Gert was blijven staan en keek haar na. Zodra ze de deur door was gegaan, greep hij Eline bij haar pols. 'We moeten nog steeds praten', zei hij, zijn stem haastig. 'Vanavond, op de plek die ik voor je heb opgeschreven. Zorg dat je er bent.'

Eline schudde haar hoofd. 'Ik wil het niet, Gert. Ik wil niet...'

'Het is niet wat je denkt.' Zijn blik boorde zich in die van haar. 'Zorg nu maar gewoon dat je er bent. Ik maak me echt zorgen.'

Eline slikte, maar haar mond was droog. 'Oké', zei ze, hoewel alles in haar zich verzette. 'Waar gaat het over?'

Gert liet haar pols los. Automatisch wreef ze over de plek waar zijn vingers haar vel hadden geraakt. Het brandde.

'Ik heb hem', zei Lydia en Eline draaide zich met een ruk om. Ze slikte, zonder een idee wat te antwoorden. Lydia stapte in, Gert ook. Voor haar vriendin haar portier sloot, keek ze Eline verwonderd aan. 'Kom je nog?'

Eline knikte en stapte vlug in. De hele terugweg lang zei ze niets.

HOOFDSTUK 8

MET EEN KLEIN ZETJE SCHOOF SUZANNE DE NOOIJER DE doos tissues naar voren. 'Ik begrijp het', zei ze als antwoord op het gesnikte excuus van de vrouw aan de andere kant van de tafel. 'Het is allemaal wat, hè.'

Ze zweeg even en wisselde een blik met Arend. Het besef kwam kennelijk binnen, was zo ongeveer wat ze daarmee wilde zeggen. Dit punt, ze had het al zo vaak gezien. Makkelijk was het nooit. Het enorme verdriet, dat van iemand af wasemde en zich door de kamer verspreidde. De pijn, die als een masker op een gezicht lag. Suzanne had moeite ernaar te kijken. Dit deel van haar werk vond ze moeilijk.

Het was nu iets meer dan een uur geleden dat ze hadden aangebeld bij een bescheiden middenwoning in een rustig gedeelte van Middelburg. Suzanne had even diep moeten ademhalen voor ze de bel indrukte. Het was maar een kleine handeling, maar daarna was er geen weg terug. Dit was het moment, realiseerde ze zich altijd, dat levens in tweeën scheurde. Er zou altijd een voor en een na zijn.

Sascha's ouders waren beiden thuis geweest. Zodra ze het tweetal – en misschien nog wel meer de politieauto die ze voor de deur hadden geparkeerd – zag, had Petra van der Horst naar hen gekeken alsof ze geesten waren. Ze had hen aangestaard terwijl ze rustig op de bank hadden plaatsgenomen, ze had hen aangestaard terwijl Suzanne het woord had genomen, ze had hen aangestaard toen zij en haar man hadden gehoord dat het lichaam van hun dochter – de identificatie was nog slechts een formaliteit – die middag was aangespoeld op het strand van Zoutelande, ze had hen aangestaard terwijl ze hadden gezegd dat er rechercheonderzoek plaatsvond en ze had hen aangestaard toen ze hun hadden verzocht mee te komen naar het politiebureau.

En nu, in dezelfde kamer waar Suzanne en Arend eerder de drie vrienden hadden gesproken, brak de vrouw uiteindelijk en snikte excuses voor haar emoties. Haar man hield zijn hand op haar rug. Het besef leek bij hem nog niet te zijn binnengekomen. Hij leek Suzanne een typische Zeeuw: nuchter, een tikje gesloten, niet iemand die met zijn emoties te koop liep. Hij pakte een tissue en gaf die aan zijn vrouw. Daarna pakte hij er nog eentje en bette zijn eigen ogen. Hij knipperde terwijl hij naar het plafond staarde.

De identificatie had minder dan twee minuten in beslag genomen. Suzanne had met Sascha's moeder voor de deur gewacht, Arend was met haar vader naar binnen gegaan. Toen hij terugkwam, zag de man er tien jaar ouder uit. Er waren geen vragen gesteld, hij had geen antwoord gegeven.

Dat zij het was, leed al geen enkele twijfel meer. Soms wilde Suzanne dat die formele stap de familie bespaard kon blijven.

'Heeft ze geleden?' vroeg Sascha's moeder nu.

'We weten nog niet precies hoe ze is overleden', antwoordde Suzanne naar waarheid. Ze wilde geruststelling brengen, maar moest bij de feiten blijven. Ze dacht aan het lichaam van hun dochter, op haar rug in de branding. Met elke golf was er een laagje water overheen gespoeld. Zand en schelpjes hadden de huid in wisselende patronen bedekt, net hoe het water ze meevoerde. Ze was niet dik geweest en niet dun. Stevige schouders als van een zwemmer, maar dat was ze niet, had Suzanne inmiddels wel begrepen. Toch was ze gezond, sterk genoeg om normaal gesproken in de zee te kunnen zwemmen. Maar wat zei dat? Eén mui en je zat zomaar in de problemen. Ook Sascha, hoewel die de gevaren kende en vermoedelijk als kind al had geleerd hoe je eruit moest zwemmen. Aan de andere kant: de stroming kon sterk zijn, en onverwacht opkomen. De wind was vanochtend stevig geweest, dat maakte het zwemmen moeilijker.

Geen verwondingen, dat was haar meteen opgevallen. Automatisch had ze de vergelijking gemaakt met die andere jonge vrouw, nu twee maanden geleden. Haar zijkant was beurs en geschaafd geweest waar ze de paalhoofden had geraakt. Sascha's huid was intact, op een paar rode plekjes na, waarschijnlijk van de wrijving van het zand en de schelpen.

'Wanneer is het gebeurd?' vroeg Sascha's vader nu. Wim van der Horst – Suzanne kende zijn naam omdat hij lange tijd een groentewinkel in het dorp had gehad. De winkel was al jaren geleden overgegaan op zijn zoon, die ook Wim heette. Die was op vakantie in Marrakesh, maar zou zo snel mogelijk terugkomen.

'Dat weten we ook nog niet precies', zei Suzanne. 'De patholoog is het lichaam nu aan het onderzoeken.'

Ze had zelf haar vermoedens. Bij eb vielen de paalhoofden droog, een lichaam dat dan ronddreef in het water zou ze niet meer raken. Bij vloed stonden ze helemaal onder. Het was waarschijnlijk om aan te nemen dat het lichaam ze dan had geraakt. Blauwe plekken zouden misschien niet zijn ontstaan, daar had je doorbloeding voor nodig. Maar uitwendige beschadigingen waren wel te verwachten. Tenzij het lichaam de palen niet had geraakt, maar dat was met de huidige wind en stroming moeilijk voor te stellen.

Ze knipperde een paar keer en vermande zich. Niet op de zaken vooruitlopen. Pas als het onderzoek was afgerond, kon je gegronde conclusies trekken.

Het stille huilen van Petra was overgegaan in een luider snikken, met lange uithalen. Maar nu kalmeerde ze een beetje, snoot haar neus en haalde een paar keer diep adem. Ze nam een slokje water en veegde nog een laatste keer met de inmiddels verkreukelde tissue langs haar ogen. 'We kunnen verder', zei ze met een trillende stem.

Arend nam het woord. Op kalme toon legde hij uit wat het doel van dit gesprek was en dat ze op dit moment erop gericht waren om zoveel mogelijk informatie te verzamelen. Het viel Suzanne zoals altijd op hoe hij met zijn stem kon spelen, hoe hij voor iedereen een andere toon leek te reserveren. Zacht en meelevend voor de ouders, meelevend maar ook zakelijk voor de vrienden. Niemand was verdacht, dat moesten ze voor ogen houden. En tegelijkertijd was het hun taak om elk detail, elk woord in zich op te nemen. Alles kon belangrijk zijn.

'Is u iets aan haar opgevallen de laatste tijd?' Weer die vraag, in deze fase nog zo breed en algemeen mogelijk. 'Gedroeg ze zich anders, maakte ze zich ergens zorgen over, belde ze vaker of minder vaak dan anders?'

De ouders schudden gelijktijdig hun hoofd, zonder naar elkaars beweging te kijken. Het duurde nog even voor ze hun antwoord met woorden bekrachtigden. 'Ze was altijd vrolijk', zei Petra. 'Van haar stem word je altijd blij. Zin in het leven, zo noem ik dat altijd. Sas had altijd overal zin in.'

Suzanne maakte wat korte aantekeningen. De vrienden, de familie – allemaal zeiden ze hetzelfde. Sascha zat goed in haar vel, ze was opgewekt en optimistisch. Happy single, om die vreselijke term te gebruiken. Niet op zoek, maar ook niet afwijzend.

Je moest natuurlijk altijd afwachten of dat echt zo was. Het zou in dat geval helpen als haar telefoonverkeer kon worden bekeken, maar vooralsnog was haar mobiel niet gevonden. De kamer in Het Zout was uitgeplozen en op sporen onderzocht, maar het was lastig zoeken als je niet wist wat je niet mocht missen. Resultaten waren er nog niet, ook niet van de patholoog. Die zouden waarschijnlijk later vandaag komen, in de loop van de avond. Suzanne bereidde zich voor op een avondje overwerken.

Het gesprek met de ouders duurde lang. Een paar keer kwamen dezelfde onderwerpen voorbij, de antwoorden veranderden niet.

'Wanneer krijgen we haar terug?' vroeg Wim, toen Arend begon met afronden.

‘In de loop van de week, vermoedelijk. Misschien iets eerder als het onderzoek snel gaat.’

De ouders knikten. Ze zagen er verloren uit toen ze de kamer verlieten. Petra klampte haar aan. ‘Wat moeten we nu doen? De begrafenis regelen?’

Suzanne pakte de hand van de vrouw, die steenkoud aanvoelde. ‘Mijn collega brengt u naar huis. Probeer wat rust te nemen, alles op u te laten inwerken. Eet iets. De komende dagen worden nog druk genoeg.’ Ze kneep even in de hand. ‘Morgen is ook nog ruim op tijd om contact op te nemen met een uitvaartorganisatie. Als u wilt, kan ik u telefoonnummers geven. Of bent u ergens verzekerd?’

De vrouw knikte, schudde haar hoofd, knikte weer. ‘Dat soort dingen regelt mijn man.’

‘Sterkte’, zei Suzanne. ‘U kunt altijd bellen.’

Die laatste informatie hadden ze net ook al gegeven, maar herhaling kon geen kwaad. Petra knikte. ‘Dank u wel’, zei ze, voor ze zich door haar man liet meenemen naar de politieauto die voor de deur klaarstond. Suzanne voelde een hand op haar arm. Ze keek op naar Arend. Hij kneep even, zij glimlachte zonder blijdschap. De pijn van de mensen die ze nu nakeken, leek zich in haar eigen lijf te hebben gevestigd.

***

‘Ach, meisje toch.’ Haar moeder herhaalde het drie keer. En toen, na een korte stilte, nog een keer. Eline slikte, wat bijna niet ging met haar dikke keel.

‘Ik begrijp er niets van, mam’, zei ze snikkend. ‘Hoe kon dit nu gebeuren?’

'Zal ik naar je toe komen?'

Hoewel ze haar moeder graag om zich heen wilde hebben, schudde ze toch haar hoofd. 'Dat hoeft niet. Ik weet niet eens hoelang ik hier zelf nog blijf.'

Een deel van haar wilde weg. Afstand nemen, en rust. Tot zichzelf komen. Nadenken, dat ook. En weg bij dat andere. Bij vanavond.

Een ander deel wilde juist blijven. Hier, waar het allemaal was gebeurd, waar het zo dichtbij voelde. Hoe kon ze terugkeren naar haar eigen leven? Haar leven waarin niemand Sascha kende, waarin ze er niet over kon praten. Niet echt, in elk geval.

Eline keek uit het raam van haar kamer. De golven rolden het strand op alsof er nooit iets was gebeurd. Het liep tegen zessen en vanaf het terras steeg de geur van eten op. Ze wist niet of het verbeelding was dat het vanavond drukker was dan anders in Het Zout.

Zelf wilde ze niets eten. De gedachte alleen al maakte haar misselijk. Keer op keer had ze beelden van Sascha in haar hoofd. Ze had haar vriendin niet gezien, daar in de branding. Misschien was het beter geweest van wel. Nu maakte ze in gedachten de meest vreselijke voorstelling van hoe haar lichaam eruit moest zien. In het water zwol het lichaam op, had ze eens gelezen. Gold dat voor Sascha ook? Of was dat pas na dagen? Weken?

'Haar arme ouders', verzuchtte haar moeder nu aan de andere kant van de lijn. 'Je kunt je toch niet voorstellen wat zij moeten doormaken.'

Eline had geprobeerd Sascha's ouders te bellen, maar ze had geen gehoor gekregen. 'Misschien ga ik morgen wel even naar ze toe', zei ze.

'Dat is lief van je', zei haar moeder. 'Ik hoop dat ze goed worden begeleid vanuit de politie.'

'Er zijn familierechercheurs.'

'Hoe gaat het met jou?' vroeg haar moeder, maar Eline wist geen antwoord. Hoe ging het eigenlijk? Bij die vraag had ze al uren niet meer stilgestaan. Haar armen, haar benen, alles trilde continu. Ze had sinds vanochtend niets meer gegeten, maar bij het idee iets in haar mond te moeten stoppen voelde ze haar maag in opstand komen. Ze nam een slok uit een flesje water.

Het liefst wilde ze haar moeder in vertrouwen nemen. Vertellen over de afspraak die Gert met haar had gemaakt en die kennelijk nog steeds van belang was na de verschrikkelijke gebeurtenis van vandaag. De bezorgdheid die ze in zijn ogen had gelezen. Of misschien was het geen bezorgdheid? Ze wist eigenlijk niet precies hoe ze het moest interpreteren. Natuurlijk was hij geschrokken, ontdaan, dat waren ze allemaal. Maar waarom moest ze hem dan per se in een hotel treffen? Een geheime afspraak in een hotel kende toch doorgaans maar één – volkomen cliché – reden?

Ze deed haar mond open, maar sloot hem toen weer. Ze kon ook gewoon niet gaan, dat was eigenlijk de beste oplossing. Wat Gerts intenties ook waren, door niet te verschijnen zou ze meteen duidelijk maken hoe ze daarover dacht. Het probleem was alleen dat ze het zich niet kon voorstellen dat Gert daar ook echt op uit was. Ze kon zich simpelweg niet indenken dat Gert na alles wat er vandaag was gebeurd, net na het gesprek op het politiebureau, maar één ding in gedachten had. Wie gaf er om seks nu ze net een dierbare vriendin hadden verloren? Dat sloeg toch helemaal nergens op?

'Lieverd?' vroeg haar moeder nu aan de andere kant van de lijn. 'Ben je er nog?'

'Ja', zei Eline vlug. 'Je viel even weg, denk ik.'

Ze kon maar beter niets zeggen. Het was allemaal al zo ingewikkeld, en als ze met haar moeder zou delen wat Gert wilde, zou ze alleen maar vragen oproepen. Vragen waarop ze zelf niet eens een antwoord wist, laat staan dat ze dat aan haar moeder kon geven. Ze keek op de klok, die aan de muur van haar kamer hing. Het was iets na acht uur. Nog minder dan een uur om te beslissen wat ze zou doen.

'Ik moet ophangen, mam', zei ze. 'Ik bel je morgen weer.'

'Laat het weten als ik iets voor je kan doen. Als ik in de auto stap, ben ik binnen twee uur bij je. Je mag altijd bellen, ook midden in de nacht.'

Eline slikte een paar keer, maar haar keel bleef dik. 'Dankjewel, mam', zei ze zacht. 'Tot snel.'

Daarna hing ze op. Zonder haar moeders warme stem in haar oor, voelde het ineens ontzettend kaal. Kil ook. Ze haalde diep adem, maar de beklemming die zich in haar borst had vastgezet, verdween niet. Ze ontgrendelde haar telefoon weer en ging naar de foto's. Met haar duim scrolde ze terug in de tijd: gisteravond met z'n drieën op het terras, gistermiddag op het strand tijdens weer een strandwandeling, gisterochtend aan een heerlijk ontbijt. Eline keek niet naar zichzelf of naar Lydia, haar blik was alleen maar op Sascha gericht. Donkerblonde haren, lichtbruine ogen, als van melkchocolade. Lichtjes in haar irissen. Technisch gezien de weerspiegeling van de zon of van verlichting die zich buiten het bereik van de foto bevond, maar je kon het bij Sascha net zo goed zien als een metafoor voor haar karakter.

Heeft u iets aan haar gemerkt?

Die vraag en allerlei variaties daarop hadden een groot deel van het gesprek met de recherche uitgemaakt. Het antwoord was in alle gevallen nee geweest. Eline sloot even haar ogen. Het idee dat Sascha zichzelf... Ze schudde haar hoofd. Onmogelijk.

Ze staarde naar de klok. De wijzers gingen veel te snel vooruit. Ze had de route al opgezocht, het was vijf minuten met de auto. Twintig minuten als ze ging lopen. Dat laatste, had ze onbewust al bedacht. Dan viel het minder op. Ze kon zeggen dat ze even alleen wilde zijn en buiten een rondje ging lopen. Als Lydia het al zou merken, want die had zich na het gesprek met de politie op haar werk gestort. Afleiding, dacht Eline. Of misschien haar manier van grip houden nu de wereld ineens in grillige vormen afgebrokkeld leek te zijn.

Ze sloot haar ogen en liet zich achterover zakken op haar bed. Wel of niet gaan? Voor haar geestesoog verscheen weer Gerts gezicht. Ik moet met je praten, het is belangrijk, zeker nu. Met dat laatste kon hij maar één ding bedoelen. Zeker nu Sascha dood was. Wat wist hij dat hij niet aan de politie maar wel aan haar wilde vertellen? Of draafde ze nu te ver door? Keek ze te veel Netflix-series? Ze wilde best met hem praten, horen wat hij te zeggen had, maar waarom kon dat niet gewoon hier? Desnoods buiten, op het strand, in het donker?

De wijzers kropen verder vooruit. Halfnegen. Nog tien minuten om te beslissen, al kon ze natuurlijk best een beetje te laat komen. Ze kwam overeind, liep naar het raam en staarde naar het donkere strand. Maanlicht weerkaatste in het inktzwarte zeewater en viel daar in duizend stukjes uiteen. Ze huiverde. Oké, misschien was het strand op dit tijdstip niet zo'n goed idee.

In de hotelbar, had Gert gezegd. Dat stelde haar enigszins gerust. Er waren anderen bij en als hij alsnog naar een kamer wilde gaan, kon ze gewoon weigeren. Aan de andere kant droeg juist die plek bij aan haar vreemde gevoel. Waarom zou je, als je juist niet wilde opvallen, op zo'n openbare plek willen afspreken? En hoezo was het, juist nu, belangrijk? Toen Gert de afspraak had gemaakt, was er nog niets aan de hand geweest.

Ze zuchtte diep en sloot even haar ogen. Kwart voor negen, zag ze, toen ze ze weer opende. Als ze wilde weten wat er niet klopte, moest ze gaan, dat was de meest simpele conclusie die ze kon trekken. Een drankje in een hotelbar, hoeveel kwaad kon dat nu? Misschien moest ze toch met de auto gaan, dan kon ze binnen vijf minuten terug zijn.

Ze slikte een paar keer en knikte ferm. Dat zou ze doen. Met de auto, en alleen naar de hotelbar. Ze bleef nog even zitten. Liet de tijd nog wat verder verstrijken. Misschien in de stille hoop dat als ze te laat was, de keuze voor haar werd gemaakt.

Nu ze haar blik erop gefixeerd hield, verplaatsten de wijzers zich minder snel. Ze wachtte tot vijf voor negen. Als ze nu ging, was ze iets te laat. Precies goed. Als het echt belangrijk was, wachtte Gert wel.

Ze rechtte haar rug en greep haar autosleutels. Haar telefoon stopte ze in haar zak, net als haar pinpas. Daarna schoot ze in haar sneakers en verliet de kamer.

***

‘Salami of pepperoni?’ Arend hield zijn hand over het spreekgedeelte van zijn telefoon en keek Suzanne vragend aan.

Ze trok haar neus op. Ze was al jaren vegetariër, een levensstijl waar Arend niet veel mee ophad. ‘Liever mozzarella.’

Arend knikte kort en haalde zijn hand weg. ‘En eentje met mozzarella.’ Hij luisterde even, gaf het adres en hing toen op. ‘Twintig minuten.’

‘Mooi.’ Suzanne voelde haar maag rommelen. Ze keek op de klok aan de muur. Kwart over acht. Ze hadden net een teambriefing gehad en Arend en zij wilden nog even langs de ouders van Sascha. Er was geen nieuws, maar Suzanne kon zich voorstellen dat er nog genoeg vragen waren die de ouders wilden stellen. Het waren bescheiden mensen, dat had ze al meteen gezien. Mensen die niet snel zelf zouden bellen, omdat ze dan het gevoel hadden de politie lastig te vallen. Bij zulke mensen ging ze altijd liever een keertje extra langs.

Ze schraapte haar keel toen de telefoon op haar bureau begon te rinkelen. Het was een buitenlijn, hoorde ze aan de ringtoon. Even fronste ze vanwege het ongebruikelijke tijdstip. ‘Suzanne de Nooijer.’

‘Met Wout.’

Suzanne knipperde een paar keer. Een achternaam was al niet meer nodig. ‘Hai.’

Een stilte. Ze haalde haar tong langs haar lippen. ‘Wat kan ik voor je doen?’

‘Ik... ik bel over die vrouw die verdronken is. Sascha.’

Suzanne trok haar wenkbrauwen op. Natuurlijk had Wout daarover gehoord. Het was niet alleen op het nieuws geweest, het hele dorp had het erover. 'Ja, dat is een trieste zaak. Ik kan me voorstellen dat dit bij jou extra hard binnenkomt.'

Hij liet een klein snufje horen dat van alles kon betekenen. 'Ik voel mee met de familie.'

Suzanne knikte een paar keer. 'Ja.'

'Ik vroeg me af of er al meer bekend is.'

'Hoe bedoel je?'

'Over de doodsoorzaak. Ik...' Hij haalde even diep adem. Toen hij weer begon te praten, klonk zijn stem steviger. Rationeler, ook. 'Ik begrijp heel goed dat ik niets met deze zaak te maken heb en dat je mij niets kunt vertellen. Maar het is gewoon... het lijkt zo op wat Hilde is overkomen.'

Suzanne knikte. Ze begreep heel goed dat het nieuws van vandaag bij Wout gevoelens had teruggeroepen die waarschijnlijk nooit weg waren geweest. De schrik, het ongeloof, de afschuw – hij ging er vast opnieuw doorheen.

Ze wilde hem graag iets geven waar hij wat mee kon, maar zoals hij zelf al zei: dat ging niet. Details over de zaak werden alleen binnen het team en summier met de familie gedeeld. 'Het gaat inderdaad om een verdrinking', zei ze, daarmee vertelde ze hem niets nieuws.

'Een ongeval.' Het klonk niet als vraag, maar ook niet als conclusie.

'Het onderzoek is nog bezig. Ik...' Ze zweeg even. 'Nou ja, je weet zelf hoe zoiets verloopt. We doen onderzoek en daarna wordt er gekeken of het nodig is om daarmee verder te gaan, of dat het om een ongeval gaat.'

'Een ongeval', herhaalde Wout neutraal.

'Ja.'

'Wie was dat?' vroeg Arend toen ze ophing.

Suzanne dacht even na voor ze antwoord gaf. 'De echtgenoot van Hilde Claes.'

Een kort knikje. Arend liet zijn blik op haar rusten.

'Hij is in Zoutelande', zei Suzanne, hoewel haar collega dat al wist. 'De verdrinking van Sascha heeft hem erg geraakt.'

'Wel toevallig.' Arend kneep zijn ogen samen en staarde haar aan. Ze kon de radertjes in zijn hoofd bijna zien draaien. 'Vind je niet?'

'Wat?'

'Dat net nu hij in het dorp is, er weer iemand verdrinkt.'

Suzanne haalde kort haar schouders op. 'Misschien.'

Het gesprek stopte. Suzanne dacht na over wat Arend suggereerde. Als je met een flinke kronkel redeneerde, zou je er misschien een onderzoeksrichting in kunnen zien. Maar daarvoor zou het stempel 'ongeluk' eerst van Hildes dood moeten verdwijnen, en de inspecteur had recent nog gezegd dat hij daarvoor geen aanleiding zag. Bovendien was Wout zelfs in de dagen waarin de dood van zijn vrouw nog onderwerp van onderzoek was, nooit als verdachte aangemerkt. Niets in het onderzoek had daarvoor aanleiding gegeven.

Ze staarde voor zich uit. Als je nog verder redeneerde, zou je kunnen zeggen dat het zelfs erg onlogisch was dat hij zich zo opzichtig bij de politie liet zien als hij iets wilde doen dat het daglicht niet kon verdragen. Bovendien zou het logisch zijn geweest als hij Sascha op z'n minst had gekend, al was er op dit moment ook geen onderzoek gedaan om dat uit te sluiten.

'We zullen zien', zei Arend. 'Hoewel ik het gevoel heb dat deze zaak ook snel zal worden gesloten.'

Suzanne knikte. Officieel waren Arend en zij alleen

maar belast met het contact met de familie van Sascha. Het trekken van conclusies binnen het onderzoek was niet aan hen voorbehouden. Daarvoor moest je immers alle informatie hebben, alle verbanden kunnen zien, en dat was voorbehouden aan de inspecteur en de officier van justitie. Maar dat betekende niet dat er binnenskamers nooit werd gespeculeerd.

Suzanne haalde kort haar schouders op. Als ze eerlijk was, had Suzanne net als Arend het gevoel dat de dood van Sascha binnen afzienbare tijd als ongeval gekwalificeerd zou worden.

De patholoog had zijn eerste bevindingen inmiddels gedeeld en die bevatten niets opzienbarends. Sascha's gangen waren nagegaan, voor zover dat mogelijk was zonder haar telefoon. WhatsApp was niet uit te lezen zonder het daadwerkelijke toestel, maar de belgeschiedenis bevatte niets afwijkends. Wat telefoontjes naar haar vriendinnen, haar ouders, één gesprek met iemand van haar werk. Ieder nummer was te traceren en paste binnen het normale patroon van haar leven. Dat betekende in principe ook dat het nummer van Wout Mertens er niet in voorkwam.

Ze maakte een korte aantekening. Het kon natuurlijk geen kwaad om het nog eens extra te controleren.

***

Het was druk in Het Zout en Eline kwam terecht in een scène van bestekgerinkel, lopende obers en de kok die in de keuken luidkeels orders uitdeelde. Gert en Lydia konden de zaak niet zomaar een avond sluiten en nu leek het wel alsof alle gebeurtenissen een soort reclame voor de strandtent waren geweest. Er was geen enkel vrij tafeltje meer. Eline deed een stap naar achter om een serveerster met een vol dienblad door te laten. Tegen beter weten in keek ze om zich heen. Gert was nergens te bekennen. Lydia trouwens ook niet.

Eerder die avond had Eline gezegd dat ze even alleen wilde zijn op haar kamer. Lydia had geknikt en was beneden gebleven. Misschien zou ze in de duinen gaan lopen, had ze gezegd.

Eline speelde met de gedachte om gewoon weg te gaan zonder zich af te melden. Het zou allicht makkelijker zijn als ze niet aan Lydia hoefde te vertellen waar ze naartoe ging. Maar na wat er vandaag was gebeurd, wist ze dat Lydia zich een ongeluk zou schrikken als Eline plotseling was verdwenen.

Ze keek rond in het restaurant en de keuken. Checkte het kantoortje en liep terug naar boven, maar op haar geklop op Lydia's deur kwam geen antwoord. Ze besloot haar vriendin een berichtje te sturen, maar niet voordat ze op het terras had gekeken.

Ze zat in het uiterste hoekje. Er was verder niemand, behalve een man die aan de andere kant stond te roken. Eline liep op haar vriendin af. Lydia had een glas wijn voor zich op tafel staan. Ze keek op toen Eline aankwam. In het maanlicht glinsterden haar tranen.

Eline ging naast haar zitten. Lydia legde haar gezicht tegen haar arm. Haar huid voelde klam en veel warmer dan je zou verwachten in de wind. 'Wat moeten we nu?' vroeg ze, haar stem verstikt en bijna niet verstaanbaar.

Eline schudde haar hoofd. Ze voelde tranen branden achter haar eigen ogen. 'Ik weet het niet', zei ze.

Vijf minuten bleef ze zitten. 'Ik ga even…' Eline begon haar zin zonder te weten hoe ze hem moest afmaken. Lydia knikte vaag, alles leek bij haar door te komen alsof ze onder een stolp zat. Eline keek naar het glas wijn en vroeg zich af of het haar eerste was.

Ze stond op, legde haar hand even op Lydia's schouder en liep toen weg. Het terras af, buitenlangs. Haar auto rook vertrouwd. Even liet ze het donker en de stilte haar omhullen, toen startte ze de motor.

Het hotel was niet moeilijk te vinden. BAR-RESTAURANT-HOTEL stond er op de gevel. Achter de kleine receptie zat een man, iets ouder dan zijzelf. Hij keek op en knikte haar vluchtig toe. De bar en het restaurant leken het grotere deel van de bedrijfsvoering uit te maken, vooral de bar. Eline ging naar binnen. De ruimte was verrassend modern ingericht. De bar zelf was wit en werd verlicht vanuit een lichtbak die langs de rand was aangebracht. De barkeeper droeg een hagelwit overhemd en een zwarte sloof en keek haar vragend aan, maar ze schudde haar hoofd.

Er stonden krukken langs de bar. Drie ervan waren bezet – twee door een stel dat moeite had van elkaar af te blijven, één door een oudere vrouw in een mantelpak die kleine slokjes nam uit een glas whisky. De zakelijke kleding detoneerde met het algehele vakantiegevoel dat Zoutelande leek te omarmen, maar er moest natuurlijk ook gewoon worden gewerkt, bedacht Eline.

De rest van de kleine ruimte werd gevuld met vijf zitjes, elk met vier stoelen en een laag tafeltje. Eentje werd bezet door een gezin met een stuurs kijkende puber en een meisje dat minstens tien jaar met hem in leeftijd scheelde en een roze knuffeltje tegen haar wang gedrukt hield.

Eline liet haar blik over de overige lege stoelen gaan, en toen nog eens, alsof ze Gerts brede gestalte per ongeluk over het hoofd zou hebben gezien.

Was hij zelf misschien van gedachten veranderd? Het kon, het was voor hem ook een vreemde dag geweest. Misschien was het allemaal toch wat minder belangrijk geworden. Ergens hoopte ze het.

Vijf minuten, nam ze zich voor. Zo lang zou ze op hem wachten.

Ze nam plaats in een van de zitjes en toen de ober kwam, bestelde ze een spa rood. Het drankje werd gebracht, een schijfje citroen in het glas. Het gesprek tussen de ouders van het gezin ging over Sascha, ving ze op. Hoofdschuddend spraken ze hun afschuw uit over het noodlot. Daarna stootte het meisje haar appelsap om en zette een keel op. Eline liet haar blik op het tafereel rusten, omdat er simpelweg weinig anders was om naar te kijken. Pas toen de vader haar nadrukkelijk aankeek, wendde ze haar ogen snel af.

Haar spa rood werd gebracht, schaaltje nootjes ernaast. Ze stak er eentje in haar mond, vanwege het verlangen naar een bezigheid, niet omdat ze zin had om te eten. Ze drukte op de homebutton van haar telefoon. Er was een bericht van Remco, haar broer. Hij had het van mama gehoord, schreef hij. En hij vond het verschrikkelijk voor haar, en voor Sascha.

Remco kende haar natuurlijk ook, realiseerde Eline zich nu pas. Al moest het meer dan tien jaar geleden zijn dat hij haar voor het laatst had gezien. Ze appte naar haar broer dat Sascha over hun zoen had verteld. Ondanks alles moest ze erom grinniken.

Ze keek op het klokje op haar telefoon. De vijf minuten

waren verstreken. Ze aarzelde, besloot er nog eens vijf minuten bij te doen. Ze nipte van haar spa rood. Er ontstond beweging bij de deur, maar de man die binnenkwam kende ze niet. Hij nam plaats aan de bar en richtte zijn blik op het uitgestalde assortiment drankflessen.

Nog een slok van haar drankje en toen nog eentje. Ze liep naar de bar om alvast te betalen en ging toen weer zitten om het laatste restje op te drinken. Gert moest allang weer in Het Zout zijn, als hij hier al was geweest. Ze kon geen logische verklaring bedenken waarom hij het grappig zou vinden haar voor de gek te houden, wat haar vermoeden vergrootte dat hij koudwatervrees had gekregen. Misschien had hij het belang van de afspraak schromelijk overdreven en had hij, toen hij niet meer terug kon, besloten er maar gewoon tussenuit te piepen om geen modderfiguur te slaan. Al was het moeilijk in te denken waarom iemand zich daarover onder de omstandigheden nog druk zou maken.

Ze leegde haar glas, greep haar telefoon van het tafeltje en wilde opstaan, toen de receptionist binnenkwam. Hij keek om zich heen, liet zijn blik even rusten op de vrouw bij de bar en liep toen op Eline af. 'Mevrouw Van As?'

Ze keek op. 'Ja?'

'Uw afspraak wacht op u in kamer 2.'

Eline slikte. 'Sorry?' vroeg ze, hoewel ze het wel had verstaan.

'Kamer 2.' Hij legde een pasje voor haar neer op de tafel en verdween.

Haar hart bonsde zo hard dat het pijn deed. Strak hield Eline haar blik op het pasje op de tafel gericht. Wit op wit. Een klein, rechthoekig kaartje. Ze stak haar hand uit en pakte het op. Op de andere kant stond het logo van het hotel. Eline liet het kaartje heen en weer gaan tussen haar handen. Dit was de grens, ze had het duidelijk met zichzelf afgesproken. Als Gert iets te vertellen had, kon hij dat in de bar doen. Wat zijn intenties waren op de hotelkamer, was niet moeilijk te raden.

Ze stond op. Ze voelde afschuw als ze eraan dacht dat dit was waarop hij uit was geweest, al die tijd had de dood van Sascha hem er niet van weerhouden zijn geile zin door te drijven. Ze had hem hoger ingeschat. Ze voelde mee met Lydia. Alles wat ze over hem had gezegd klopte dus waarschijnlijk wel. En daar kon je nog makkelijk een schepje bovenop doen.

Eline liep de bar uit. Voelde de blik van de receptionist op zich gericht. Haar blik ging naar de uitgang. Om de hoek, aan de zijkant van het pand stond haar auto. Binnen vijf minuten zou ze terug zijn in de strandtent. Hoelang zou het duren voordat Gert er was? Een halfuur? Een uur? In haar gedachten kwam er van alles op wat ze tegen hem zou zeggen. Het zou niet erg aardig zijn. Ze wilde hem precies uitleggen hoe ze over hem dacht.

Terwijl ze een stap in de richting van de uitgang zette, verplaatste haar blik zich naar het bordje waarop in zwierige letters het woord ROOMS stond, voorzien van een grote pijl. Daar, achter vermoedelijk de tweede deur, wachtte Gert op haar. Ze stelde zich hem voor. Zat hij op de rand van het bed? Op een stoel? De zelfgenoegzame glimlach op zijn gezicht dacht ze er automatisch bij.

Misschien was het dat beeld, dat de woede in haar deed opvlammen. Wat dacht Gert eigenlijk? Dat ze hier wel even in mee zou gaan? Dat ze werkelijk op zijn goedkope versierpogingen zat te wachten? Dat het normaal was om achter de rug van je vrouw om haar vriendin te versieren? En dat ze nu, juist nu, niets anders aan haar hoofd had?

Ze wierp nog één blik op de uitgang en nam toen haar beslissing. Met een bruuske beweging begaf ze zich in de richting van het bordje met de pijl. Ze trok de deur open en liep de gang in.

De deuren bevonden zich aan de linkerkant, kamer 2 was inderdaad de tweede deur. Ondanks het pasje in haar hand klopte Eline aan. Ze had liever dat Gert naar de deur kwam, zodat ze niet binnen hoefde te komen. Dan zou ze hem hier, in de deuropening, de waarheid zeggen en weer weggaan. Misschien zou hij haar vragen niets tegen Lydia te zeggen. Ze wist nog niet goed of ze dat moest doen. Haar vriendin had recht op de waarheid, maar aan de andere kant vroeg ze zich af of het in Lydia's belang was.

Ze klopte opnieuw aan en drukte haar gedachten weg. Dat was voor later. Eerst dit. Eerst Gert.

Opnieuw kwam er geen reactie. Eline keek naar het kaartje in haar hand. Boven de deurklink zat de sensor. Eline bewoog haar hand ernaartoe, legde het kaartje ertegenaan. Een kort piepje en toen kleurde het lampje groen. Ze bewoog de klink omlaag. Hij gaf mee.

Ze duwde de deur open. Erachter bevond zich een smal gangetje. Het licht in de kamer was uit, het gordijn gesloten. Er zoemde iets. De airconditioning? Eline zette een stap naar voren en toen nog eentje. De deur viel automatisch achter haar in het slot. Ze ademde in en fronste. Er hing een vreemde geur in de kamer. Iets bekends, dat ze tegelijkertijd niet kon thuisbrengen. Haar hand ging langs de muur en vond de lichtknop.

Ze knipperde even tegen het gelige licht. Links bevond zich een deur, waarschijnlijk de badkamer. Recht voor zich zag ze de gordijnen, zware grijze stof, gesloten. Ervoor stond een fauteuil, die leeg was. Om het bed te kunnen zien, moest ze doorlopen.

Haar eigen stem klonk vreemd beverig. 'Gert?' Geen reactie. Ze schraapte haar keel, maar herhaalde zijn naam niet.

Ze zette een stap naar voren en toen nog eentje. Nog één stap en ze kon het bed zien, aan de linkerkant. Misschien was hij er wel helemaal niet, het was zo stil.

Ze bewoog haar been naar voren. Zette zich schrap voor wat ze zou zien. Wat als hij geen kleren aanhad? Ze huiverde bij de gedachte. Even sloot ze haar ogen, toen haalde ze diep adem en zette de laatste stap.

Hij lag op zijn rug, benen iets uit elkaar. Hij droeg de kleren die hij de hele dag had gedragen: een korte jeans en een geel T-shirt met de woorden Los Angeles erop. Wat alleen niet klopte, was dat een groot deel van het T-shirt doordrenkt was met donkerrood bloed.

Zijn armen lagen aan weerszijden van zijn lichaam, slap, bewegingloos. Alsof hij zich achterover op het bed had laten tuimelen en onmiddellijk in slaap was gevallen, behalve dan dat zijn ogen open waren. Zijn blik haakte daaraan, aan die ogen. Ze waren niet zomaar open, ze waren opengesperd. Stijf starend naar een groot niets.

Eline deed haar mond open. Angst, alles doordringende angst golfde in tsunami's door haar heen. Ze perste lucht naar buiten, bedoeld om te gillen, maar geruisloos afgeleverd.

Ze wilde niet kijken naar Gerts gezicht. Alles in haar schreeuwde om het niet te doen, maar haar impulsen waren sterker dan zij. Haar ogen gleden erheen, hoe ze ook haar best deed om ze tegen te houden. Ze keek eerst naar het witte behang op de muur. Rode bloedspetters boven het hoofdbord van het bed. Alsof een kunstenaar zijn kwast had uitgeschud en daarna maar gewoon weg was gelopen.

Haar blik gleed verder. Ze liet het gebeuren, niet in staat haar eigen spieren te beheersen. In de rechterkant van Gerts hoofd zat een deuk. Of misschien moest je zeggen dat de rechterkant niet meer echt bestond. Zijn haar was bedekt met rode smurrie. Het deed Eline denken aan pastasaus en ze wist meteen dat ze dat nooit meer zou kunnen eten. Het zag er zo onnatuurlijk uit dat het haar moeite kostte er nog de zijkant van een hoofd in te zien. Zijn gezicht was intact, wat het geheel een des te vreemdere aanblik gaf. Opnieuw ontmoette ze de blik in zijn ogen, die tegelijkertijd recht naar haar en dwars door haar heen keken. De witte sprei van het bed was besmeurd met donkerrode vlekken.

Het ene moment stond ze nog stokstijf, het volgende moment begon er van alles te bewegen. Haar maag bijvoorbeeld, die zich omdraaide. Ze kon nog net zuur gal wegslikken, maar het bleef branden in haar keel. Haar ademhaling ging schokkerig en het kostte haar moeite om voldoende lucht naar binnen te zuigen. Ze moest haar middenrif tot het uiterste inspannen en haar longen leken geen medewerking te willen verlenen. Haar hoofd tolde en ze moest steun zoeken tegen de muur om niet om te vallen. Vingerafdrukken, bedacht ze tegelijkertijd en liet de muur snel weer los.

Haar hersenen, die net nog geblokkeerd waren, leken

ineens op volle toeren te gaan draaien. Gert was dood, Gert was vermoord, of een val tegen de punt van de tafel moest hem zo hebben toegetakeld, maar dan zou hij waarschijnlijk op de grond liggen en niet op een bed. Hij had haar gevraagd naar dit hotel te komen, hij had de receptionist verzocht haar naar deze kamer te dirigeren, en waarvoor? Om zijn dode, verminkte lichaam te aanschouwen? Dat kon hij toch onmogelijk zelf geregisseerd hebben? Kom naar mij toe, zodat je kunt zien hoe ik hier dood lig te zijn.

Wie wist van de afspraak? Wie haatte Gert zo? Had dit alleen met hem te maken?

Haar blik flitste naar de gesloten gordijnen, naar de dichte deur van de badkamer, naar de opening onder het bed. Angst ging als een katapult door haar heen. Wat als degene die dit op z'n geweten had hier nog was? Wat als het werk nog niet klaar was?

De gil kwam alsnog. Weg! Ze moest hier weg! Ze reikte naar de dichte kamerdeur. Verbeeldde zich dat ze iets hoorde in de badkamer. Rukte aan de klink, maar die gaf niet mee. Paniek ging als een draaikolk door haar lichaam, trok aan haar organen, nam alles mee. Ze probeerde het opnieuw, maar haar hand gleed van de deurklink. De derde poging. Ze voelde het metaal opnieuw onder haar vingers wegglijden, maar kneep erin, verstevigde haar grip. Het gaf mee. Ze rukte de deur open en viel struikelend de gang in. Tegen de muur vond ze steun, terwijl ze piepend lucht naar binnen zoog. Ze rende de gang uit, naar de receptie. Registreerde vaag de blik van verwondering bij de receptionist, die binnen een seconde overging in een blik van alarm. 'Politie!' riep Eline hijgend. 'Bel alsjeblieft de politie.'

HOOFDSTUK 9

HAASTIG LIEP SUZANNE DE NOOIJER DE VERGADERZAAL in. Ze keek vluchtig op haar horloge. Iets na halfelf, en ze had een donkerbruin vermoeden dat deze dag voorlopig nog niet ten einde zou zijn.

Haanstra zag er fris uit, alsof hij zojuist aan zijn werkdag was begonnen. Misschien had hij zijn overhemd verwisseld, het exemplaar dat hij droeg zag er in elk geval kraakhelder uit. Maar aan het gebaar waarmee hij zijn bril van zijn neus haalde en met twee vingers over zijn neusbrug wreef, was te zien dat het ook voor hem een lange dag was geweest.

Suzanne voelde het zelf ook. Ze had eigenlijk gehoopt de werkdag na het bezoek aan Sascha's ouders te kunnen afsluiten. Arend had net aangeboden even met de dienstauto langs haar huis te rijden om haar af te zetten, toen het telefoontje was gekomen. Haanstra zelf, of ze zo snel mogelijk naar het bureau konden komen.

Het team was compleet en Haanstra sloot de deur. 'Dames en heren,' zei hij met die zware stem van hem, 'ik heb jullie bijeengeroepen in verband met een mogelijke moordzaak.'

Suzanne zat meteen rechtop. Ze had gerekend op een update over hun huidige onderzoek, niet op een nieuwe zaak. En moord, dat gebeurde hier ook niet dagelijks.

Haanstra schraapte even zijn keel. 'Vanavond rond half-tien is er een 112-melding gedaan vanuit hotel De Branding in Zoutelande. Er zou een stoffelijk overschot zijn gevonden. Collega's waren binnen tien minuten ter plaatse en hebben daar inderdaad het lichaam van een vijfendertigjarige man aangetroffen, waarbij meteen het vermoeden van een niet-natuurlijke dood bestond.'

Suzanne knipperde even. Met die formulering kon je alle kanten op. Het was wat een onwelwording was voor ambulancemensen: iets dat kon variëren van een gescheurde teennagel tot een totale onthoofding, en alles daartussenin. Een vermoeden van een niet-natuurlijke dood kon net zo goed van alles betekenen.

Toch ging ze wat meer rechtop zitten. Niet voor elk vermoeden werd een compleet rechercheteam bijeengeroepen, zeker niet op dit tijdstip.

Haanstra ging verder. 'Het slachtoffer blijkt volgens de legitimatie in zijn portemonnee Gert van Grinsven te zijn, de eigenaar van strandtent Het Zout hier in Zoutelande. De vermoedelijke doodsoorzaak is een ernstige fractuur van de schedel aan de rechterkant van het hoofd, mogelijk veroorzaakt door een zwaar voorwerp. Het vermoeden is nu dat het letsel en de daaropvolgende bloeding hem fataal zijn geworden. De technische recherche is inmiddels ter plaatse.'

Suzanne staarde naar de foto's die achter Haanstra op het scherm van de beamer werden vertoond. Links een foto van de man om wie het ging, rechts een snapshot van de plaats delict om een eerste indruk te geven. Suzanne fronste kort. Een bloedbad, zo liet de scène zich adequaat omschrijven. Maar gek genoeg was het de linkerfoto – zijn Facebookprofielfoto? – die meer indruk op haar maakte. Hij was gemaakt op het strand op een zonnige dag. Gert stond erop met een lach die voor degene achter de camera bedoeld leek te zijn. Precies zo – zongebruind, kleine rimpeltjes rond zijn ogen – had ze hem krap zes uur geleden tegenover zich gehad. Ze kon bijna niet geloven dat hij nu zelf dood was.

'Het toeval wil dat de heer Van Grinsven bevriend is met Sascha van der Horst, de zwemster die vanochtend is verdronken en wier stoffelijk overschot vanmiddag op het strand is gevonden, niet ver van Het Zout', zei Haanstra nu. 'Die zaak is nog in onderzoek, maar uiteraard wordt er gekeken naar een eventueel verband. Belangrijk om te vermelden is ook dat het lichaam is gevonden door Eline van As, die eveneens bevriend was met Sascha, maar ook met Lydia, de vrouw van Van Grinsven.'

Die informatie moest Suzanne even verwerken.

'Lydia is op de hoogte gebracht door haar vriendin en is ter plaatse gekomen', ging Haanstra verder. 'Daar is zij opgevangen door collega's.' Haanstra richtte zich tot Suzanne en Arend, die schuin achter haar zat. 'Jullie gaan zo meteen ook die kant op om haar verder te begeleiden.'

Suzanne knikte kort. 'Heeft zij haar man gezien?'

Haanstra schudde zijn hoofd. 'Collega's hadden bij haar aankomst de plaats delict al veiliggesteld.' Er gleed iets over zijn gezicht dat aan medelijden deed denken. 'Het is waarschijnlijk ook beter als zij hem niet ziet.'

Suzanne dacht vluchtig aan Eline, die het lichaam had gevonden. Dat moest voor haar vreselijk zijn geweest. Al kwam ook onmiddellijk de vraag op wat zij met Gert in een hotelkamer te zoeken had.

Haanstra gaf nog wat meer informatie – er waren camera's waarvan de beelden bekeken moesten worden, aanwezigen werden nu in De Branding gehouden totdat de recherche hen had kunnen spreken, de ouders van Gert waren al jaren geleden overleden en veel overige familie leek er niet te zijn – en verdeelde daarna de taken. Zonder verdere plichtplegingen sloot hij de briefing af. Suzanne en Arend stonden op en liepen onmiddellijk naar de dienstauto, maar niet voordat ze allebei een koffiebeker hadden gevuld bij de automaat. Suzanne ging er maar van uit dat het een nacht met weinig slaap zou worden.

Eigenlijk zou deze zaak bij twee collega's moeten liggen en niet bij haar en Arend. Maar ze waren binnen het team door ziekte en vakanties momenteel onderbezet. Ze vond het ook niet erg om extra te werken. Misschien was het juist wel goed dat ze deze zaak ook deed, nu de ironie wilde dat twee zaken elkaar op een bizarre manier kruisten.

Bij De Branding was het een drukte van belang. Politieauto's stonden her en der geparkeerd, de ingang was afgezet met rood-wit lint. Ondanks het tijdstip had zich een flinke groep toeschouwers verzameld. Of misschien was het dankzij het tijdstip: de restaurants liepen leeg en De Branding bevond zich aan het einde van de hoofdstraat. De politiewagens waren ongetwijfeld met sirenes en zwaailichten gearriveerd en hadden de aandacht getrokken.

Suzanne dook onder het lint door en liep naar binnen. In de hal was het een drukte van belang. 'De getuigen zijn naar de hotelbar gebracht', wees Bertram, een van haar meest ervaren collega's die als eerste ter plekke was geweest en verantwoordelijk was voor de organisatie. 'De vrouw van het slachtoffer is opgevangen in het kantoortje achter de receptie, samen met haar vriendin.'

Suzanne knikte. Ze zou zo naar Lydia gaan, maar eerst wilde ze de plaats delict graag zelf bekijken. Een beeld vormen, zodat ze wist waarover het ging. En zodat ze vragen kon beantwoorden die Lydia misschien zou hebben.

'Deze kant op', wenkte Bertram, en nadat zij en Arend beschermende hoezen over hun schoenen hadden gedaan, nam hij hen mee een deur door, waarachter zich een gang bevond. In het voorbijgaan viel Suzannes oog op een bordje met daarop het woord ROOMS.

De deur van kamer 2 stond open. De deuropening was nog eens extra afgezet met lint, zodat niemand per ongeluk naar binnen zou lopen en de plaats delict zou besmetten.

De kamer was felverlicht door lampen die door collega's waren neergezet. Mannen en vrouwen in witte pakken en eveneens met hoezen over hun schoenen deden minutieus hun werk. Ze groette Bert, die geconcentreerd foto's stond te maken. Suzanne knipperde toen ze naar het lichaam keek. Ze vermeed de blik, zoals altijd.

Officieel zou hij nog geïdentificeerd moeten worden, maar hij was het, dat leed geen twijfel. Dezelfde man als die ze vanmiddag tegenover zich had gehad. De zijkant van zijn hoofd was meer beschadigd dan het op de foto had geleken. Het was geen prettig gezicht, met al het bloed en stukjes bot. Het zat zelfs op de muur, het bloed. Bert was net bezig foto's te nemen van de spatten.

'Het moordwapen?' vroeg Suzanne aan Paul, die het technische rechercheteam leidde.

Hij schudde zijn hoofd. 'Niet gevonden.'

'Vingerafdrukken?'

Hij slaakte een zucht. 'Te veel om op te noemen. Dat zal nog een hele kluif worden.'

Suzanne knikte. In een hotelkamer zat je nooit verlegen om menselijke sporen.

Ze keek nog een keer om zich heen. De kamer zag er ordentelijk uit, geen rommel, geen losse spullen. Alsof Gert naar binnen was gewandeld, zonder bagage, en gewoon op het bed was gaan liggen.

'Het ziet ernaar uit dat de moordenaar in de badkamer wat dingen heeft gewassen', zei Paul. 'Het moordwapen misschien, z'n handen, of allebei. Er zijn bloedsporen aangetroffen op de wastafel.'

Suzanne knikte kort. Op een of andere manier verwonderde de netheid van de kamer haar. Was het een doelbewuste moord, waarbij de moordenaar gewoon naar binnen was gelopen, Gert had doodgeslagen, en weer was vertrokken? Dan moest je tamelijk koelbloedig zijn. Als er al een ruzie was ontstaan, dan wel een heel kalme ruzie. Alle meubels stonden overeind, zelfs het notitieblokje op het bureau lag kaarsrecht. Of misschien had de moordenaar achteraf opgeruimd. Ook dat zou getuigen van iemand die z'n hoofd erbij had gehouden, niet van iemand die door opgevlamde woede werd gedreven.

Ze stond zichzelf toe haar gedachten te laten afdrijven naar mogelijke daders. Het Zout was de eerste denkrichting die in haar opkwam. Ze had in het verleden vaker zaken meegemaakt van ondernemers die zich uit financiële nood hadden ingelaten met zaken waar ze zich beter verre van hadden kunnen houden. Snelle cash was altijd de grote trekker, de risico's werden voor het gemak even aan de kant geschoven. De achtergrond van de nieuwe, veelbelovende zakenpartner werd niet nagetrokken – eerder onbewust dan bewust – en voor je het wist, had je je ziel verkocht aan een duivel die je niet zomaar meer liet gaan. Een horecagelegenheid als Het Zout leende zich prima voor witwaspraktijken en waarschijnlijk kon zoiets ook heel lang goed gaan, tot het op een dag ineens niet meer goed ging. Suzanne keek naar de verdwenen zijkant van Gerts hoofd. De komende dagen zou alles rondom Het Zout minutieus worden uitgeplozen, de financiële administratie voorop. School de verklaring hierin?

En dan was er natuurlijk nog de dood van Sascha. Door haar werk bij de recherche was Suzanne tegelijkertijd meer en minder in toeval gaan geloven. Opmerkelijk, dat was vaak een beter woord. Het tijdstip van hun beider overlijden was op z'n minst opmerkelijk te noemen. Als Sascha's overlijden al als ongeval gekwalificeerd zou worden – een verwachting die binnen het team en bij haarzelf had geleefd – dan zou het sluiten van de zaak nu op z'n minst iets langer op zich laten wachten. Je kon het verband immers moeilijk negeren, er zou extra onderzoek nodig zijn. Als het niet was om de zaken aan elkaar te linken, dan in elk geval om een verband uit te sluiten.

Suzanne liet haar blik nog één keer door de kamer gaan. Daarna knikte ze kort naar Arend, draaide zich om en samen liepen ze terug naar de centrale hal. Achter de kleine balie van de receptie zat een man van eind dertig met een hevig geschrokken uitdrukking achter zijn computer. Wat Suzanne had begrepen, was dat Eline na het vinden van het lichaam van Gert naar de receptie was gerend en de receptionist had gevraagd de politie te bellen. Dat had hij gedaan, maar omdat hij geen wijs kon worden uit Elines woorden, was hij zelf naar de kamer gelopen om te kijken wat er aan de hand was. Gezien de bleke kleur van zijn gelaat en de trilling in zijn stem, was hij daarvan nog niet bijgekomen.

De receptionist liet hen binnen in het kantoortje waar Lydia en Eline zaten. De ruimte was gevuld met twee bureaus en een kleine kast vol mappen. Aan het ene bureau zat Lydia, de handen voor haar ogen geslagen, langzaam schuddend met haar hoofd. Naast haar op een bureaustoel zat Eline, die haar arm om de schouders van haar vriendin hield en zelf krijtwit zag. Suzanne herinnerde zich dat ze eerder vandaag juist een zongebruinde teint had gehad.

'Gecondoleerd', zei ze meelevend, toen hun aanwezigheid was opgemerkt. 'Wat een verschrikkelijke dag voor jullie.'

Eline knikte, Lydia staarde haar alleen maar aan. Arend haalde extra stoelen en Suzanne ging aan het bureau tegenover de twee vrouwen zitten. Arend nam plaats in het midden. 'Wat een bizarre samenloop', opende Suzanne het gesprek. 'Dit verwacht je echt niet.'

Eline schudde haar hoofd. Ze deed haar mond open, sloot hem toen weer en uiteindelijk kreeg ze het toch voor elkaar om iets te zeggen. 'Ik heb het gevoel dat de film waarin ik al zat, alleen maar slechter wordt.'

Lydia keek op, haar gezicht nat en vlekkerig van het huilen. 'Hoe kan dit?' vroeg ze. 'Wie zou Gert... Wie wil hem nu iets aandoen?'

Ze leek geen antwoord te verwachten en niemand gaf het ook.

Een korte klop op de deur. Thijs, een collega die was ingezet voor de getuigenverhoren, stak zijn hoofd om de hoek. Dat hij Eline nu kwam halen, had hij net afgesproken met Arend, wist Suzanne. Het was belangrijk dat met Eline en Lydia individueel werd gesproken. Het antwoord op de vraag wat Eline met Gert in een hotel deed, was immers nog volstrekt onduidelijk. Suzanne kon talloze antwoorden verzinnen, veel ervan zouden makkelijker worden gegeven als Lydia er niet bij was. En als discretie werd beloofd.

'Ja', knikte Eline als antwoord op de vraag of ze even mee kon lopen. 'Ja, natuurlijk. Is dat oké?' Dat laatste was bedoeld voor Lydia, die eerst met grote ogen toekeek, maar daarna knikte.

Lydia keek op. 'Ik heb mijn moeder gebeld of ze hiernaartoe wil komen. Is ze er al?'

Suzanne keek naar Thijs, die zijn hoofd schudde. Ze schraapte haar keel. 'We zouden het sowieso fijn vinden om even onder vier – nou ja, zes – ogen te spreken.'

'O ja.' Lydia haalde diep adem. De trilling was te zien over haar hele lichaam. 'Ja, natuurlijk.'

Thijs sloot de deur en plotseling viel de stilte in. De

geluiden uit de hal – voetstappen, stemmen, zacht of roepend – werden buitengesloten. Lydia staarde voor zich uit en veegde een traan weg die langs haar wang naar beneden gleed. 'Hoe moet het nu verder?' vroeg ze, maar de vraag leek aan niemand in het bijzonder te worden gesteld.

Suzanne ging verzitten. 'Je begrijpt dat we onderzoek gaan doen naar de dood van Gert', zei ze. 'Je moet natuurlijk altijd uitkijken met vroegtijdige conclusies, maar gezien de omstandigheden waaronder hij is gevonden, gaan we er op dit moment van uit dat hij geen natuurlijke dood is gestorven.' Ze pauzeerde even, maar Lydia gaf geen noemenswaardige reactie. Suzanne ging door. 'Ik begrijp dat jouw leven op dit moment volledig op z'n kop staat, maar ik hoop dat je ons toch kunt helpen door een aantal vragen te beantwoorden. Hoe sneller we in beeld hebben hoe de laatste uren – of dagen – van Gert eruit hebben gezien, hoe beter het is voor het onderzoek.'

Lydia knikte nu langzaam. 'Natuurlijk', zei ze, maar het klonk lusteloos.

Suzanne kon niet zeggen dat ze veel wijzer werden. De vriendinnen waren de hele dag met Sascha bezig geweest, Gert ook. Eerst de zoektocht en daarna, na de vondst van het lichaam, het gesprek met de politie. Daarna hadden Lydia en Gert samen gegeten, zonder Eline, want die had zich op haar kamer teruggetrokken. Na het eten had Lydia niet zo goed geweten wat ze moest doen. Gert was aan het werk gegaan – de bediening aansturen, nog wat administratie doen, dagelijkse klussen die misschien ook wel hadden kunnen wachten, maar werk was zijn houvast, zei Lydia. Hij moest iets te doen hebben, anders werd hij rusteloos, ging hij lopen piekeren.

'Waar piekerde hij over?' vroeg Suzanne.

Lydia keek haar aan met een zekere verbazing, alsof ze haar voor het eerst opmerkte. 'Sascha natuurlijk.' Ze wendde haar blik af. 'Wij allebei. En Eline natuurlijk ook.' Ze fronste kort, alsof haar iets te binnen schoot. Toen schudde ze haar hoofd en zei niets.

'En toen?' vroeg Suzanne. 'Hij ging aan het werk en wat ging hij daarna doen?'

'Dat weet ik niet', zei Lydia. 'Ik ben door de duinen gaan lopen om mijn hoofd leeg te maken.'

'Hoe laat was dat?'

Lydia trok met haar mond. 'Rond acht uur?'

'Alleen.'

'Ja.'

'En lukte het?'

'Wat?'

'Je hoofd leegmaken.'

Weer dat korte trekken met haar mond. 'Niet echt. Het was te veel om over na te denken.'

'Hoe laat kwam je terug?'

Lydia slikte even. Ze keek van Suzanne naar Arend en weer terug. 'Ik weet het niet meer precies', zei ze. 'Ik denk dat ik een uur weg ben geweest. Toen ik terugkwam, was Gert er niet.'

'Wist je dat hij weg zou gaan?'

Een kort schokschouderen. 'Misschien heeft hij wel gezegd dat hij een afspraak had, ik weet het niet meer. Vandaag is...' Ze hief even haar hand en maakte haar zin niet af. Daarna veegde ze een traan weg die over haar wang naar beneden gleed.

Verdriet kwam in golven. Besef ook. En die ene traan

luidde bij Lydia een nieuwe golf van zowel verdriet als besef in, zag Suzanne.

'Hoe moet het nu?' vroeg Lydia, terwijl ongeloof en ontreddering om voorrang streden op haar gezicht. 'Hoe moet ik nu verder?'

Suzanne legde haar hand op Lydia's onderarm en wreef er zacht over. Arend had ergens tissues vandaan gehaald en schoof de doos naar Lydia toe. Ze pakte er een, bette haar gezicht en pakte er nog eentje die ze tussen haar vingers begon te verscheuren. Daarna keek ze op naar Suzanne. Het verdriet leek voor even weer naar de achtergrond te verdwijnen. In plaats daarvan kneep ze haar ogen een beetje samen. Er leek een gedachte bij haar op te komen.

'Wat ik niet snap,' zei ze langzaam terwijl ze Suzanne aankeek, 'is wat Eline hier eigenlijk deed.'

HOOFDSTUK 10

VOOR DE TWEEDE KEER DIE DAG BETRAD ELINE HET politiebureau. Hoewel, technisch gezien was het de eerste keer deze dag, want het liep inmiddels tegen twee uur 's nachts. Ze was moe en niet moe tegelijk. Zoals je je voelt wanneer je vermoeidheid met energiedrank hebt verdreven. Moe, maar tegelijkertijd vreemd opgefokt. Alles wat om haar heen gebeurde, kwam binnen alsof haar zintuigen helemaal openstonden en geen filter meer hadden. Het felwitte tl-licht in de kamer waar ze naartoe werd gebracht, de verbrande koffiegeur in haar neus, de bittere smaak toen ze haar bekertje naar haar mond bracht, de pijn omdat ze haar lip brandde. Ze keek om zich heen. De wanden in de kamer leken recent van een verse laag witte verf te zijn voorzien. In één wand zat een soort grote rechthoek van een soort donkere spiegel. Ze vroeg zich af of erachter nog een groepje rechercheurs stond te kijken, of dat dat alleen gebeurde in films.

Tegenover haar zaten twee rechercheurs, die ze niet kende. Ze hadden gezegd dat het hun taak was om getuigen te spreken en ze zou vast begrijpen dat zij een belangrijke getuige was. Eline had geknikt. Ja, natuurlijk begreep ze dat, en natuurlijk werkte ze graag mee. Al had ze ergens gehoopt dat ze Suzanne zou spreken, omdat ze haar al een beetje kende.

Op tafel lag een klein, zwart apparaatje. De ene rechercheur, degene die zich als Thijs Kok had voorgesteld, nam het woord. 'Voorafgaand aan het gesprek wil ik graag duidelijk maken dat we het zullen opnemen. Dit is geen verhoor en je werkt vrijwillig mee. Dat betekent dat je op elk moment het gesprek kunt beëindigen.'

Eline knikte een paar keer. Haar keel was dik en ze hoestte. Ze nam nog een slok koffie, die iets was afgekoeld. 'Ik begrijp het', zei ze. Ergens kwam het woord advocaat in haar op, wat door haar eigen gedachten meteen weer aan de kant werd geschoven. Het moesten haar zenuwen zijn die nu de overhand dreigden te nemen. Ze had geen advocaat nodig. Ze had immers niets te verbergen. En dit was geen verhoor.

'Goed, laten we beginnen.' Thijs Kok keek even naar zijn collega. Ondanks het tijdstip zag hij er helemaal niet moe uit, vond Eline. Zijn blonde haar – te kort om lang te zijn, te lang voor stekels – was naar achteren gekamd en gefixeerd met gel. Af en toe haalde hij zijn hand erdoor, ook al viel er niets uit zijn gezicht te strijken. Zijn collega heette Frits Boersma en was zeker twintig jaar ouder. Zijn gezicht had iets nors en zachts tegelijk, Eline stelde zich voor dat hij beide eigenschappen al naar gelang de loop van een gesprek kon inzetten.

De band werd gestart. Thijs Kok sprak een officieel begin in, waarbij hij de datum, de tijd en de aanwezigen noemde en het nummer van de zaak. Hij herhaalde het vrijwillige karakter van het gesprek en keek even naar Eline. Zij knikte zo ferm als ze kon, ze had geen idee of het ook zo overkwam.

'U was vanavond aanwezig in hotel-restaurant De Branding', zei de rechercheur. 'Kunt u ons vertellen wat u daar ging doen?'

Eline dacht na, zocht naar de juiste woorden. Onderweg hiernaartoe had ze nagedacht over het antwoord op deze onvermijdelijke vraag. Ze moest het goed zeggen, haar formulering heel nauwkeurig kiezen. Er mocht geen misverstand bestaan. Ondanks alles, ondanks haar vermoeidheid, ondanks de totaal bizarre situatie waarin ze zat, was ze scherp genoeg om te begrijpen hoe haar aanwezigheid in het hotel kon worden opgevat. Dat was ook logisch, zelfs Gert had dat misschien wel gedacht.

Ze schraapte haar keel, realiseerde zich dat het al een aantal seconden stil was. Uiteindelijk knikte ze kort en deed haar mond open. 'Ik had een afspraak met Gert.'

Van het tweetal tegenover haar kwam geen noemenswaardige reactie. Eline tastte in haar zak. Ze was blij dat ze de flyer had meegenomen. Nu haalde ze hem tevoorschijn en schoof hem over de tafel naar de twee rechercheurs. 'Deze heb ik van Gert gekregen. Hij had de datum, tijd en plaats waar hij me graag wilde ontmoeten, erop geschreven.'

De jongste rechercheur fronste kort en pakte de flyer op. Hij bestudeerde de boodschap onder aan het papier.

'Wanneer heb je dit gekregen?' Onbewust – of was het bewust – was hij begonnen haar te tutoyeren.

Eline moest nadenken over het antwoord. Was het vanochtend? Gisterochtend? De dagen en tijden waren in elkaar gaan overlopen. Ze moest al een bizar aantal uur wakker zijn.

'Toen Sascha verdwenen was', zei ze. 'Die ochtend. Hij zei dat hij wilde praten.'

'In een hotel.'

Eline knikte kort. 'Ik wist niet goed wat ik ervan moest denken.'

'Maar je ging wel.'

Eline sloeg haar benen over elkaar. Nam toch nog maar een slok van de vieze koffie, die inmiddels lauw was geworden. Ze knikte. 'Hij gaf me de flyer toen Sascha nog niet...' Ze aarzelde. 'Toen we nog dachten dat Sascha gewoon boven lag te slapen. Hij zei dat we moesten praten en dat het belangrijk was.'

'Zei hij ook waar het over ging?'

Eline schudde haar hoofd. 'Nee, alleen dat het niet was wat ik dacht. Hij zei dat in de strandtent Lydia er de hele tijd bij was en dat ze er geen lucht van mocht krijgen.'

Nu ze het zo uitsprak, begreep ze heel goed hoe het overkwam. De blik in de ogen van de rechercheurs verbaasde haar dan ook niet.

'Ik zei dat ik het niet wilde', ging ze verder. 'Maar hij bleef volhouden dat het niet was wat ik dacht.' Ze staarde even voor zich uit. 'Toen bleek dat Sascha was verdronken, dacht ik niet meer aan die afspraak. Maar toen begon Gert er weer over.'

'En nog steeds mocht Lydia het niet weten?'

Eline schudde haar hoofd. 'Dat was het hele punt waarom hij buiten de deur wilde afspreken. Hij leek zich nogal zorgen te maken dat Lydia iets zou horen, of ons samen zou zien.'

De oudere rechercheur nam het woord. 'Waarover zou het gesprek gaan, zei hij?'

'Hij zei niets', antwoordde Eline. 'Ik vroeg wat hij wilde bespreken, maar het moest wachten, volgens hem.' Ze aarzelde even. Moest ze zeggen dat ze er tot het laatst niet van overtuigd was dat het wel echt om een gesprek ging? Of zou ze daarmee suggesties doen die uit de lucht gegrepen waren? De waarheid was dat ze het niet wist.

'Wat ik vreemd vond,' zei ze uiteindelijk, 'was dat Gert me had gevraagd naar de hotelbar te komen. Ik was te laat en hij was er niet, dus ik dacht dat hij alweer naar huis was gegaan. Maar nadat ik een drankje had gedronken, kwam de receptionist naar me toe met een pasje en de mededeling dat ik in kamer 2 moest zijn.' Ze trok haar wenkbrauwen op. 'Ik vraag me af wie hem dat had gevraagd. En waarom het pas na een tijdje gebeurde en niet toen ik binnenkwam.'

Ze zag de oudere rechercheur een aantekening maken en wachtte even voor ze verderging. 'Ik wilde eigenlijk niet naar die kamer gaan', zei ze toen. 'Ik bedoel: ik ben niet zo naïef om te denken dat je voor een goed gesprek een hotelkamer nodig hebt. Eigenlijk stond ik al op het punt om weg te gaan, maar toen ging ik erover nadenken en werd ik ineens zo boos.'

'Boos?' Ze zag een verandering op het gezicht van beide rechercheurs. Alsof hun interesse was gewekt door dat ene woord, wat waarschijnlijk ook zo was.

'Ja', zei ze desondanks stellig. 'Ik was boos dat Gert me

op deze manier probeerde te versieren. Ik bedoel: ten eerste is hij getrouwd met mijn vriendin en zou ik alleen al daarom nooit ingaan op wat voor avances dan ook. Als ik hem al aantrekkelijk zou vinden, wat ik niet vind. En ten tweede was mijn andere vriendin net overleden. Ik had wel iets anders aan mijn hoofd.'

De jongere rechercheur knikte, de ander keek haar alleen maar strak aan. Zijn ogen waren donker, tegen het zwarte aan, dat viel Eline nu pas op.

'Ik wilde hem vertellen dat hij me met rust moest laten. Daarom ging ik naar die kamer.'

'En toen lag hij daar.'

Eline knikte. 'En toen lag hij daar.'

Er viel een stilte. Eline sloot even haar ogen. In haar hoofd beleefde ze het moment opnieuw en opnieuw, als een film die zich bleef afspelen omdat ze de stopknop niet kon vinden. Beelden die ze misschien wel nooit meer zou kwijtraken.

'Ik wilde dat ik niet was gegaan', zei ze zacht. 'Niet naar het hotel, niet naar de kamer.'

'Maar toch wilde je weten wat Gert je wilde vertellen.'

Ze knikte half. 'Hij bleef maar zeggen dat het belangrijk was. Dat was de reden dat ik ging. Ergens geloofde ik nog dat het echt zo was, dat hij misschien mijn hulp nodig had. Of Lydia.'

'Heeft ze dat zelf gezegd, dat ze je hulp nodig had?'

'Nee.'

'Waarom dacht je het dan?'

Eline aarzelde. Moest ze de rechercheurs over Lydia vertellen? Haar stress van de laatste tijd, haar zorgen over Gerts gedrag? Ze zouden er misschien veel meer in zien dan het was. Een beetje stress of relatie-irritatie stond niet in verhouding tot wat er allemaal was gebeurd. Iedereen maakte dat weleens mee.

'Ik weet het niet', zei ze uiteindelijk.

'Het probleem is...' De oudere rechercheur keek haar aan. Er was iets veranderd in zijn gezicht, maar Eline kon niet precies zeggen wat. Hij leek wat gekweld. 'Het probleem is dat we nu zitten met een man die overduidelijk is vermoord, net voordat hij een afspraak met jou had, omdat hij je iets wilde vertellen of omdat hij andere plannen met jou had. Dat kan natuurlijk toeval zijn, maar ik ben niet iemand die snel in toeval gelooft.'

Eline weerstond de neiging haar blik af te wenden. 'Ja', zei ze toen, met een licht schokken van haar schouders. Een ander antwoord had ze niet.

'Dus stel dat een goed gesprek inderdaad het doel van deze hele operatie was', nam de jongere rechercheur het over. Hij hield zijn hoofd schuin, zijn haar bewoog niet mee. 'Wat zou Gert je dan hebben willen vertellen?'

Eline schoof heen en weer op haar stoel. 'Ik weet het niet', zei ze, met het gevoel dat ze deze zin al duizend keer had uitgesproken. 'Ik weet het echt niet.'

'Wie wist er nog meer van deze afspraak?'

'Niemand.'

'Sascha?'

Eline fronste. 'Toen Gert me vroeg om naar het hotel te komen, was zij al verdwenen. Misschien zelfs al verdronken.'

'Hij kan het vooraf met haar hebben besproken. Haar wellicht ook zo'n uitnodiging hebben gegeven, als er zo'n belangrijk onderwerp te bespreken viel.'

Daar had Eline nog niet aan gedacht. 'Het zou kunnen', zei ze. 'Maar dan heeft ze het mij niet verteld.'

'Hoe was de band tussen Sascha en Gert?'

Eline gleed met haar tong langs haar lippen. Ze waren droog, op sommige plekken zelfs schilferig. Ze reikte naar haar bekertje, maar bedacht zich toen ze het bittere, koude vocht in gedachten al op haar tong proefde.

'Niet bijzonder', beantwoordde ze toen de vraag. 'Voor zover ik weet.'

'Voor zover je weet?'

Ze knikte. 'Ik heb het nooit echt met Sascha over Gert gehad.'

'Hoe gingen ze met elkaar om?'

Eline dacht na voor ze antwoord gaf. Hoe gingen Gert en Sascha eigenlijk met elkaar om? Ze had er nooit specifiek op gelet. 'Normaal', zei ze toen. 'Vriendelijk, hartelijk, zoals je omgaat met de mannen van je vriendinnen.'

'Sprak Gert met haar ook af op hotelkamers?'

Ze slikte. 'Dat bedoel ik niet.'

'Het zou kunnen, toch?'

Eline haalde kort haar schouders op. 'Misschien wel. Maar dan heeft Sascha dat nooit aan mij verteld.'

Ze lieten het onderwerp rusten. De oudere rechercheur nam het woord weer. 'Even terug naar het moment dat je naar die hotelkamer liep. Is je toen iets opgevallen?'

Voor de zoveelste keer beleefde Eline het moment opnieuw in haar hoofd. Ze praatte terwijl de film zich weer afspeelde. 'Ik liep de gang in, waar niemand was. Het was de tweede deur aan de linkerkant. Hij ging open toen ik het pasje gebruikte. Het was er donker.' Ze pauzeerde even, zag zichzelf in gedachten het licht weer aandoen. 'Je komt binnen in een soort gangetje, met links de deur van de badkamer. Vanaf dat punt kun je het bed nog niet zien. Ik deed het licht aan en het viel me op dat het netjes was in de kamer. Er stonden geen extra spullen, ik dacht zelfs nog even dat Gert er helemaal niet was. En toen liep ik naar voren.'

Ze zweeg even. Beide rechercheurs waren meer rechtop gaan zitten.

'Toen ik hem zag, wist ik eerst niet eens waar ik naar keek. Het was zo bizar, het leek wel alsof mijn ogen het niet wilden zien. Wat me het meest opviel was het bloed, er was zoveel bloed.' Ze slikte, maar de misselijkheid was teruggekomen. 'En toen keek ik naar zijn hoofd.'

Ze sloot haar ogen en probeerde de beelden niet meer te zien, maar dat lukte natuurlijk niet. 'Kunnen we even stoppen?' vroeg ze.

De band bleef lopen, maar de oudste rechercheur haalde wat water. Allebei leunden ze achterover, praatten over iets anders. Wat ze voor werk deed, waar ze woonde. Eline gaf antwoord, zonder te weten of dit onderdeel uitmaakte van het gesprek.

'Hoelang kende je Gert al?'

Ze moest graven in haar gedachten. 'Sinds mijn tiende, denk ik.' Ze vertelde over de vakanties van vroeger, over de vriendschap tussen haar, Sascha en Lydia en werd overvallen door verdriet. Ze pakte een tissue aan, droogde haar tranen en vermande zich. 'We kunnen verder.'

Veel vragen hadden ze niet meer. Eline had alles al verteld wat ze wist. Ze vroegen of ze hulp nodig had bij de verwerking. Ze schudde haar hoofd. Misschien later, ja, dan zou ze het laten weten.

Een jonge agent bracht haar naar Het Zout. Lydia was er niet, maar de deur was open. Boven de bar brandde licht. Het voelde vreemd om hier alleen te zijn. De laatste keer dat ze hier was, dacht ze dat haar leven volledig op z'n kop stond. Nooit had ze vermoed dat het nog veel erger kon worden, nog veel vreemder.

Ze ging op een barkruk zitten en legde haar hoofd in haar handen. Zo bleef ze heel lang zitten.

***

'Goedemorgen.'

Suzanne keek op toen ze een schorre stem hoorde, die in contrast stond met het woord. Zo goed leek de morgen niet te zijn voor Arend. 'Wat een nacht', voegde hij eraan toe.

Suzanne glimlachte. 'Zeg dat wel. En goedemorgen.'

Arend zette een beker koffie voor haar neer. Geen automatenbrouwsel, maar gehaald bij het koffietentje in de straat achter het bureau, zag Suzanne. Ze knikte goedkeurend.

'Het dagelijkse vergif gaat ons niet helpen', zei Arend. 'Niet na de drie uur die ik heb geslapen.'

Suzanne had zelf niet veel meer geslapen, maar ze voelde zich opvallend uitgerust. Het was nog niet eens acht uur en het rechercheteam was al bijna op volle sterkte.

'Haanstra wil ons over een kwartier in de vergaderzaal zien', zei Arend. 'Teambriefing.'

'Welke zaak?'

'Van Grinsven.'

Suzanne knikte. Het waren nog steeds twee op zichzelf

staande zaken, al kon je de verbanden ertussen niet negeren.

Arend ging achter zijn bureau zitten en startte zijn computer. 'Wat vond jij ervan, vannacht?' vroeg Suzanne. Hij wist meteen wat ze bedoelde en haalde kort zijn schouders op. 'Ik weet niet goed wat ik ervan moet denken.'

Suzanne had hetzelfde gevoel over het gesprek van hun collega's met Eline van As, waarvan zij en Arend bij terugkomst in het politiebureau het laatste deel vanachter de wand hadden gevolgd. Door de rechthoek in de wand, waar je vanaf de achterkant doorheen kon kijken, had ze het gevolgd. Als familierechercheurs hoefden ze niet per se andere gesprekken te zien of terug te luisteren, maar in dit geval wilde Suzanne het zelf graag. Vanwege de band tussen Eline en Lydia vond ze het relevant om te weten wat Lydia's vriendin te vertellen had.

Het kon natuurlijk waar zijn wat Eline vertelde, dat moest ze vooropstellen. Toegegeven, de meest voor de hand liggende reden waarom ze met Gert in een hotel zou hebben afgesproken, kon iedereen zelf wel invullen. Maar ergens had Suzanne moeite zich voor te stellen dat Eline echt een affaire met Gert was begonnen, of wilde beginnen. Het leek omslachtig, zo'n afspraak in een hotel met het risico om gezien te worden. Dat moest makkelijker kunnen.

Hoewel het natuurlijk ook omslachtig was om voor een gesprek een afspraak te maken in een hotel. Omdat Lydia er geen lucht van mocht krijgen, waren volgens Eline Gerts woorden geweest. Dan moest het wel een heel ingewikkeld gesprek zijn, en heel geheim.

Over Lydia? Die vraag was meteen bij Suzanne opgekomen. Thijs en Frits hadden hem ook gesteld, subtiel, om

Eline niet het idee te geven dat ze haar uithoorden over haar vriendin. Een antwoord was er niet gekomen. Dat was niet onlogisch, Eline leek echt niet te weten waarover Gert haar wilde spreken. Wat dan weer paste bij het beeld dat het om een geheim gesprek ging.

'De manier waarop ze die afspraak maakten, was wel opvallend', zei Arend nu nadenkend. 'Met zo'n briefje waarop het stond geschreven. Hij had het ook gewoon kunnen zeggen.'

Suzanne knikte. Bij het zien van de flyer was haar interesse wel meteen gewekt. Het papiertje lag inmiddels bij Haanstra, ze was benieuwd wat hij ervan zou zeggen. De gelijkenis met het papiertje dat Wout tussen de spullen van Hilde had gevonden, was natuurlijk opvallend.

Suzanne keek op het klokje rechtsonder in haar computerscherm. Nog vijf minuten tot de briefing. 'Ga je mee?' vroeg ze aan Arend, die knikte en langzaam overeind kwam.

Het team bestond inmiddels uit tweeëntwintig man, de vergaderzaal bood plaats aan vijftien. Suzanne en Arend stonden achterin. Haanstra had de beamer aangezet. Precies op de aangegeven tijd deed hij de deur dicht, niemand was te laat.

'Goedemorgen', zei de inspecteur en hij begon de briefing met een korte samenvatting van wat iedereen al wist. Daarna deed hij verslag van het gesprek met Eline en haar reden waarom ze in het hotel aanwezig was. 'We hebben de tijdlijn zoals zij die heeft geschetst inmiddels nagelopen en hij klopt met de informatie die we van getuigen hebben gekregen. Bovendien is Eline gezien op de camera's binnen en buiten het hotel.'

Suzanne wachtte af, maar de inspecteur had geen nadere informatie. Het enige wat nieuw was, was de verklaring van de receptionist over de sleutelkaart. 'Gert had hem kennelijk gevraagd Eline het pasje te brengen wanneer ze in de bar had plaatsgenomen', zei Haanstra. 'Niet meteen, maar na ongeveer vijftien minuten. De reden daarvoor heeft de receptionist niet gevraagd. Hij heeft gedaan wat hem was opgedragen.'

In de zaal werd wat gehumd en geknikt. Vooralsnog leken er niet veel nieuwe aanknopingspunten te zijn ontdekt. Maar Suzanne had het idee dat Haanstra rustig aan begon, en dat hij nog lang niet klaar was.

'Dan door met het volgende', zei de inspecteur, en op de beamer verscheen een foto van de flyer van de strandtent.

'Opvallend genoeg is er deze week zo'n zelfde flyer in ons bezit gekomen', zei Haanstra toen. 'Die bleek tussen de spullen te zitten van Hilde Claes. Er stond een telefoonnummer op dat toebehoorde aan een prepaidkaart, maar dat inmiddels niet meer in gebruik is. We hebben handschriftanalyse toegepast op beide flyers, maar de handschriften blijken niet overeen te komen.'

Suzanne liet haar adem ontsnappen. Ze had verwacht dat Gert beide flyers zou hebben uitgereikt.

'We hebben echter wel iets anders ontdekt', ging Haanstra verder. 'De telefoon van Gert van Grinsven bleek interessante informatie te bevatten. Het telefoonnummer dat op de flyer van Hilde stond, staat opgeslagen in zijn telefoon onder haar naam. Het is niet het telefoonnummer dat ze algemeen gebruikte, maar er heeft sms-verkeer plaatsgevonden tussen Gert en Hilde op dit nummer.'

Suzanne had even tijd nodig om die informatie op zich

te laten inwerken. Ze merkte dat het collega's hetzelfde verging. Her en der werd gefronst en zacht gefluisterd.

'Eerder was er geen match tussen Hilde Claes en Gert van Grinsven, en hadden we geen reden om aan te nemen dat zij elkaar kenden, anders dan dat Hilde en haar vriend bij het strandpaviljoen van Gert hadden gegeten. Daarin is nu echter verandering gekomen.'

De volgende foto verscheen op de beamer. Het was een screenshot van een telefoonscherm, waarop sms'jes over en weer waren gestuurd. De telefoon was van Gert, de naam boven aan het scherm verried dat hij Hilde gewoon onder haar eigen naam had opgeslagen. Er viel een stilte, waarin de ogen van Suzanne en haar collega's collectief over de berichten gleden. Suzanne voelde haar verbazing stijgen.

Het begon met een berichtje van Gert. *Ik wil je zien.*

Wanneer?

NU.

Haha, I wish. W is hier.

Kom hiernaartoe.

Suzanne keek naar de datum. De berichten waren één dag voor de dood van Hilde gestuurd. Tussen de eerste vijf zat telkens minder dan één minuut, daarna was er een gat van een paar uur, voor Gert weer een berichtje stuurde. 22.09 uur was het tijdstip. Op zijn vorige bericht had Hilde niet geantwoord, en kennelijk had hij een nieuw idee bedacht.

Kom morgenochtend met me zwemmen. 6.30 uur, als het nog vloed is. Wacht op me in het water, zonder kleren. Ik beloof je dat je geen spijt krijgt.

Het antwoord was vrij snel gekomen. *Ik zal er zijn.*

Suzanne las de hele conversatie twee keer. Langzaam begon tot haar door te dringen wat dit betekende.

'De berichten waren gewist uit de telefoon van Gert', zei Haanstra. 'Maar we hebben ze teruggehaald.'

'Wat betekent dit?' vroeg iemand.

'Dit betekent dat we de dood van Hilde Claes opnieuw onder de loep nemen', zei Haanstra. 'De zaak is heropend.'

Natuurlijk was hij voorzichtig in zijn formulering. Niets was bewezen tot het bewezen was. Maar als Suzanne een klein voorschot nam op wat er gebeurd kon zijn, kon ze een heel logisch scenario inkleuren. Een huiveringwekkend scenario.

'We hebben nog meer gevonden', zei Haanstra, met een blik op de vier digitale rechercheurs die vooraan zaten en verantwoordelijk waren voor het terughalen van de berichten. 'Dit waren niet de enige interessante berichten in de telefoon van Gert van Grinsven.'

Hij drukte op een knop en het volgende beeld verscheen. Opnieuw een screenshot van een berichtenscherm – geen WhatsApp, stelde Suzanne vast – en deze keer stond er een andere naam boven. Een naam die haar hart even deed overslaan.

Sascha

Het begon met een paar berichten – vorige week gestuurd – over een cadeau dat Eline en Sascha voor Lydia wilden meenemen. Een ketting met een bepaalde edelsteen eraan, en of ze Lydia blijer zouden maken met een jadesteen of met een maansteen. Gert had geantwoord dat ze het vast allebei prachtig zou vinden.

Daarna was er een dag geen berichtenverkeer geweest en vervolgens had Gert gestuurd dat hij uitkeek naar de komst van Sascha. Daarop had zij een smiley gestuurd die van alles kon betekenen en meteen daarna was er weer een bericht van Gert gekomen.

Ik meen het. Het is te lang geleden. Maar ik ben je niet vergeten.

Suzanne kneep haar ogen samen. Het antwoord van Sascha had een halfuur op zich laten wachten.

Ik jou ook niet.

Ik wil je.

Deze keer was het antwoord meteen gekomen. *Je weet dat ik jou ook wil. Maar Lydia... Wat als ze erachter komt?*

Niemand hoeft het te weten, net als toen. Ik heb het hele jaar aan je gedacht. Je bent zo bijzonder. Ik kan niet wachten.

Sascha had op dat moment niet meer geantwoord. Het volgende bericht kwam van Gert, de avond erna verstuurd.

Ik wil je. Morgenochtend, 7 uur. Bij opgang 6.

Sascha was veel verderop gevonden, herinnerde Suzanne zich. Maar dat betekende niet zoveel. De stroming was sterk en als Sascha inderdaad rond zeven uur 's ochtends het water in was gegaan, had ze er uren gelegen.

Sascha's antwoord liet, ondanks haar eerdere weigering, weinig aan duidelijkheid te wensen over. *Ik wou dat het al morgen was. Maar please, hou dit geheim, ik wil echt niet dat iemand dit weet.*

Suzanne haalde diep adem. Ook deze berichten waren uit Gerts telefoon gewist, maar de digitale rechercheurs hadden ze weer boven water weten te krijgen.

'Er waren meer berichten', ging Haanstra verder. 'De nummers waarmee is gecommuniceerd worden nog nagetrokken. Maar het lijkt erop dat Gert van Grinsven vaker dan eens afsprak met andere vrouwen.' Hij liet even een stilte vallen voor hij verderging. De informatie die hij vervolgens deelde was al bekend, maar had daardoor niet minder impact. 'Twee van deze vrouwen zijn verdronken rondom het tijdstip dat ze met Gert hadden afgesproken.'

Later, achter haar bureau, had Suzanne even tijd nodig om alles op een rijtje te zetten. De conclusie dat Gert te maken had met de dood van de twee vrouwen drong zich op, en was tegelijkertijd veel te snel en te kort door de bocht.

Desondanks stond ze zichzelf toe om even op die lijn verder te denken. Hilde sprak af met Gert en overleed. Sascha sprak af met Gert en overleed. Eline sprak af met Gert. Hij overleed. Suzanne knipperde een paar keer, maar ze kreeg haar hersenspinsels niet op één logische lijn. Met het gevoel dat het tolde in haar hoofd zonder dat ze haar gedachten tot stilstand kreeg, liep ze nog maar een keer naar de koffieautomaat. Het was een dag om zichzelf een extra kopje toe te staan.

HOOFDSTUK 11

HET WAS DE FLYER, ZEIDEN ZE. ELINE KEEK NAAR DE bewegende monden van de twee rechercheurs tegenover haar aan tafel. Ze bewogen niet tegelijk, maar afwisselend, alsof het zo was afgesproken. Woorden rolden eruit, zacht uitgesproken. Ze kwamen zacht binnen, maar eenmaal daar leken ze te exploderen als bommen tegen de binnenkant van haar huid. Haar organen krompen ineen, haar bloed leek door haar aderen te gaan alsof haar vatenstelsel een racebaan was, haar hart bonkte haar ribben beurs. En al die tijd was er Lydia, als versteend naast haar, haar mond open alsof ze gilde, maar er kwam geen geluid uit.

In Elines hoofd bleven de woorden zich herhalen. Gert en Sascha. Sascha en Gert. En Hilde. Eline herinnerde zich het monumentje in de duinen, waar ze nog bij stil hadden gestaan. Had Gert echt... Eline sloot haar ogen, opende ze, veegde een traan weg die er zomaar uit gleed. Dat kon toch niet? Hoe ze het ook probeerde, ze kon het zich niet voorstellen. En waarom? Waarom zou Gert zomaar vrouwen gaan vermoorden, of hij nu iets met ze had gehad of niet.

Of had het te maken met afwijzing? Had Gert zich verheugd op een avontuur dat op het moment suprême niet door was gegaan? Daar leek het in de sms-conversatie niet op, maar je wist natuurlijk niet wat er op de afgesproken tijd en plaats was gebeurd.

Het was de flyer die hen op het spoor had gebracht, zei de ene rechercheur. De vrouw, Suzanne. Eigenlijk was ze familierechercheur en dus alleen Lydia's aanspreekpunt, maar ze had Lydia en Eline vandaag samen willen spreken. Met haar collega, van wie Eline zich de naam weer niet kon herinneren, hoe ze het ook probeerde. Haar hersenen lieten het sowieso afweten.

Hilde had ook zo'n flyer gehad, een telefoonnummer erop gekrabbeld. Alleen had Gert dat er niet opgeschreven, maar omdat het een flyer van Het Zout was, had de recherche toch een verband gezien. En toen hadden ze in Gerts telefoon gezocht en berichten gevonden die allang waren gewist. Berichten die de rechercheurs net hadden laten lezen van foto's, in plastic mapjes. Berichten die Eline zelfs na vijf keer opnieuw lezen niet echt kon geloven. Hilde kende ze niet. De rechercheurs hadden verteld dat zij met haar vriend op vakantie was geweest in Zoutelande en toen kennelijk iets met Gert had gekregen. De vriend, Wout, was op dit moment ook in het dorp. Hij was degene die de flyer van Het Zout naar de recherche had gebracht. Ze moesten hem nog spreken om hem op de hoogte te brengen van de nieuwste ontwikkelingen, maar de rechercheurs gingen ervan uit dat Wout niet wist wat er tussen Gert en zijn vriendin had gespeeld. Eline trok even met haar mond toen ze zich voorstelde hoe het zou zijn om achteraf te horen dat je partner je had bedrogen, of in elk geval had wíllen bedriegen. Zoveel vragen waarop je geen antwoord meer zou krijgen, zoveel pijn die geen kant op kon.

Naast haar had Lydia eindelijk haar stem teruggevonden. Die klonk schor, krassend. Gesmoord, ook. 'Ik begrijp het niet', zei ze. 'Waarom zou hij...'

Ze maakte die vraag niet af, en niemand gaf antwoord. Waarom? Het was ook het woord dat door Elines hoofd knalde, als bliksemschichten in een donkere nacht. Ze kon bijna aan niets anders meer denken. Waarom wilde Gert iets met Sascha? Waarom was Sascha daarop ingegaan? En vooral: waarom was Sascha nu dood? Had ze gedreigd het aan Lydia te vertellen? Of andersom: had ze Gert gedwongen een keuze te maken? Dat leek voorbarig. De berichtjes spraken voor zich, daar niet van, maar als je afging op wat er was gestuurd, was er tussen Sascha en Gert geen sprake geweest van een langlopende, serieuze relatie. Het leek meer op een puberale vakantieliefde. En dat was wat Eline niet begreep. Waarom zou Gert Sascha op wat voor manier dan ook iets aandoen als de inzet nog zo laag leek? Sascha had er die avond dat Gerts gedrag ter sprake kwam natuurlijk niets over gezegd. In plaats daarvan had ze licht verwonderd gereageerd op wat Lydia vertelde en verder opgemerkt dat Gert nu eenmaal zo in elkaar zat. En dat ze jaren geleden een keertje hadden gezoend, maar dat bleek nu niet de enige waarheid te zijn. In plaats daarvan had er veel meer gespeeld tussen hen. Eline kreeg kippenvel als ze dacht aan de leugens, het achterhouden van de waarheid. Had ze Sascha dan zo slecht gekend?

Eline haalde diep adem. Waarom, ging het weer door haar hoofd. Ze sloot even haar ogen. Het antwoord was dat ze geen flauw idee had waarom.

Naast haar leek Lydia de vraag te hebben losgelaten. Haar verwarring had plaatsgemaakt voor een combinatie van verdriet en boosheid. 'Hoe kon hij dit nou doen?' vroeg ze, haar stem steviger dan eerst. 'Mij bedriegen.'

Eline knikte zacht. Haar leek het bedrog weliswaar enorm oneerlijk en pijnlijk, maar was de wetenschap dat Gert vermoedelijk twee vrouwen had gedood niet veel erger? Automatisch kwam zijn gezicht op voor haar geestesoog. Vrolijk, zachtaardig, vaak met een blik die iets spottends had. Hoe kon iemand die ze dacht te kennen zo'n andere kant hebben?

Ze dacht aan die avond, zij samen aan een tafeltje in Het Zout. In gedachten beleefde ze het gesprek opnieuw. Het bericht naar Sascha was toen al gestuurd. Had hij het plan al gemaakt? Wist hij toen al wat hij de volgende dag zou gaan doen? Of was het een opwelling, een moment waarin hij de controle over zichzelf totaal verloor? Een ander werd, iemand die gedreven door duivelse gevoelens de meest vreselijke dingen deed? Was Gert een berekenende moordenaar of een onvoorspelbare vulkaan geweest, die op onverwachte momenten tot uitbarsting was gekomen? En hoeveel gevaar had zijzelf gelopen die avond in het hotel?

Er gleed een ijskoude rilling over haar rug, vanuit haar nek helemaal naar beneden. Wat als ze die avond op tijd was geweest?

'Heeft zijn eigen dood hiermee te maken?' Eline keek

scherp naar de gezichten van de twee rechercheurs terwijl ze die vraag stelde. Geen van beiden gaf een reactie waaruit iets viel op te maken. 'Ik bedoel, iemand heeft...'

Dat hoefde ze verder niet uit te leggen, wat iemand had gedaan. Beide rechercheurs knikten kort. De man nam het woord. 'Op dit moment weten we dat nog niet. Natuurlijk is deze ontdekking zeer van belang in het onderzoek en proberen we uit te vinden wat alle gebeurtenissen met elkaar te maken hebben, maar we moeten niet te snel verbanden willen leggen waarvoor geen bewijs bestaat.'

'Welk bewijsmateriaal is er op dit moment?'

'Voor een verband tussen de berichten op Gerts telefoon en zijn eigen dood, geen bewijs.'

Eline knikte nadenkend. 'Is er überhaupt iets gevonden in de hotelkamer? Zijn er vingerafdrukken?'

Ze zag de rechercheurs een korte blik met elkaar wisselen. 'Nog niet alle onderzoeksresultaten zijn binnen', zei de man toen. 'Maar het lijkt erop dat de dader z'n sporen tot een minimum heeft beperkt, of zorgvuldig heeft gewist. Zoals bekend ontbreekt het moordwapen, maar er zijn ook weinig andere sporen die in de richting van een dader leiden. Dat het in een hotelkamer is gebeurd, maakt het moeilijker, omdat daar juist heel veel menselijke sporen te vinden zijn. Zo hebben we meer dan vijftig verschillende vingerafdrukken gevonden.'

'Worden die allemaal nagetrokken?'

'Zeker, maar dat is een flinke klus die niet zomaar geklaard is. We hopen dat we ondertussen op andere manieren een spoor vinden, maar dat is nog niet gelukt.'

Eline fronste een paar keer. 'Toen ik binnenkwam, heb ik bij de ingang een camera gezien', zei ze toen nadenkend.

Ze vermeed Lydia's blik. De enige reden dat ze op die camera had gelet, was omdat ze met de man van haar vriendin had afgesproken. In haar hoofd had ze nog een onrealistisch beeld gehad van hoe Lydia op een of andere manier die camerabeelden onder ogen zou krijgen.

'De beelden zijn geanalyseerd, maar hebben op dit moment geen aanwijzing opgeleverd', zei Suzanne. 'We moeten er wel bij zeggen dat het onderzoek nog in volle gang is. Er zijn veel lijnen uitgezet, waar nu hard aan wordt gewerkt.'

Eline knikte een paar keer. Onbewust kwam het idee bij haar op dat zijzelf een van die richtingen was. Ze liet die gedachten meteen weer gaan. Het maakte niet uit. Natuurlijk deed de politie onderzoek, natuurlijk trokken ze haar verhaal na, zochten ze bewijs dat het ondersteunde of juist tegensprak. Ze was niet naïef, zo werkte politieonderzoek toch? Het belangrijkste was dat ze de waarheid had verteld. Ze had niets te verbergen.

De rechercheurs gingen weg. Het was ineens ongewoon stil in het kantoortje van Het Zout, waar ze het gesprek hadden gevoerd. Benauwd ook. Eline had behoefte aan buitenlucht, aan de wind door haar haar, zeelucht in haar longen. 'Ga je mee over het strand lopen?'

Lydia knikte werktuiglijk, de bewegingen waarmee ze opstond leken automatisch te gaan. 'Even een vest halen', zei ze en even later was ze terug met een zwarte sweater van Het Zout, waar Eline Gert ook in had zien lopen. Er kwam een serveerster naar Lydia toe, aarzelend, alsof ze zich afvroeg of haar bazin nog wel aanspreekbaar was. Toen ze haar vraag stelde, keek Lydia alsof ze een geestverschijning zag. Uiteindelijk knikte ze en het meisje liep weg.

'Misschien moet ik de zaak maar sluiten', zei Lydia, terwijl ze de trap af liepen naar het strand. Ze schudde kort haar hoofd. 'Ik heb Stefan de leiding gegeven. Hij kan voor nu de bedrijfsleider zijn, maar in de toekomst...' Ze schudde haar hoofd. 'Ik vraag me af of ik het nog kan opbrengen. Aan de andere kant weet ik ook niet of ik de zaak wel zomaar kan sluiten. Misschien gaan we dan wel meteen failliet.'

Eline maakte een geluid dat van alles kon betekenen. Lydia leek niet echt een antwoord te verwachten. Naast elkaar stapten ze voort over het zand, in de richting van de zee. Toen ze daar waren, begonnen ze evenwijdig aan de branding te lopen.

'Alles daarbinnen is Gert', zei Lydia na een tijdje, een handgebaar naar de strandtent achter hen. 'Ik denk niet dat dat ooit nog zal verdwijnen.'

Eline dacht even na over haar antwoord. 'Na verloop van tijd zal het wel minder worden, denk ik.'

Lydia keek vluchtig opzij, maar gaf geen antwoord. Ze schudde met haar hoofd. Pas na een paar minuten deed ze haar mond open. 'Ik dacht echt dat we het goed hadden samen.'

Eline wist geen antwoord. Ze luisterde naar het rollen van de golven, het ruisen van het water. Gaf het op de losgeraakte haarplukken terug te stoppen en liet de wind er maar mee spelen. Het strand was verlaten, door de zon leek het zand licht, bijna wit. Waarom moest je naar het buitenland, dacht ze onbewust, als je dit gewoon in Nederland had?

Misschien omdat het ingebakken zat in de mens om altijd verder te willen. Altijd meer. Misschien was dat de verklaring voor alles. Verder dan je was, meer dan je had. Er was altijd een horizon te bereiken, onbekend terrein te veroveren. Was niet de hele geschiedenis gebouwd op dat principe?

'Misschien hadden jullie het ook goed', zei ze uiteindelijk. 'Maar zou het voor Gert nooit goed genoeg zijn geweest.'

Lydia knikte zacht. 'Nooit goed genoeg', herhaalde ze. 'Ik zou nooit goed genoeg zijn geweest.'

'Hé.' Eline bleef even staan en legde haar hand op Lydia's arm. 'Wat er ook gebeurt en wat Gert ook heeft gedaan, het ligt niet aan jou. Dat moet je nooit denken.'

'Hm', zei Lydia en ze liepen verder.

Eline keek onopvallend naar haar vriendin. Ze leek zich nog steeds drukker te maken om Gerts ontrouw dan om al het andere. 'Hoeveel zijn het er geweest?' vroeg ze nu, haar neus naar voren, haar haar wapperend in de wind. 'Ik denk veel meer dan we weten.'

'Maak jezelf niet gek met zulke vragen', zei Eline. 'Daar schiet je niets mee op.'

Lydia zei niets meer. Naast elkaar liepen ze verder, zware stappen over nat zand. De golven ruisten maar door. Eline wilde de wind haar gedachten laten verdrijven, maar dat lukte niet helemaal. Wat als ze die avond op tijd was gekomen, die vraag ging maar niet weg uit haar hoofd. Wat had Gert dan gedaan? Wat als ze de dader was tegengekomen? Hoe dicht was ze bij haar eigen dood geweest? Ze huiverde, terwijl die beklemmende vraag haar maar niet losliet.

De kok had eten gemaakt, dat Eline nu van links naar rechts over haar bord schoof. Lydia zat tegenover haar en deed hetzelfde. Ze dronken wijn, al had Eline liever water gehad. De middag was voorbijgegleden. Lydia's moeder was langsgekomen en weer weggegaan, twee van haar zussen hadden ook een bezoekje gebracht. Eline had een tijdje met haar eigen moeder gebeld.

'Wanneer ga je naar huis?' had die gevraagd.

Over het antwoord had ze vandaag al langer nagedacht, maar ze wist het eigenlijk nog niet. Morgen was de laatste dag van de vakantie zoals ze die had gepland, maar dat idee had geen enkele betekenis meer. Misschien moest ze blijven tot het lichaam van Gert was vrijgegeven en de begrafenis kon worden geregeld. Aan de andere kant, had Lydia haar daarbij echt nodig? Ze had genoeg familie om haar bij te staan.

'Wat wil je zelf?' had haar moeder gevraagd toen Eline haar twijfels met haar had gedeeld. Die vraag was ook niet zo makkelijk als hij leek. Het ene moment wilde ze hier weg, terug naar haar eigen huis, naar haar eigen leven, waar alles verder weg zou lijken. Het andere moment wilde ze hier blijven, waar alles zo dichtbij was. Was ze al klaar om verder te gaan?

Ze zou het per dag bekijken, had ze besloten. Morgen zou ze sowieso nog blijven, zaterdag of zondag kon ze altijd nog naar huis gaan. En als dat niet goed voelde, kon ze op haar werk vast nog wel een extra dag vrij krijgen als ze uitlegde wat er was gebeurd.

De klandizie in Het Zout had niet te lijden onder wat er was gebeurd, merkte ze. Het liep tegen halfacht en het restaurant zat zo goed als vol. Of misschien was het aantal klanten juist wel toegenomen. Ze werden bekeken, merkte ze, en ze vroeg zich af of het Lydia ook opviel. Eline vond het ongemakkelijk. Van haar hoefde het eten in het restaurant niet. Trek had ze sowieso niet en bovendien zou ze het prima vinden om boven te zitten, op haar eigen kamer, alleen of met Lydia.

Lydia stond op en nam de borden mee zonder te vragen of Eline nog wilde. Toen ze terugkwam, wilde ze de wijn bijschenken. Eline stak haar hand op. 'Niet voor mij.'

Lichte verwondering trok over Lydia's gezicht, maar toen zette ze de fles weer neer. 'Ik ga naar boven', zei Eline.

Haar kamer voelde als een thuishaven. Vier dagen sinds ze hier haar intrek had genomen, het voelde als vier maanden. Ze ging voor het raam staan, het uitzicht op zee was inmiddels vertrouwd. Ze zou het missen als ze naar huis ging en weer uitkeek op de tramhalte.

Ze ging op haar bed zitten en pakte haar telefoon. Scrolde doelloos door wat apps. NU.nl, Instagram, maar niets van wat ze zag bleef echt hangen. Perfecte plaatjes onder elkaar, beelden uit een ander universum. Een universum waarin haar vriendin niet dood was, een universum waarin ze geen lijk had gevonden. In haar eigen hoofd zagen de plaatjes er heel wat minder perfect uit.

Ze waren bezig de financiële handel en wandel van Het Zout in kaart te brengen, hadden de twee rechercheurs vandaag ook nog gezegd. De mogelijkheid dat de moord op Gert een zakelijk motief had, leek een belangrijke onderzoeksrichting te zijn. 'Dat regelde Gert allemaal', had Lydia over de administratie gezegd. 'Hij deed de boekhouding, ik alleen af en toe de dag- of de weeksluiting.' Nee, ze wist niets over deals die Gert zou hebben gemaakt, en nee, het was haar niet opgevallen dat er veel cash geld in omloop was. De mannelijke rechercheur had wat aantekeningen gemaakt en later vanmiddag was een jonge agent wat mappen komen halen. Lydia had de gegevens van hun boekhouder gegeven.

Eline legde haar telefoon aan de kant. Ze liep naar de badkamer om haar tanden te poetsen. Het was nog vroeg, maar ze had vannacht beroerd – of eigenlijk: niet – geslapen. Misschien zou ze komende nacht meer geluk hebben.

Ze zette de tandenborstel uit toen haar telefoon ging en liep naar de kamer om te zien wie het was. Remco. Ze nam op, hij vroeg hoe het ging. 'Ik weet het eigenlijk niet', antwoordde Eline naar waarheid. Ze probeerde uit te leggen waar ze doorheen ging, maar ze kon geen woorden vinden.

'Wil je dat ik naar je toe kom?' vroeg haar broer, en er gleed een traan uit haar oog bij de vraag alleen al.

'Niet nodig', zei ze, al deed het aanbod haar goed. 'Ik weet niet hoelang ik nog blijf. Misschien ga ik morgen wel naar huis. De begrafenis van Sascha is volgende week woensdag, hebben haar ouders laten weten.'

'Als je wil dat ik alsnog naar je toe kom, hoef je maar te bellen.'

Eline beloofde dat ze dat zou doen, maar wist dat het niet zou gebeuren. Ze nam afscheid en hing op. En terwijl ze haar telefoon teruglegde op het tafeltje naast haar bed, zag ze het ineens.

HOOFDSTUK 12

'DUS TOCH.'

De twee woorden klonken meer als een zucht dan als een zin. Suzanne monsterde het gezicht van de man tegenover haar, waarop ongeloof zich mengde met iets anders. Iets wat ze niet goed kon duiden. Wout sloot zijn ogen, schudde zijn hoofd een paar keer en keek hen toen weer aan. Het ongeloof was verdwenen. In plaats daarvan was iets hards gekomen.

'Dit heb ik al die tijd gezegd, het was geen ongeval. Maar jullie wilden het niet horen. Waarom heeft er niemand naar me geluisterd?'

'We beschikten op dat moment niet over informatie die op iets anders wees dan een ongeval', zei Suzanne kalm.

'Omdat jullie het niet wilden zien!'

Suzanne gaf geen antwoord. Ze begreep het wel, de boosheid, de frustratie.

'Wij doen ons onderzoek zo uitgebreid en volledig mogelijk', zei Arend nu. 'Als er ook maar de kleinste aanwijzing aan het licht was gekomen dat het geen ongeval was, hadden we die verder onderzocht. Maar die was er niet, tot we de telefoon van de heer Van Grinsven konden uitlezen.'

'Waarom is dat niet eerder gedaan?'

'Er was geen aanleiding.'

'Maar Hilde...' Wout kneep zijn ogen dicht, schudde zijn hoofd en sperde ze toen weer open. 'Die Gert moet haar hebben gedwongen. Ze was niet zo, ze was geen...' Hij spuugde het woord bijna uit. 'Geen bedrieger.'

'Er is een handschriftanalyse gedaan', zei Arend. 'Het handschrift waarmee het telefoonnummer was opgeschreven, komt overeen met dat van Hilde. Het nummer dat ze had genoteerd, is het nummer dat in Gerts telefoon onder haar naam stond opgeslagen. Het tijdstip en de plaats waar ze hadden afgesproken, passen binnen de reconstructie van de tijdlijn van haar overlijden.'

De inhoud van de berichten paste bij het feit dat Hilde haar kleding had uitgetrokken voor ze de zee in ging, dacht Suzanne erachteraan, maar dat zei ze niet. Wout zou dat zelf wel kunnen invullen.

'Maar jullie weten het niet zeker', zei Wout nu. 'Het zijn aannames.'

Arend knikte kort. 'We kunnen het niet bij de betrokkenen navragen. Maar alle aanwijzingen die we hebben, wijzen in deze richting.'

'Dit is niet het enige', zei Suzanne, en ze vertelde hem over Sascha. Wouts ogen werden groot terwijl hij luisterde. Daarna vloekte hij en mompelde een scheldwoord aan Gerts adres.

'Ik had wel over die verdrinking gehoord', zei hij toen. 'Maar ik wist niet...' Hij schudde zijn hoofd. 'Wat een zieke geest, die man. Ik herinner me wel hoe hij...' Hij knipperde en maakte zijn zin niet af.

'Hoe hij wat?' vroeg Suzanne.

Wout dacht even na. 'Hoe hij naar Hilde zat te kijken. En toen zij even naar de bar liep, ging hij meteen naar haar toe. Mij leek dat hij gewoon een oplettende gastheer was, maar kennelijk had hij heel andere plannen.'

'Hoe vaak zijn jullie bij Het Zout geweest?'

Wout liet zijn adem ontsnappen. 'Ik weet het niet meer precies. Twee of drie keer.' Hij telde op zijn vingers. 'Eén keer om er koffie te drinken, en de dag erna voor een lunch. En toen hebben we er later die week nog een keer geluncht en 's avonds gegeten.' Hij hield vier vingers op en schudde kort zijn hoofd. 'Nu begrijp ik wel waarom Hilde telkens voorstelde er te gaan eten. Ze zei dat ze hun salades zo lekker vond, maar ik denk dat ze de eigenaar bedoelde.'

Wout probeerde een cynisch lachje, maar het werd niet meer dan een grimas.

'Had ze het over Gert?' vroeg Suzanne. 'Kun je je herinneren wat ze over hem heeft gezegd?'

Wout schudde nadenkend zijn hoofd. 'Niet echt. Het is maanden geleden, en alles aan die week is...' Hij zocht even naar het juiste woord. 'Het is warrig. Misschien hebben we het wel over die man gehad, dat zou kunnen. Maar het is me niet opgevallen dat Hilde veel over hem praatte.'

Er viel even een stilte. Suzanne wachtte rustig af. Stiltes waren goed, omdat ze ongemakkelijk waren. Mensen hielden niet van ongemak en kregen de neiging een stilte te gaan opvullen.

'Ik begrijp het gewoon niet, zo was ze niet.' Wout haalde zijn schouders op. Er leek iets van acceptatie door te schemeren in zijn blik, of misschien was het nog altijd verwarring. 'Maar blijkbaar kende ik haar niet goed genoeg. Die Gert, dat leek me nogal een patser, die graag gezien wilde worden. Een typische barman met te veel babbels.' Wout snoof even. 'Dat hij vreemdging, verbaast me dan ook niets.'

Arend keek hem kalm aan. 'Waar was jij woensdagavond?'

Wout keek terug met lichte verbazing, die al snel plaatsmaakte voor verbijstering. 'Jullie denken toch niet dat ik...' Hij knipperde een paar keer en floot even tussen zijn tanden. 'Ik heb hier niets mee te maken.'

'Het is een routinevraag', zei Arend.

Wout keek nog steeds alsof hij het niet helemaal vertrouwde, maar zei toen: 'In mijn appartement.'

'Is er iemand die dat kan bevestigen?'

Nu verscheen er frustratie op het gezicht van de man. 'Ik denk het niet, aangezien ik alleen was.'

'In welk appartement verblijf je?' vroeg Suzanne.

Wout gaf de naam, die Suzanne op haar notitieblok schreef. Ze zou straks bellen en kijken hoever ze kon komen met het checken van het alibi. Met enige verbazing merkte ze dat ze heel erg hoopte dat het klopte wat Wout zei.

***

Eline voelde haar hart bonzen. Af en toe miste het een slag, wat haar een kort moment van duizeling opleverde. Ze ging op de rand van het bed zitten, omdat haar knieën dienst weigerden.

Ze staarde. Het ding lag daar maar. Een stukje papier op haar hoofdkussen, het leek niets bijzonders. Niets te betekenen. En tegelijkertijd had het alles te betekenen. Het logo – zwarte achtergrond, witte letters – knalde van het papier. Er moesten honderden van deze flyers in omloop zijn, misschien wel duizenden. En toch ramde haar hartslag tegen haar ribben en voelde ze koud zweet prikken op haar rug. Ze durfde het papier bijna niet op te pakken. Ze slikte, maar haar mond was te droog.

Uiteindelijk stak ze haar hand uit. Het was gewoon een flyer, hield ze zichzelf voor. Misschien was hij uit haar tas gevallen, of lag hij er al die tijd al. Niet op haar hoofdkussen, maar ergens anders. Het raam stond open, de wind kon hem van het bureau hebben geblazen. Terwijl haar hersenen allerlei tegenwerpingen begonnen te formuleren, hield ze uit alle macht vast aan die gedachte. Het was maar een blaadje.

Haar hand trilde hevig toen ze het papier tussen haar vingers hield. Ze keek naar de voorkant. Het logo, een vijfsterrenrecensie van een restaurantsite. *De leukste strandtent van Zeeland* ***** stond er in grote letters. Eline las de zin twee keer, drie keer, nog een keer extra.

Uiteindelijk vermande ze zich. Terwijl ze met haar boventanden op haar onderlip beet, draaide ze de flyer om.

Een klonk een korte kreet die van haarzelf moest zijn, ook al had ze niet echt door dat ze geluid maakte. Haar hart explodeerde zo'n beetje, een golf van misselijkheid overspoelde haar. Gal brandde in haar keel, ze slikte het met moeite weg. Haar blik vertroebelde, ze knipperde een paar keer. Plotseling had ze het ijskoud.

Een seconde lang dacht ze dat er sprake was van een

misverstand. De flyer die ze bij de politie had ingeleverd, was teruggekomen. Misschien had iemand hem gebracht en op haar kamer gelegd, als luguber aandenken. Maar toen nam de ratio de overhand. Het handschrift was niet dat van Gert. En de plek was hetzelfde, maar de dag klopte niet.

Hotel De Branding. Vrijdag, 20 uur. Kamer 4.

Er stond nog iets onder geschreven. Eline kneep haar ogen samen. Ze dwong zichzelf te kalmeren, haar handen trilden iets minder. Het handschrift was klein en priegelig.

Als je antwoorden wilt, kom je hierheen. Vertel dit aan niemand en laat de politie erbuiten, anders zul je het nooit weten.

Nee, was het eerste wat in Eline opkwam. Alles in haar verzette zich tegen het idee. Ze zou hier niet naartoe gaan. Uitgesloten, ze ging zichzelf niet in gevaar brengen. Dan maar geen antwoorden. Wat viel er nog te winnen? Ze kon alleen maar verliezen.

Ze legde de flyer op haar nachtkastje. Toen pas schoot haar een gedachte te binnen.

Was de deur op slot geweest? Ze staarde ernaar, terwijl ze in haar hoofd haar gangen naging. Ze had een kopje thee meegenomen naar boven, waarvan ze iets op de trap had gemorst. Ze had gebukt om de druppel met haar hand weg te vegen. Daarna verder naar boven, de gang in, derde deur. Haar hand op de klink. Bij dit deel stond ze wat langer stil. Was de deur op slot geweest? Had ze met één hand een sleutel moeten pakken? Had ze haar theekopje op de grond gezet? Veel van wat ze deed ging op de automatische piloot. Vanochtend nog, het aankleden. Ongetwijfeld was ze uit bed gestapt en had ze de zwarte spijkerbroek en het lichtroze shirt aangetrokken dat ze nu droeg, maar ze herinnerde zich het niet. Het uitzoeken van de kleren, de handeling van het aantrekken, allemaal langs haar heen gegaan.

Maar de sleutel had ze niet in het slot gestoken, dat wist ze zeker. Ze voelde in haar achterzak, waar hij nog in zat.

Had ze de deur op slot gedaan toen ze wegging? Het was te lang geleden, ze wist het niet meer. Het zou zomaar kunnen dat ze dat was vergeten. Of misschien niet eens vergeten, misschien had ze het echt niet nodig gevonden. Ze wist niet eens of ze het de andere dagen wel had gedaan.

Wie wist dat dit haar kamer was? Dat ze überhaupt hier logeerde? Had Lydia het misschien aan iemand verteld? Gert? Ze waren in het dorp geweest, meerdere keren. Ze herinnerde zich een gesprek in een restaurant, een kennis van Lydia aan wie ze had verteld dat de kamers volgend jaar verhuurd zouden worden. En nu logeerden haar vriendinnen er. Misschien had ze het meer dan eens verteld. Er waren genoeg mensen die het konden weten.

Ze pakte de flyer weer. *Als je antwoorden wilt...*

Natuurlijk wilde ze dat, antwoorden. Antwoorden op de vragen die maar door haar hoofd bleven gaan, en die voorlopig niet zouden verdwijnen. Misschien wel nooit meer zouden verdwijnen. Wat was er precies met Sascha gebeurd? Was het echt Gerts schuld, of toch een ongeluk?

Maar met de vondst van de flyer was er een nieuwe vraag bij gekomen. Nu haar hartslag iets was afgenomen en haar hersenen zich wat beter lieten besturen, kwam er één gedachte op die al die andere gedachten oversteeg. Was de moordenaar van Gert degene die deze flyer had neergelegd?

Ze slikte, maar haar mond voelde inmiddels aan alsof er een kilo droog zand in zat. In de badkamer dronk ze wat water, rechtstreeks uit de kraan.

Als dat zo was, als de dader op haar kamer was geweest, dan was ingaan op de afspraak het stomste wat ze kon doen. Waarom zou ze zichzelf in gevaar brengen? Wat schoot ze daarmee op? Verder leven zonder antwoorden was nog altijd beter dan helemaal niet verder leven. Ze zou natuurlijk de politie kunnen inschakelen, misschien zouden ze een of andere geheime operatie opstarten. Maar de kans dat het misging was levensgroot aanwezig. En wat waren dan de gevolgen?

Ze legde de flyer weer aan de kant en liep naar het raam. Het was nu donker geworden. De schuimkoppen op de golven lichtten wit op in het maanlicht. Ze kneep haar ogen samen en sperde ze daarna weer wijd open. En al die tijd ging er een gedachte rond die ze maar niet kon negeren.

Was ze het aan haar vriendinnen verplicht? Was ze het aan Lydia verplicht om in elk geval alles te doen wat binnen haar mogelijkheden lag om te achterhalen wie haar man had vermoord? Was ze het aan Sascha verplicht om te achterhalen wat er was gebeurd? Niet voor Sascha zelf, zo realistisch was Eline ook wel. Maar haar ouders, haar familie – verdienden zij geen antwoorden op vragen die hen voor altijd zouden kwellen?

Het kon natuurlijk ook een flauwe grap zijn, bedacht ze. Een medewerker van Het Zout die het lollig vond om verwarring te zaaien. Een grapjas uit het dorp die zich verveelde. Iemand die wat in de krant had gelezen. Je hoorde toch ook altijd dat de politie geplaagd werd door zogenaamde tips, vooral als een zaak wat media-aandacht had getrokken.

Om een of andere reden gaf die gedachte haar geen rust. Het zou verleidelijk zijn erin te geloven en de flyer aan de kant te gooien. Een misplaatste grap, en er verder geen aandacht aan besteden. Maar het probleem was dat ze het niet zeker wist. Dat ze het nooit zeker zou weten. En dat er maar één manier was om erachter te komen wat dit te betekenen had.

Met de toppen van haar vingers masseerde ze haar slapen. Het was te veel, te moeilijk. *Vertel dit aan niemand.* Dat kon ze niet. Ze kon dit niet in haar eentje beslissen. En ze kon het al helemaal niet in haar eentje doen, mocht het zo ver komen.

Nog één keer sloot ze haar ogen. Toen rechtte ze haar rug, haalde diep adem en draaide zich om. Met de flyer in haar hand liep ze met snelle passen naar beneden.

Het was moeilijk een beschrijving te vinden voor de kleur in Lydia's gezicht. Eline keek ernaar en bedacht vaag dat ze nog nooit zo'n teint had gezien. Grijsgroen, daar leek het nog het meest op.

'Maar dit is...' Lydia hield de flyer omhoog. Haar hand trilde hevig. 'Dit is...'

Eline knikte. 'Misschien wel van de dader.'

Lydia staarde haar aan. Haar ademhaling ging schokkerig. Uiteindelijk sloot ze haar ogen en schudde haar hoofd. 'En nu?' vroeg ze fluisterend, haast onhoorbaar.

Eline haalde kort haar schouders op. 'Ik weet het niet.'

'Ga je dit doen?'

Automatisch schudde ze haar hoofd. 'Veel te gevaarlijk. Er staat bij dat de politie van niets mag weten. Ik wil heel graag weten wat er is gebeurd, maar dit...' Ze trok met haar mond. 'Ik denk dat ik toch de politie moet inlichten.'

Lydia knikte. 'Dat lijkt mij ook.'

Er viel even een stilte. Eline haalde haar hand door haar haar. 'Ergens twijfel ik wel', zei ze eerlijk. 'Ik heb ook het gevoel dat dit de enige kans is.'

'Kans op wat?'

'Op de waarheid.'

Lydia haalde kort haar schouders op. 'Dat is zo.' Ze keek Eline aan en kneep haar ogen samen. In haar blik ontstond iets van energie en ze had haar normale teint teruggekregen. 'Misschien kunnen we samen gaan.'

Even keek Eline verwonderd. Ze liet het idee op zich inwerken. Vertel dit aan niemand, had de afzender geschreven, maar dat was voor haar geen optie geweest. Ze zou nooit in haar eentje naar het hotel gaan, wetend dat de kans groot was dat ze afsprak met iemand die gevaarlijk was. Eigenlijk zou het al een twijfelachtig idee zijn om de politie hier inderdaad buiten te laten, zoals de afzender had geëist.

Ze keek naar Lydia, die op haar beurt de flyer ronddraaide in haar handen. De afgelopen dagen leek haar gezicht smaller te zijn geworden, wat ingevallen bij de wangen. Haar jukbeenderen staken er spits bij af. Er was een continue frons in haar voorhoofd ontstaan en haar ogen waren rood en gezwollen van slaapgebrek en verdriet. Niemand zou ongedaan kunnen maken wat er was gebeurd, wat Gert had gedaan. Niemand kon de orkaan aan emoties in haar vriendin stoppen. Zou het haar helpen als ze precies wist wat er was gebeurd? Als ze wist wie haar man had vermoord?

Het antwoord op die vragen lag zo voor de hand dat ze het niet aan zichzelf hoefde te geven. Als ze het deed, als ze inging op wat er op die flyer stond geschreven, zou ze het voor Lydia doen. Ze waren samen in deze bizarre situatie beland, het zou niet vreemd zijn om alles te doen wat binnen haar mogelijkheden lag om Lydia te helpen.

Misschien was het geen gek idee om samen te gaan. Als Eline naar binnen ging, kon Lydia de wacht houden. De politie bellen als het te lang duurde. Of meeluisteren via de telefoon, dat was misschien een beter idee. Zodra er iets fout ging, kon Lydia de politie bellen en haar komen helpen.

Eline knikte zachtjes. 'Laten we dat doen', zei ze toen. Eerst klonk het nog wat aarzelend, maar toen ze de woorden herhaalde zat er al meer kracht in haar stem.

Lydia keek haar aan. 'Echt?'

'Ja, echt. Jij moet beloven dat je me meteen komt helpen en de politie belt als er iets niet goed gaat.'

Lydia keek weifelend. 'Ik vind het wel echt heel gevaarlijk. Ik bedoel, ik wil echt graag weten wat er is gebeurd, maar om jou in zo'n situatie te brengen...' Ze haalde diep adem en schudde kort haar hoofd. 'Ik zou het mezelf nooit vergeven als jou iets overkwam.'

Eline slikte. Natuurlijk had Lydia gelijk, het zou gevaarlijk kunnen zijn. Aan de andere kant waren ze met z'n tweeën. En hoe langer ze erover nadacht, hoe meer ze merkte dat ze gewoon wilde weten wie erachter zat.

Uiteindelijk schudde ze ferm haar hoofd. 'Ik weet zeker dat we het samen redden.'

Lydia staarde haar nog even aan. Er was iets veranderd in haar blik, al kon Eline dat niet goed duiden. Uiteindelijk knikte haar vriendin. ‘Oké’, zei ze zacht. Meteen daarna gevolgd door: ‘Misschien moet ik een wapen meenemen.’

Eline keek haar verontrust aan. ‘Een wapen? Heb jij dat dan?’

‘Nou ja.’ Lydia keek onzeker terug. ‘Ik bedoel een mes of zoiets. Iets waarmee we onszelf kunnen verdedigen.’

‘Ja.’ Eline knikte, maar voelde zich minder zeker dan ze leek. Ze stelde zich vluchtig voor dat ze oog in oog stond met iemand die haar iets wilde aandoen, en dat ze een mes in haar hand had. Zou ze het durven gebruiken?

Ze schudde haar hoofd, als om die gedachte van zich af te schudden. Ze slikte een paar keer, rechtte haar rug en keek haar vriendin aan. ‘Dat lijkt me een goed idee’, zei ze met zoveel overtuiging als ze in haar stem kon leggen.

Lydia keek terug. De onzekerheid in haar blik reflecteerde die van Eline. Eline keek vluchtig op de klok. Nog precies vierentwintig uur te gaan. Ze had geen idee hoe ze die tijd moest doorkomen.

HOOFDSTUK 13

HET WEER WAS OMGESLAGEN. SUZANNE MERKTE HET toen ze op haar fiets stapte en automatisch haar jasje verder dichtritste. Het was vrijdagmiddag, iets na vijven, en officieel was haar weekend begonnen. Plannen had ze echter niet, de illusie dat ze twee dagen vrij zou zijn evenmin. Er speelde te veel, ze wilde in elk geval bereikbaar blijven voor het geval iemand haar nodig had. Morgen of anders overmorgen zou het lichaam van Sascha worden vrijgegeven en Arend en zij wilden dan even bij haar ouders langsgaan. Suzanne had het moment al eerder verwacht, maar door de ontwikkelingen in de zaak was er meer onderzoek gedaan op het lichaam. Daar was niets uit gekomen, had ze vanmiddag tijdens de briefing van Haanstra begrepen. Zonder de sms-berichten tussen Gert en Sascha zou de zaak zeker als ongeval zijn aangemerkt. Suzanne wist nog niet precies welke conclusie de zaak nu zou krijgen, misschien moord, misschien doodslag, het zou nooit met zekerheid gezegd kunnen worden. Met de dood van de man die nog steeds de vermoedelijke dader moest worden genoemd – het stempel 'dader' zou pas met zekerheid gegeven kunnen worden bij veroordeling, en dat zou er niet van komen – zou de zaak binnenkort worden gesloten. Toen ze dat aan Sascha's ouders had verteld, had ze een zekere gelatenheid opgemerkt. Of misschien hadden ze simpelweg nog geen ruimte om na te denken over de zaak, laat staan om er gevoelens over te hebben die verder gingen dan het verdriet dat hen helemaal in beslag nam. Als familierechercheur was het belangrijk om een zekere afstand te bewaren, om emoties niet persoonlijk te maken. Bij Sascha's ouders – twee van de liefste mensen die Suzanne ooit had ontmoet – kostte dat haar moeite. Misschien zou ze ze niet alleen bellen, bedacht ze. Misschien was het beter om morgen nog even langs te gaan. Arend was het hele weekend beschikbaar, had hij gezegd. Zijn vrouw Trijntje – Suzanne had haar een paar keer ontmoet – was het wel gewend, had hij er met een halve glimlach aan toegevoegd.

Maar niet vanavond, bedacht ze toen ze haar eigen straat in fietste. Vanavond had ze zichzelf een avond vrij beloofd. Het was een lange week geweest en ze merkte dat ze moe was. Vluchtig bedacht ze dat ze naar de supermarkt moest omdat de koelkast weinig eetbaars meer bevatte. Meteen daarna besloot ze om vanavond sushi te bestellen. Ze vond dat ze het had verdiend na zo'n week. Sushi, Netflix en een avond op de bank. Met een tevreden glimlach zette ze haar fiets in het schuurtje en ging via de achterdeur haar huis binnen.

***

'Kun je alsjeblieft gaan zitten?' vroeg Eline, niet voor de eerste keer. 'Ik word bloednerveus van je.'

'Ik ben bloednerveus', antwoordde Lydia zonder aan het verzoek gehoor te geven. Ze begon aan haar zoveelste rondje door het kantoortje en keek naar Eline, die op een bureaustoel zat en er waarschijnlijk veel ontspannener uitzag dan ze zich voelde. Ze wist eigenlijk niet zo goed hoe ze zich voelde. Alles in haar raasde: haar bloed, haar hartslag, het suizen dat zich in haar oren had genesteld.

'Hebben we het nu goed doorgesproken?' vroeg ze aan Lydia, ook niet voor het eerst.

Haar vriendin knikte, maar schudde toen haar hoofd. 'Ik weet het niet. Volgens mij wel. Jij belt mij voor je naar binnen gaat, zodat ik kan meeluisteren met wat er gebeurt. Daarna ga jij het hotel binnen via de hoofdingang en je loopt naar die kamer, zoals op de flyer staat. Ik ga naar binnen via de achteringang en luister mee. Als het misgaat, sla ik alarm.'

Eline knikte kort. Dat was inderdaad het plan zoals ze het hadden bedacht. Ze hadden lang nagedacht over een manier waarop Lydia de kamer kon binnengaan, maar alles wat ze hadden verzonnen was eigenlijk niet uitvoerbaar geweest. Van tevoren een pasje halen bij de receptie kon niet, de deur openlaten was iets wat Eline zou proberen maar wat zeker niet gegarandeerd zou lukken. Uiteindelijk hadden ze besloten dat Lydia dan maar groot alarm zou slaan en zo snel mogelijk naar de receptie zou rennen als er iets gebeurde. Het mes dat zij zou meenemen, bleef toch maar achter in de keuken van Het Zout. Ergens voelde Eline opluchting daarover, al was het twijfelend.

Hoewel ze vannacht amper had geslapen, voelde ze zich vreemd wakker. Elke vezel in haar lijf was tot het uiterste gespannen, ze had de hele dag geen hap door haar keel weten te krijgen. Nog steeds was ze er niet van overtuigd dat ze er goed aan deed om vanavond naar het hotel te gaan. Ze had geen idee met wie ze te maken kreeg. Vandaag was de recherche weer in Het Zout geweest om een update te geven, een gesprek waar ze niet veel wijzer van waren geworden. Het onderzoek naar de financiën van Het Zout liep nog, maar had vooralsnog niets opgeleverd. Geen schulden, geen verdachte transacties in het afgelopen jaar, geen onverklaarbaar cash geld. Het zag er juist allemaal opvallend netjes uit, had een van de twee rechercheurs gezegd. Een voorbeeld voor andere horecazaken. Ondanks alles had Eline enige trots bespeurd bij Lydia. Zelf was Lydia ervan overtuigd dat deze onderzoeksrichting dood zou lopen. Ook al had Gert de boekhouding geregeld en had hij kunnen doen wat hij wilde, en ook al had hij haar op een ander vlak enorm bedrogen, ze was ervan overtuigd dat hij op dit vlak betrouwbaar was geweest.

'Die kant lijkt het wel op te gaan', had de mannelijke rechercheur gezegd, en dat was het dichtst bij een instemming als hij had kunnen komen, dacht Eline. Ze verwachtte zelf ook niet dat Gerts dood een financiële achtergrond had. Had ze de flyer niet gekregen, dan was dat een optie geweest die ze zeker open had gehouden. Misschien zelfs heel aannemelijk had gevonden. Maar niet nu, nu ze er op deze manier in was getrokken.

Ze keek naar de klok. Halfnegen. Ze kon nog met gemak

een kwartier blijven zitten, maar toch bukte ze voorover en strikte de veters van haar sneakers opnieuw. Daarna stond ze op. Nog één keer keek ze Lydia aan.

Ze gingen met twee auto's, Lydia eerst, Eline een paar minuten daarna. Mocht iemand Eline zien aankomen, dan zou diegene vaststellen dat ze alleen was. Op het korte stukje lopen vanaf de parkeerplaats naar de ingang zou Eline Lydia bellen. Die wist precies waar de achteringang was, en ook dat die niet op slot zou zijn. 'Geloof mij maar', had ze gezegd toen Eline daar vraagtekens bij had geplaatst. 'Ik ben zo'n beetje opgegroeid in de horeca van Zoutelande, ik speelde vroeger met de kinderen van de eigenaar van dit hotel.' Ze had een gezicht getrokken. 'Gedeelde smart van de kinderen die in het hoogseizoen hun ouders niet spraken. Toen we zestien waren gingen we stiekem sigaretten roken bij de achteringang van dat hotel, die nooit op slot was. Onlangs sprak ik de eigenaar, mijn vriend van vroeger die het hotel van zijn ouders heeft overgenomen. Hij vertelde dat zijn personeel dat nog steeds doet, dat roken.' Ze had een beetje gelachen. 'Hij laat het maar zo, het is traditie.'

Eline was er niet gerust op. Wat als die ingang inmiddels op slot was? Er was nogal wat gebeurd in het hotel. Misschien reden genoeg voor de eigenaar om die deur wel goed af te sluiten. Het was nog steeds niet duidelijk hoe de moordenaar van Gert het hotel binnen was gekomen en ook niet hoe die was verdwenen. Camerabeelden bij de ingang lieten geen verdachte personen zien. Of misschien was het beter om te zeggen: geen opvallende personen. Want zolang de dader niet was gevonden, leek iedereen wel verdacht te kunnen zijn.

Tijdens het korte autoritje naar het dorp dacht Eline daaraan. Hoe iedereen verdacht was en tegelijkertijd niemand. De recherche was er druk mee bezig, dat wist ze zeker. Spitten, vragen, wroeten in Gerts leven. Zijn vele flirts, zijn bedrog – was dat verdacht? Viel iedereen met wie hij weleens had gerommeld nu binnen de scope van het onderzoek? Of iedereen die was getrouwd met een van Gerts vriendinnetjes? Ze wist niet precies hoe breed het onderzoek dan zou moeten worden, maar ze vermoedde dat de politie er in dat geval voorlopig nog wel zoet mee zou zijn.

Het enige wat ze eigenlijk zeker wist, was dat het niet logisch was. Het was natuurlijk verschrikkelijk om bedrogen te worden, eindeloos pijnlijk. Boosheid, blinde woede, zinnen op wraak – allerlei gevoelens die ze zich levendig kon voorstellen bij de bedrogen partij. Maar moord? Moest je daarvoor niet nog een paar stappen maar een paar duizend stappen verder gaan? Moest er daarvoor niet iets structureel mis zijn in je hoofd? Je vermoordde toch niet iemand omdat hij met je vrouw – of man – had gerotzooid? Alleen als je knettergek was.

Eline gaf richting aan en liet een auto voorgaan, voor ze linksaf sloeg in de richting van het hotel. Dat was precies wat haar niet losliet. Alleen als je knettergek was.

Was het niet volkomen onlogisch dat de dader juist haar, juist Eline zou uitkiezen om allerlei geheimen prijs te geven? En was het niet dodelijk naïef om te denken dat ze daarna gewoon weer de deur uit zou lopen, en niet in één rechte lijn naar de politie zou gaan? Wie zou zichzelf op die manier erbij lappen? Dan moest er een ander doel zijn, een hoger doel. Als de dader iets wilde opbiechten, kon hij net zo goed meteen naar de recherche gaan. Dan was de omweg via Eline niet nodig. Ze stond te ver buiten de hele zaak om daarvoor de aangewezen persoon te zijn.

Vannacht, tijdens het urenlange piekeren, had precies dit punt haar niet losgelaten. Er was geen enkele reden waarom juist zíj degene moest zijn die de antwoorden zou krijgen. Ze zat vol vragen, daar ging het niet om, maar welbeschouwd waren het niet haar eigen vragen. Het waren haar vragen voor anderen. Wat was er gebeurd tussen Gert en Sascha, wat had Gert nog meer op zijn kerfstok, wie had uiteindelijk afgerekend met Gert? Allemaal dingen die ze graag wilde weten, maar die voor anderen nog veel relevanter waren dan voor haar. Voor Lydia, voor Sascha's familie, voor de man van Hilde.

Degene die door middel van die flyer contact met haar had gezocht, had niet alleen antwoorden te geven. Zomaar antwoorden aan een willekeurig persoon. Diegene moest haar hebben. En dat zou een reden voor haar moeten zijn om snel rechtsomkeert te maken en naar de politie te gaan.

En misschien was het juist dat wat haar die kant op dreef. Het klopte niet, dus er moest een reden zijn. Een reden die zij alleen kon vinden.

Eline zette de auto stil op de eerste vrije plek die ze kon vinden. Met bewegingen die veel kalmer waren dan ze zich voelde, trok ze de handrem aan en draaide ze de sleutel in het contact om. Ze knipperde een paar keer en leunde even achterover, diep ademhalend. Daarna slikte ze en toen ze merkte dat haar mond kurkdroog was, nam ze een slok uit een flesje water dat ze in het vak van het portier vond. Daarna bracht ze haar trillende hand naar de hendel en opende het portier.

Ze moest dit in stapjes doen, anders was het te veel. Eén kleine handeling tegelijk. Precies volgens plan, dat was heel belangrijk. Geen fouten maken nu. Ze haalde haar telefoon uit haar zak en belde Lydia. Die nam meteen op. 'Hé', zei ze zacht en Eline herhaalde dat woord.

'Ben je er klaar voor?' vroeg Eline en Lydia klonk kalm toen ze ja zei.

'Ik doe de telefoon nu in mijn tas', zei Eline. Ze opende de flap van haar kleine schoudertasje en liet haar mobiel er voorzichtig in glijden. Ze controleerde of de verbinding niet was verbroken, wat niet het geval was. Zonder nog iets te zeggen liep ze richting de ingang.

Niets was zo moeilijk als normaal doen wanneer er weinig nog normaal was. Ze moest nadenken over elke beweging. Was het normaal om naar de vloer te kijken? Of moest ze juist de receptionist recht aankijken? Was het normaal om gedag te zeggen of viel het dan juist op?

Uiteindelijk liep ze gewoon langs de receptie, keek vluchtig naar de man die erachter zat en knikte kort toen ze zijn blik ving. Met het gevoel dat ze met neonkleurige kleding de aandacht minder op zichzelf had gevestigd dan nu, liep ze verder. Ze haalde diep adem en probeerde uit alle macht om niet zoekend om zich heen te kijken. Ze wist hoe ze moest lopen om bij de kamers te komen. Niet zoeken, gewoon haar ene been voor haar andere zetten. Met stramme passen begon ze in de juiste richting te bewegen.

De deur richting de kamers was gesloten. Ze stak haar hand uit, die van de klink gleed. Ze dwong zichzelf te kalmeren en probeerde het nog een keer. Nu schoot de klapdeur wel open, in haar richting. Snel liep ze de gang op.

Terwijl de deur met een zachte plof achter haar dichtviel,

bleef Eline hijgend staan. Het voelde alsof ze een marathon had gelopen, nu al. De gang was schaars verlicht door wandlampen die om de zoveel meter brandden. De muren werden verder gesierd door schilderijen van de zee onder allerlei omstandigheden. Op elke deur hing een schelp met daarop het kamernummer. Ze stond tegenover kamer 1, waarachter een gedempte mannenstem klonk. Vlug liep ze verder, voorbij kamer 2. Ze wilde niet eens naar de deur kijken. Zouden de volgende gasten die er hun intrek in zouden nemen weten wat er was gebeurd? Waarschijnlijk niet, en waarschijnlijk was dat maar beter ook. Je wilde van je hotelkamer sowieso niet weten wat je voorganger er had uitgespookt, bedacht ze totaal irrelevant.

Tegenover de deur van kamer 4 bleef ze staan. Het nummer was geverfd op een witte schelp, afgeplat en met een klein hapje eruit. Er was een spionnetje en een bel, die Eline aan het twijfelen bracht. Aanbellen of aankloppen? Maakte het eigenlijk uit? Ze opende haar tas en controleerde haar telefoon, die nog altijd verbinding had met die van Lydia. Ze aarzelde of ze nog iets moest zeggen, maar deed het uiteindelijk niet. Lydia zou zo ook wel horen dat ze aanklopte. Eline hief haar vuist. Heel even wachtte ze. Het beeld van de flyer kwam weer in haar op. Ze haalde diep adem en rechtte haar rug. Toen klopte ze op de deur.

HOOFDSTUK 14

HET DUURDE LANG. TE LANG? SECONDEN TIKTEN WEG, als slagen in haar hoofd. De ene na de andere gedachte flitste voorbij. Was het toch een gemene grap? Had de afzender zich bedacht? Was ze wel bij de goede kamer?

Kamer 4, dat wist ze zeker. Ze luisterde scherp of er beweging klonk achter de deur, sloot haar ogen om het beter te kunnen horen. De kamer leek verlaten te zijn. Ze liet haar adem ontsnappen.

Wat nu? Hoewel ze rekening had gehouden met deze mogelijkheid, wist ze niet wat ze moest doen. Wachten? Maar waarop?

Ze keek om zich heen in de gang. Boven zich, op de eerste verdieping, hoorde ze voetstappen, een deur die in het slot viel. Ze keek omhoog, alsof daar iets te zien was.

De beweging kwam onverwacht. Eline schrok. Langzaam

ging de deur open, op een kleine kier. De kamer erachter was donker. Er bewoog iets in het halletje. Ergens achter in de kamer werd een lamp aangezet, waardoor het nu schemerig was. Er stond niemand in de deuropening.

Eline kneep haar ogen samen. Hoewel alles in haar zich verzette, duwde ze de deur verder open. Op het kleine lampje na, was het donker. De deur naar de badkamer was gesloten. Voor zover ze kon zien, stonden er geen spullen. Geen koffer, of kleding, niets van de rondslingerende attributen die je zou verwachten in een hotelkamer die in gebruik was. Eline slikte even en onderdrukte het gevoel dat ze in een déjà vu was beland. Het donker, het bed, het ene lampje – in haar hoofd drongen de beelden zich op die zich nog maar twee dagen geleden op haar netvlies hadden gebrand. Ze werd overvallen door een vreemd soort berusting, alsof haar onderbewuste al had geaccepteerd dat ze zo meteen hetzelfde te zien zou krijgen. Nog een lichaam, nog meer bloed.

Met benen die aanvoelden als lood, liep ze met kleine stapjes de kamer in.

***

Toen de deurbel en haar telefoon tegelijk gingen, had Suzanne moeite te bedenken wat ze als eerste moest beantwoorden. Ze liep de gang in. Door het melkglas zag ze de contouren van een man, verlicht door de buitenlamp die altijd brandde bij de voordeur. In haar hand hield ze haar werktelefoon met in het scherm een onbekend nummer. Lokaal, dat wel.

Snel reikte ze naar de deurklink. De man bleek een

jongen van een jaar of zeventien te zijn, met een brommerhelm op zijn hoofd en een tasje in zijn hand. 'Eet smakelijk', zei hij en stak even zijn hand op. Terwijl ze het tasje aanpakte en hem bedankte, nam ze met haar andere hand het telefoongesprek aan.

'Suzanne de Nooijer', meldde ze zich.

Aan de andere kant van de lijn begon een man te praten. Suzanne luisterde, fronste en knikte een paar keer.

Toen ze ophing, keek ze spijtig naar het tasje in haar hand. Het zou moeten wachten.

***

Nog twee passen. Nog één. Eline liet haar vingers onbewust over de muur gaan, alsof ze daar steun kon vinden bij wat haar te wachten stond. Ze onderdrukte de kinderlijke neiging haar ogen te sluiten, en beter nog, haar vingers in haar oren te stoppen. Die was bijna net zo sterk als de neiging om om te keren en heel hard weg te rennen. Nu kon het nog.

Toen ze achter zich een geluid hoorde, draaide ze zich met een ruk om. Scherp ademde ze in, het kostte een paar seconden om zich te realiseren dat de droge klik die nu nagalmde in haar oren, dé klik was waarmee de deur in het slot was gevallen.

Ze stond stokstijf, luisterde, sloot haar ogen. Hier blijven staan had geen zin, ze moest nu kiezen. Als ze terug wilde, moest ze het nu doen. Het kon, dacht ze. Gewoon naar de deur reiken en de gang op rennen. Weg, het hotel uit, misschien wel gewoon meteen naar huis rijden.

Maar ze deed het niet. Ze bleef staan. Luisterde.

Verbeeldde zich dat ze een ademhaling hoorde, of misschien hoorde ze het wel echt. Ze kon helemaal niet omkeren, ze kon helemaal niet weggaan. Ze was te ver gekomen. En nu moest ze door.

Toen ze diep ademhaalde, deden haar longen pijn. Ze legde haar hand op haar tas met daarin haar enige veiligheid. Voor zover dat veiligheid was.

Nog één stap, dan kon ze het bed zien. In haar hoofd telde ze af, op nul moest ze in beweging komen. Drie, twee, één. Ze zette haar voet naar voren, staarde naar de witte beddensprei. In elk geval geen bloed, stelde ze onbewust vast. Het sprankje opluchting dat ze voelde, werd meteen verdreven door iets anders.

Ze zat op de rand van het bed, telefoon in haar hand. Eline staarde haar aan. Ergens in haar brokkelde iets af. Iets dat niet meer hersteld kon worden. Ze keek naar de telefoon in de hand. Naar de duim die naar het rode knopje ging. De verbinding die werd verbroken. Eline sloeg haar blik neer. Heel even, toen haalde ze diep adem en keek haar recht aan.

Lydia staarde onbewogen terug.

'Wat doe je hier?' vroeg Eline. Ze wees vaag achter zich, in de richting van de deur. 'Ik dacht dat je buiten op me zou wachten.'

Lydia bleef haar aankijken zonder enige reactie. Eline wist niet goed of ze moest gaan zitten. 'Wat heeft dit te betekenen?' vroeg ze, dwingender nu. 'Waarom ben je hier?'

Er vertrok een spier in Lydia's gezicht. Het gevolg was dat haar gelaat nu een grimas vertoonde, die je zou kunnen aanzien voor een lachje. Haar ogen, staalgrijs en hard, detoneerden erbij. 'Omdat je een afspraak met mij hebt.'

Het was te veel. Eline probeerde de hele situatie te vatten in haar hoofd. De flyer, de afspraak, de dader of wie het ook was die ze hier zou treffen. Was dat allemaal niet waar? Had Lydia al die moeite gedaan om haar hiernaartoe te krijgen, terwijl ze elkaar op elk moment konden spreken?

Eline verplaatste haar gewicht van haar ene naar haar andere been. 'Waarom heb je me helemaal hiernaartoe laten komen?' Bij elke vraag die ze stelde voelde ze haar twijfel toenemen. 'Waarom heb je die flyer dan op mijn kamer gelegd?'

Voor het eerst bespeurde ze een reactie bij Lydia. De kou in haar blik verdiepte zich. Ze kneep haar ogen wat samen. 'Alsof je dat niet weet', zei ze met een stem die niet echt op die van haarzelf leek.

'Nee', zei Eline. Ze hoorde zelf de wanhoop in haar stem. 'Dat weet ik niet.'

Lydia lachte schamper, maar gaf geen antwoord. Eline wachtte een paar seconden, die zwaar waren van de stilte. 'Waarom?' vroeg ze, meteen gevolgd door: 'Ik ga liever naar huis, Lydia. Ik heb hier niet zo'n goed gevoel bij.'

'Nee hoor', zei Lydia. Voor het eerst kwam ze in beweging. Ze stond op, langzaam, gecontroleerde bewegingen. 'Jij blijft gewoon hier.'

Eline wist eerst niet waar ze naar keek. Het ding was zwart en grijs en Lydia had de vingers van haar rechterhand er zo stevig omheen geklemd dat haar knokkels er wit van waren. Langzaam hief ze haar hand. Eline deinsde achteruit. Het lemmet bevond zich nu ter hoogte van haar buik. Ze herkende het mes uit de keuken van Het Zout, waar alle messen met een magneet aan de muur hingen.

‘Wat doe je?’ vroeg ze aan Lydia, terwijl ze probeerde haar toenemende angst uit haar stem te weren. ‘Wat wil je van me?’

‘Jij weet heel goed waarom je hier bent’, zei Lydia nu. Ze zette een stap naar voren, Eline één achteruit. Lydia blokkeerde nu de weg naar de deur. ‘Je kan wel doen alsof je van niets weet, maar daar trap ik niet in.’

Er viel een zwaarbeladen stilte. Elines hersenen probeerden uit alle macht om alles op een rijtje te krijgen, maar dat lukte niet. Als Lydia degene was die haar hiernaartoe had laten komen, dan was zij ook degene... Ze sloot even haar ogen, slikte, knikte ferm.

Toen opende ze haar ogen en keek Lydia recht aan. ‘Waarom heb je Gert vermoord?’

Het antwoord kwam meteen, vloeiend. ’Omdat hij een gevaar is.’

‘Vanwege Sascha? En Hilde?’ Eline schudde haar hoofd. ‘Wist jij ervan?’

Ze probeerde haar gedachten te ordenen. Had Lydia Gert vermoord om hem te stoppen? Het beeld van zijn verminkte hoofd drong zich weer aan haar op.

‘Natuurlijk wist ik ervan’, zei Lydia. Weer die grimas, die onmogelijk voor een lach kon doorgaan. ‘Hij deed niet echt zijn best om het te verbergen. Maar ik ben niet zo dom als hij dacht. Ik weet heel goed waar ze op uit waren.’

‘Waarop dan?’

‘Alles.’ Lydia kneep haar lippen op elkaar voor ze verder praatte. ‘Alles wat ik heb. Iedereen wil het van me afpakken. Alles kapotmaken.’ Ze kneep haar ogen samen. ‘Het zal ze niet lukken. Het zal niemand ooit lukken.’

Eline negeerde die laatste opmerking. ‘En waarom

zouden ze dat willen? Waarom zouden ze alles kapotmaken wat jij hebt?'

'Omdat ze jaloers zijn. Maar ik heb hier zo hard voor gewerkt. Ik had niets toen ik hieraan begon. Niets!' Lydia deed een stap naar voren. Automatisch week Eline verder achteruit, maar ze raakte de muur. 'Alles wat ik heb, heb ik zelf opgebouwd. En niemand mag daar aankomen. Niemand mag afbreken wat ik heb.'

Eline schudde haar hoofd. 'Niemand wil afbreken wat jij hebt, echt.'

Lydia maakte een geluid waaruit zoveel minachting bleek, dat Eline er kippenvel van kreeg. Of misschien was het haat. 'Iedereen wil afbreken wat ik heb.'

'Ik begrijp niet waarom.' Eline hield haar hoofd schuin. 'Leg het me dan uit.'

Lydia zuchtte diep, alsof ze er niet over uit kon dat haar vriendin zoveel domheid aan de dag legde. 'Toen mijn vader wegging, bleef er niets over. Geen geld, niets. Mijn moeder moest het allemaal alleen doen en dat ging niet. Het was het einde van mijn jeugd.' Ze schudde haar hoofd. 'En waarom? Omdat hij zo nodig met een ander...' Ze spuugde de woorden uit en maakte de zin niet af. 'Ik heb met mezelf afgesproken dat dat mij niet gaat gebeuren. Mijn moeder was zwak, ze deed er niets tegen. Ik ben niet zwak. Ik zal beschermen wat van mij is, tegen elke prijs.'

Eline staarde haar vriendin aan, die in niets meer leek op de Lydia die ze kende. Niet in hoe ze keek, niet in wat ze zei. Langzaamaan begon een gedachte te dagen. Het besef dat haar bloed in haar aderen deed bevriezen. Misselijkheid ging als een vloedgolf door haar heen. Ze deed haar mond open om een vraag te stellen, maar het duurde even voor ze de woorden had gevonden.

'Heb jij ook...' begon ze, maar ze zweeg weer. Pas na een paar seconden probeerde ze het opnieuw, terwijl de misselijkheid toenam. 'Heb jij ook Hilde en Sascha...'

Een kleine flikkering lichtte op in Lydia's ogen. Daarna kneep ze ze samen. Eline slikte moeizaam, zuur gal brandde in haar keel. Ze had haar antwoord gekregen.

'Hoe is Gert erachter gekomen?' vroeg ze, amper hoorbaar.

Lydia gaf geen antwoord. 'Jij ook.' Haar stem klonk kil. Eline huiverde onbewust.

'Wat bedoel je? Wat ik ook?'

'Jij bent net zo erg als die anderen. Ik heb jullie gezien, jou en Gert.' Ze knipperde een paar keer, alsof er een verwonderende gedachte in haar opkwam. 'Je bent een slechte actrice. Een waardeloze leugenaar.'

'Ik lieg niet', zei Eline en ze voelde iets van strijdlust opvlammen. Ze was juist altijd eerlijk geweest tegen Lydia.

'Onzin.' Lydia's keek op. Kilte had plaatsgemaakt voor vuur, dat uit haar ogen leek te spuiten. 'Jij bent hetzelfde als die anderen. Sascha, Hilde, weet ik wie allemaal nog meer. Jullie wilden allemaal hetzelfde.'

'Gert zeker', zei Eline, en ze kon er niets aan doen dat er spot doorklonk in haar stem. 'Jij denkt dat ik Gert wilde, omdat je ons één keer hebt zien praten en elkaar omhelzen. Omdat Gert me naar dit hotel heeft laten komen.' Ze schudde kort haar hoofd. Nu begreep ze wat Gert haar had willen vertellen.

Lydia is er altijd bij...

Dat had hij gezegd. Toen had ze niet geweten wat ze

daarvan moest denken. Ja, Lydia was er altijd bij, maar waarom was dat erg? De voornaamste reden voor haar om naar het hotel te gaan, was omdat Gert al die moeite deed. Dan moest het wel heel belangrijk zijn. Over die zin, die ene zin over Lydia, had ze niet lang genoeg nagedacht. Of misschien had ze hem weggedrukt, niet wetend wat ze ermee moest.

Als Gert over Lydia had geweten wat Eline nu te weten was gekomen, waarom was hij dan niet naar de politie gegaan? Waarom met Eline afspreken in een hotel? Durfde hij zijn eigen vrouw niet aan te geven? Was hij er nog niet zeker van?

Ze zou het nooit weten.

'Hoe is hij erachter gekomen?' herhaalde ze. 'Hoe wist hij dat jij Hilde en Sascha hebt vermoord?'

Lydia haalde kort haar schouders op. Ze deed geen moeite het te ontkennen. Haar houding was ineens bijna gelaten. 'Hij zei dat hij me 's ochtends vroeg had gezien met natte zwemkleding. Veel vroeger dan ik normaal gesproken de zee in ging.' Ze maakte een geluid dat haar achteloosheid moest benadrukken. 'Alsof dat iets zegt.'

Het zei alles, realiseerde Eline zich, maar ze hield haar mond.

'Hij wilde dat ik zelf naar de politie zou gaan', ging Lydia verder, in gedachten verzonken. 'Dat ik mezelf zou aangeven. Dat was beter, zei hij. En anders zou hij ervoor zorgen.' Ze haalde kort haar schouders op.

'Maar dat heb je niet gedaan', zei Eline.

'Nee.' Lydia liet een kort snufje horen. 'Dat heb ik niet gedaan. Er zou namelijk nooit iemand achter komen. Als hij gewoon zijn mond had gehouden...' Ze fronste even en schudde toen haar hoofd, alsof ze zich bedacht. 'Nee, als hij gewoon trouw was geweest...'

Er viel een stilte tussen hen. Eline zocht naar een manier om die op te vullen, maar niets van wat in haar hoofd opkwam, durfde ze uit te spreken. Alles zou verkeerd kunnen vallen bij Lydia.

'Hoe heb je het gedaan?' vroeg ze uiteindelijk, om toch maar iets te zeggen.

Lydia keek langs haar heen. Even vroeg Eline zich af of de vraag tot haar was doorgedrongen, toen schokte Lydia kort met haar schouders. 'Het was veel makkelijker dan je zou denken, dat verbaasde me. Ik had gezien dat hij die ene, die Hilde, een briefje gaf. Ik wist niet wat erop stond en het kon me ook niet schelen. Ik zag het aan alles: de blik in zijn ogen, zijn hele houding. Hij wilde haar.' Ze schudde haar hoofd bij de gedachte aan dat moment. 'Toen wist ik wat me te doen stond.'

Eline voelde haar maag omdraaien toen ze vroeg: 'En wat stond je te doen?'

'Er een einde aan maken.' Lydia keek alsof dat antwoord zo logisch was, dat het bijna dom was dat Eline ernaar vroeg. Daarna grinnikte ze in zichzelf. 'Ik moest het stoppen, en ik had nooit verwacht dat het zo eenvoudig zou zijn. Die Hilde geloofde meteen dat het bericht dat ik haar stuurde met Gerts telefoon, daadwerkelijk van hem kwam. En ze wist niet hoe snel ze moest happen.'

Eline trok haar wenkbrauwen op. 'Wat stuurde je haar?'

'Dat zij op mij – Gert – moest wachten in het water.' Ze schudde haar hoofd, alsof ze er niet over uit kon dat haar plannetje destijds was geslaagd. 'Het was bijna grappig hoe ze daar het water in liep, zonder kleren aan. Ze was er helemaal klaar voor en schrok zich kapot toen ze mij zag aankomen. En toen dacht ze ook nog dat het toeval was en probeerde ze zich eruit te kletsen. Dat ze daar gewoon naakt ging zwemmen op dat tijdstip.' Lydia was nu ver weg in haar gedachten. Ze keek langs Eline en uit haar blik was op te maken dat ze op haar netvlies alles opnieuw beleefde. 'Je had haar gezicht moeten zien toen ik zei dat Gert niet zou komen, omdat hij niets van hun afspraak wist. Ineens had ze spijt, natuurlijk. Maar toen was het al te laat. Dan had ze maar eerder moeten nadenken.' Plotseling keek ze Eline weer recht aan. 'Weet je hoe makkelijk het is om iemand te verdrinken?'

Eline gaf geen antwoord. Ze slikte, maar er brandde iets zuurs in haar keel.

'Iedereen geloofde meteen dat het een ongeluk was', ging Lydia verder, alsof ze een geestige anekdote deelde. 'Gert ook. En maar doen alsof hij amper wist wie die trut was. Alsof ik gek ben.'

Ze schudde haar hoofd, een hele tijd. De stilte tussen hen was beladen en duurde maar voort. Uiteindelijk was het Eline die haar mond opendeed. 'Maar waarom Sascha? Waarom je eigen vriendin?'

'Vriendin', schamperde Lydia en ergens moest Eline haar gelijk geven in haar cynisme. Wat Sascha had gedaan, hoorde je niet te doen bij vriendinnen. Het was zeker reden voor een goed gesprek, misschien een ruzie of zelfs een breuk.

Maar niet meer dan dat. 'Je hoefde haar toch niet te vermoorden?'

Lydia fronste. 'Natuurlijk wel. Het was haar eigen keuze om met Gert te rotzooien, dus zijn de consequenties ook voor haar.' Ze schudde haar hoofd. 'Ze ontkende het ook nog, maar ik zei dat ik alles had gelezen. En dat de uitnodiging om te komen zwemmen niet van Gert was gekomen. Toen werd ze bang.' Ze haalde kort haar schouders op. 'Maar ja, te laat.'

Dat was misschien nog wel het ergste, bedacht Eline, terwijl ze naar haar vriendin keek en de waarheid zich stukje bij beetje voor haar ontvouwde. De gelatenheid waarmee Lydia het vertelde, alsof het allemaal onvermijdelijk was geweest en ze het zelf ook niet had gewild. Ze nam geen enkele verantwoordelijkheid, laat staan dat er ook maar iets van spijt doorklonk in haar woorden. Ze was er zoveel slechter aan toe dan Eline ook maar in de verste verte had vermoed. Dat nam ze zichzelf kwalijk, dat ze het niet had gezien.

'Waarom kon je niet gewoon met haar breken? Haar vertellen dat ze weg moest gaan en dat je haar nooit meer wilde zien?'

Lydia keek verwonderd, alsof die optie voor het eerst rondging in haar gedachten. 'Het risico was veel te groot', zei ze. 'Ze zou het opnieuw doen, en opnieuw. Ik zou nooit veilig zijn.' Ze schudde haar hoofd. 'Het was haar eigen keuze. Ik deed alleen wat ik moest doen.' Nu keek ze Eline recht aan. 'Wat van mij is, is van mij. Niemand komt daaraan. Niemand pakt af wat ik heb.'

Eline hield haar hoofd een klein beetje schuin. Ze wilde haar ogen neerslaan, maar Lydia's blik was zo priemend, dat ze die niet los kon laten. Er stond iets in te lezen, dat een extra rilling over Elines rug deed lopen. Die laatste woorden, die waren niet alleen bedoeld voor de twee vrouwen die al dood waren. Die woorden, die waren ook rechtstreeks voor haar bedoeld.

Eline kon haar alles afpakken, zodra ze deze kamer uit liep. Want natuurlijk zou ze dit allemaal aan de politie vertellen, en natuurlijk zou Lydia dan alsnog alles kwijt zijn. Eline kon nu roepen dat ze haar mond zou houden tegenover de politie, dat ze gewoon naar huis zou gaan en het geheim voor altijd bij zich zou houden. Maar dat zou Lydia nooit geloven. En het zou ook een valse belofte zijn. Eline wist zeker dat ze het niet zou kunnen verzwijgen, daarvoor was het veel te groot. Ze kneep haar ogen samen en haar hersenen werkten op volle toeren. Lydia hield het mes geheven, de hele tijd. Haar hand had zich nog geen moment ontspand en zou dat ook niet doen. De gedachte ging door Elines hoofd dat ze natuurlijk zelf een wapen mee had moeten nemen, maar ze liet die meteen weer gaan. Met zulke gedachten schoot ze nu niets op.

Onopvallend keek ze om zich heen in de kamer. Er was niets. Ja, de schemerlamp in de hoek zou misschien groot en zwaar genoeg zijn om zich mee te kunnen verdedigen, maar zodra ze in beweging kwam, zou Lydia sneller zijn.

Ze spitste haar oren. Vanaf de gang leek een geluid door te komen, al was het zo zacht dat het net zo goed een tik van een verwarmingsbuis kon zijn. Of niets dan haar eigen verbeelding. Ze kon gillen en dan zou iemand haar misschien horen. Ze stelde zich voor dat er iemand over de gang liep, naar de receptie zou gaan, daar even moest wachten voor de receptionist tijd had... In de tussentijd zou Lydia allang kunnen doen waarvoor ze hier kennelijk was gekomen.

'Ik heb je niets misdaan', zei Eline met alle kracht die ze in zich had. 'Ik heb niet tegen je gelogen en ik heb nooit iets met Gert gedaan, of gewild. Dat is de waarheid, dat moet je geloven.' Ze zweeg even en keek Lydia aan, onbewust schuddend met haar hoofd. 'De enige die nu iets kapotmaakt, ben jij. Ik begrijp je angst, echt. Ik begrijp dat je getraumatiseerd bent door je jeugd, dat de ontrouw van je vader alles kapot heeft gemaakt wat je had. Maar wat jij doet, is niet de oplossing. Je kunt hulp zoeken, het is nog niet te laat. Ik wil je helpen. Iedereen wil je helpen.' Ze kneep haar lippen op elkaar, knikte langzaam. 'Laat me je helpen', zei ze daarna zacht, bijna smekend.

Ze meende ieder woord dat ze zei. De zinnen kwam recht uit haar hart, ze had ook niets anders kunnen zeggen. Maar het had geen zin, dat zag ze aan alles. Lydia luisterde wel, maar de woorden bleven niet hangen. Alsof ze afketsten op steen, wat op een vreemde manier misschien wel zo was. Want dat was wat er over was van haar vriendin, bedacht Eline. Niets dan bikkelharde steen.

Blijven praten, dat was het enige wat ze kon doen. Hopen dat Lydia uiteindelijk omging, dat ze zou inzien dat het alleen maar erger zou worden. Drie doden op haar geweten of vier, dat zou uitmaken, al wist Eline niet hoeveel. En als Lydia niet van gedachten zou veranderen, kocht ze er tijd mee. Ze had alleen geen idee of dat genoeg zou zijn.

Weer dat geluid. Een tik, kort en droog. Onbewust ging haar nekhaar overeind staan. Ze zag dat Lydia het ook had gehoord. Een spier in haar kaak spande zich. Haar blik flitste heen en weer tussen Eline en de deur. Eline slikte moeizaam en keek naar het mes. Lydia's hand zat er als een klem omheen. Ze bewoog haar pols en Eline ademde scherp in.

Lydia's stem klonk ingehouden, zwaar van woede die een uitweg zocht. 'Hou je mond', zei ze, terwijl haar blik zich in die van Eline boorde. 'Het is toch allemaal te laat. Alles is te laat.'

Het volgende moment gebeurde er zoveel tegelijk dat het voelde als een explosie. Lydia's hand met daarin het mes schoot omhoog. Het vlijmscherpe staal raakte Eline in haar linkerarm toen ze probeerde het af te weren. Ze slaakte een kreet van angst en van de vlammende pijn die voelde alsof haar arm in tweeën was gespleten. Met haar rechterhand greep ze automatisch naar de wond, die zich iets boven haar elleboog bevond. In een flits zag ze het donkerrode bloed op haar vingers. Toen pakte Lydia haar bij haar beide armen, draaide haar om en smeet haar op het bed. De lucht werd uit Elines longen geslagen en de nieuwe kreet die uit haar keel ontsnapte, was volkomen krachteloos. Het laatste wat ze zag voor ze haar ogen sloot, was Lydia's ijskoude gezicht en het flikkerende metaal van het mes boven haar.

De woorden leken uit een andere wereld te komen. Een mannenstem, en toen nog eentje. Haar ogen vlogen weer open. Weer die stemmen.

'Politie!' hoorde ze, maar haar hersenen stonden haar niet toe het te geloven. Het moest haar onderbewuste zijn die niets liever wilde horen.

'Politie! Laat je wapen vallen en hou je handen boven je hoofd!'

Eline voelde haar lichaam reageren. Ze vocht terug tegen het gewicht boven op haar. Ze duwde, raakte iets hards, duwde toch verder. Ze verbeet de schreeuwende pijn in haar bovenarm. Er waren armen die door de lucht maaiden – haar eigen armen? – en het gewicht van Lydia dat plotseling verdween.

'Laat je wapen vallen!' riep opnieuw iemand en met open mond keek Eline toe hoe Lydia haar armen omhoog deed. Het mes viel met een zachte plof op de grond. Twee mannen achter haar pakten elk een pols van Lydia. Er klonk een klik toen de handboeien werden vastgemaakt. Voor de laatste keer ontmoette Eline Lydia's blik. De kou was verdwenen, en er was niets voor in de plaats gekomen. De leegte, de doodsheid, deed haar nog één keer huiveren. Daarna draaide Lydia zich om en werd tussen de twee politiemannen de kamer uit geleid.

Het volgende moment zat Suzanne de Nooijer naast haar. 'Gaat het?' vroeg ze, haar zachte hand op Elines schouder. En meteen daarna, toen ze het bloed zag: 'Hier gaan we even een ambulance voor laten komen.'

Eline keek haar aan en werd overvallen door zo'n groot gevoel van radeloosheid dat ze niets anders kon dan haar hoofd buigen en huilen. Al die tijd bleef de rechercheur naast haar zitten en praatte troostend tegen haar, tot er uiteindelijk geen tranen meer kwamen en ergens diep in haar het besef kwam opzetten dat haar leven voorgoed was veranderd, maar dat ze in elk geval nog leefde.

HOOFDSTUK 15

DE HERFST LIET ZICH VAN Z'N BESTE KANT ZIEN. TOEN Eline naast haar moeder de dijk op liep via de brede trap, viel een lage zonnestraal precies op haar gezicht. Het waaide stevig, maar de bries was niet onaangenaam. Ze keek om, naar de hoofdstraat, waar mensen met winterjassen aan koffiedronken op terrasjes, zoals haar moeder en zijzelf dat net ook hadden gedaan. Gek hoe nare herinneringen niets hadden veranderd aan haar warme gevoelens voor deze plek.

'Natuurlijk ga ik mee', had haar moeder meteen gezegd. Het was een opluchting geweest voor Eline. Ze wilde terug, twee dagen, nadenken, van alles op een rijtje zetten. Maar ze wilde niet alleen.

Het voelde goed om hier te zijn. Het was nog maar twee maanden geleden dat het allemaal was gebeurd, maar ze merkte dat het leven haar alweer had meegenomen in z'n dagelijkse stroom. Soms ging dat goed, soms merkte ze dat ze er nog niet klaar voor was. De afgelopen weken overheerste dat laatste. Ze wilde terug naar Zoutelande, de zee zien, de wind voelen. Haar hoofd leegmaken, of in elk geval ordenen.

Ze bereikten het hoogste punt van de trap. Boven op de dijk, waar de wind om hun oren klapperde, bleven ze staan. Zoveel herinneringen overspoelden Eline dat ze het gevoel had dat haar adem werd afgesneden. Alsof haar moeder het aanvoelde, pakte ze op dat moment haar hand en kneep er zacht in. 'Kom, we gaan een stuk lopen.'

Via de trap liepen ze naar beneden, het strand op, naar de zee. Ze sloegen linksaf en evenwijdig aan de waterlijn stapten ze naast elkaar voort. 'Je vader was kampioen strandwandelen', zei haar moeder. 'Uren kon hij langs de zee lopen. Dan kwam hij helemaal tot rust.'

Eline knikte en glimlachte zacht. Dat gen had ze geërfd. Ze richtte haar blik op de zee, op de golven die maar aan bleven spoelen. Waar je, als je erover nadacht, een metafoor voor het leven in kon zien.

In de verte tekenden zich de contouren van Het Zout af. De strandtent was gesloten en zou worden verkocht, er was een deskundige aangesteld om dat allemaal te regelen. Misschien zou de zaak volgend seizoen alweer opengaan. Ze hoopte het, het was ondanks alles een heerlijke plek en Zoutelande verdiende zo'n mooie strandtent. Of ze er zelf ooit nog zou komen, betwijfelde ze. De herinneringen zouden langzaam hun plek krijgen en afzwakken, maar ze hoefde de scherpte van de pijn niet per se op te zoeken.

Lydia was niet meer in de buurt, die was in afwachting van haar proces naar een huis van bewaring gebracht. Eline wist niet in welke stad en het kon haar ook niet schelen. Straks, als het proces begon, zou de zaak weer de volle aandacht krijgen. De media, zeker de regionale media, waren er immers bovenop gedoken. Dan zou onvermijdelijk alles weer worden opgerakeld. Maar voor nu wilde Eline alleen maar verder. Niet vergeten, dat zou ze nooit kunnen. En het hoefde ook niet, had die aardige mevrouw van Slachtofferhulp gezegd, met wie ze een aantal gesprekken had gevoerd. Verwerken was belangrijker, tot alles wat er was gebeurd een onderdeel van haar leven was dat ze had afgesloten en waarop ze kon terugkijken. Misschien – waarschijnlijk – met pijn en verdriet, maar ook met de wetenschap dat ze geluk had gehad. Onbeschrijflijk veel geluk.

Het was nu drie maanden geleden, en steeds vaker begon dat gevoel te overheersen. De opluchting, de wetenschap dat haar leven die avond had kunnen eindigen maar dat het niet was gebeurd en dat elke dag daardoor een geschenk was. Tegelijkertijd bracht dat ook schuldgevoel met zich mee. Waarom zij wel, en Sascha – en Hilde – niet?

Wat Sascha had gedaan was natuurlijk niet oké, niet iets wat je binnen een vriendschap deed. Het was ingewikkeld iemand iets kwalijk te nemen als diegene niet meer leefde, maar ergens leefde dat gevoel wel bij Eline. Maar de prijs die Sascha ervoor had betaald was buitensporig hoog geweest. Nooit had Lydia haar leven mogen nemen. En het ergste was nog dat ze er op geen enkele manier spijt van leek te hebben. Voor Sascha's ouders was dat, boven op de nachtmerrie waar ze al in leefden, een bittere waarheid.

Ongeveer een maand nadat het allemaal was gebeurd, was Eline nog een keer naar hen toe gegaan. Ze hadden lang en goed zitten praten, over wat er was gebeurd, maar vooral ook over vroeger. Ze hadden gelachen, dat was fijn. Daarna was ze naar Lydia's moeder gereden. Het was een bezoek waar ze tegenop had gezien, maar wat uiteindelijk een heel prettig gesprek was geworden. Lydia's moeder had het enorm gewaardeerd dat Eline langs was gekomen, dat had ze wel tien keer gezegd. Voor Eline had het geen enkele twijfel geleden dat ze dit moest doen. Ze kende Lydia's moeder al zo lang en ze nam haar op geen enkele manier iets kwalijk. Het enige wat ze voelde was medelijden, omdat ook zij op een bepaalde manier haar kind was kwijtgeraakt.

Ze hadden uren zitten praten, veel over vroeger, over het stille, leergierige, serieuze meisje dat Lydia was geweest. Over het verdriet dat ze had gehad toen haar ouders uit elkaar gingen, maar ook over de veerkracht die ze ogenschijnlijk had getoond. Over waar het was misgegaan, over de signalen die er misschien waren geweest maar nooit duidelijk genoeg om de ernst van haar psychische problemen te kunnen inschatten. 'Het klinkt misschien gek,' had Eline gezegd, 'maar ergens vind ik het een opluchting dat ook haar psycholoog het nooit heeft gezien.' Lydia's moeder had dat, na enige aarzeling, beaamd. Zelfs iemand die beschikte over kennis van de menselijke psyche, had niet kunnen inschatten hoe slecht Lydia er in werkelijkheid aan toe was geweest. Nu was het aan de forensisch psychiaters om een oordeel over haar toestand te vellen.

Eline wist dat de uiteindelijke diagnose haar koud zou laten. De Lydia die ze kende en van wie ze had gehouden, bestond niet meer. De vrouw die nu ergens zat opgesloten en straks ongetwijfeld een forse gevangenisstraf zou krijgen, was dezelfde vrouw als degene tegenover haar in de hotelkamer: een vreemde.

Ze was ook bij de politie geweest. Suzanne de Nooijer had alle tijd voor haar genomen. Eline mocht haar graag, met haar warme ogen en open blik. Nogmaals had de rechercheur verteld hoe het allemaal was gegaan, al kende Eline het verhaal al. Wout had, naar achteraf bleek, van Lydia ook een flyer gekregen met daarop de naam van het hotel, het kamernummer en het tijdstip waarop Eline vermoedelijk al dood had moeten zijn. Lydia's intentie was dat hij Eline zou vinden, zoals ze ook had opgezet dat Eline Gert zou vinden. Waarom ze dat de man van Hilde aan wilde doen, was eerst niet duidelijk, maar Lydia had verklaard dat ze hem wilde laten zien wat het gevolg was van de daden van zijn vrouw.

'Dat begrijp ik niet', had Eline gezegd.

Suzanne had haar hand even op Elines arm gelegd en gezegd dat het ook niet te begrijpen was. Dat niets te begrijpen was, laat staan dat Lydia te doorzien was geweest. Dat had Eline goed gedaan. Het had een deel van het schuldgevoel weggenomen, dat ze maar bleef voelen. Als ze beter had opgelet, als ze het allemaal had begrepen, als ze had gehandeld... Als, als, als.

Wout had lang getwijfeld toen hij de flyer kreeg. Antwoorden zou hij krijgen, dat stond erop. En antwoorden wilde hij. Tot het laatste moment had hij gewacht, gewikt, gewogen, en uiteindelijk had hij besloten dat het te gevaarlijk was. Hij had Suzanne gebeld en zo was de politie net op tijd gekomen om Eline te redden. Eline realiseerde zich heel goed dat ze haar leven daaraan dankte.

Een hoge golf rolde zo ver het strand op dat het water over Elines sneakers rolde. Ze bleef even staan, keek ernaar en liep daarna verder. Haar moeder hield nog steeds haar hand vast. Even keken ze elkaar aan en zonder woorden wisselden ze een blik die alles zei. Daarna liepen ze verder, terwijl de wind in haar gezicht blies en het geruis van de golven Elines oren vulde. Ze liet de zeelucht haar longen vullen en voelde meer dan ooit dat ze leefde.

Tijdens de gezinsvakantie op een Spaanse camping hoopt Irene weer dichter tot haar man te komen. Maar dan zet een onverwachte ontmoeting alles in een ander daglicht.

Als Irene van Hout erachter komt dat haar man haar heeft bedrogen met een ander, breekt een moeilijke tijd aan. Irene wil nadenken, maar de zomervakantie staat voor de deur en hun kinderen Nikki en Stef verheugen zich op de jaarlijkse campingvakantie aan de Costa Brava.

Eenmaal in Spanje wordt de sfeer gelukkig wat meer ontspannen. De kinderen genieten volop en onder de Spaanse zon heeft Irene eindelijk de tijd om na te denken. Maar dan ontmoet ze Bob...

Costa Brava
Paperback, 256 pagina's
ISBN 978 94 6068 416 6
€ 15,-

Tijdens hun vakantie op een tropisch eiland maken Saar en Niek al snel nieuwe vrienden. Maar dan doet Saar een vreselijke ontdekking...

Ze willen even eruit, weg van het Nederlandse winterweer, bijkomen en elkaar weer vinden. Het Caribische eiland met zijn prachtige stranden en altijd schijnende zon lijkt daarvoor de perfecte plek. Als ze ook nog een Nederlands stel ontmoeten met wie het meteen klikt, hebben ze een topvakantie.

Terwijl Saar en Niek genieten van de zon, is op Bonaire de Nederlander Patrick Koelstra vermist geraakt. De politie staat voor een raadsel: Patrick is na een strandfeest zomaar van de aardbodem verdwenen. Door een ongelukkig toeval kruist de zaak van de vermissing de vakantie van Saar en Niek, die daarna een stuk minder onbezorgd is. Saar krijgt de schrik van haar leven te verwerken en langzaamaan ontvouwt zich een nachtmerrie waarin ze alle grip lijkt kwijt te raken.

Bestemming Bonaire
Paperback, 224 pagina's
ISBN 978 94 6068 439 5
€ 10,-

In het familiehuis op Ibiza vindt Anna een onbekende ketting. Is dit het spoor naar de nooit opgeloste dood van haar zusje...

Casa Ibiza
Paperback, 256 pagina's
ISBN 978 94 6068 422 7
€ 10,-

Het geslaagde zomerkamp in Egmond aan Zee verandert in een nachtmerrie als een van de kinderen spoorloos verdwijnt...

Zomernacht
Paperback, 240 pagina's
ISBN 978 94 6068 427 2
€ 10,-

Tijdens het jaarlijkse vriendenweekend doet Lara een vreselijke ontdekking. Boos en verdrietig verdwijnt ze in de ijskoude nacht...

Winterwereld
Paperback, 224 pagina's
ISBN 978 94 6068 437 1
€ 6,-

Eva en Leon genieten van een relaxte vakantie in een Drents vakantiehuisje. Maar dan verdwijnt de kleine Max...

Zomerhuis
Paperback, 288 pagina's
ISBN 978 94 6068 423 4
€ 6,-

Na een cocktailparty op het strand verandert de relaxte vakantie van Amber in een regelrechte nachtmerrie...

Winterzon
Paperback, 288 pagina's
ISBN 978 94 6068 408 1
€ 6,-

Gedwongen door de crisis gaan Anouk en haar gezin in Nederland op vakantie. In Bergen aan Zee krijgt de onbezorgde vakantie een totaal andere wending.

Zeezicht
Paperback, 288 pagina's
ISBN 978 94 6068 395 4
€ 6,-

Op een reünie in winters Wenen halen de vriendinnen herinneringen op. Als het overlijden van Daniëlle ter sprake komt, heeft dat fatale gevolgen...

De Jaarclub
Paperback, 240 pagina's
ISBN 978 94 6068 383 1
€ 6,-

De vakantie van Esther en Rob wordt overschaduwd door Robs gedrag. Als Esther met haar dochter terugkeert van een dagje Parijs, is alles op slag anders...

Vive la France
Paperback, 256 pagina's
ISBN 978 94 6068 362 6
€ 6,-

De wintersportreis van Nienke heeft alles weg van een droom, zeker als twee reisgenoten avances maken. Maar de meeste dromen zijn bedrog...

Ski Resort
Paperback, 224 pagina's
ISBN 978 94 6068 277 3
€ 6,-

Voor Heleen en Carlo gaat een langgekoesterde wens in vervulling met hun Italiaanse agriturismo. Totdat een verschrikkelijke gebeurtenis alles verandert.

Villa Toscane
Paperback, 224 pagina's
ISBN 978 94 6068 332 9
€ 6,-

Vier stellen gaan op een skivakantie naar Saalbach Hinterglemm. Als een van hen verongelukt bij het offpisteskiën begint een duistere reis door het verleden...

Off Piste
Paperback, 256 pagina's
ISBN 978 94 6068 274 2
€ 6,-

Anne geniet volop van haar relaxte leven als makelaar aan de Spaanse Costa. Een gruwelijke vondst in een van de villa's zet alles op zijn kop...

Viva España
Paperback, 256 pagina's
ISBN 978 94 6068 239 1
€ 6,-

Vier vriendinnen genieten van een skivakantie in Kirchberg. De moord op een van hen stelt de politie voor een raadsel.

Winter Chalet
Paperback, 256 pagina's
ISBN 978 94 6068 157 8
€ 6,-

Als haar kersverse echtgenoot tijdens de huwelijksreis verdwijnt, staat Hannah voor een raadsel. Hoe goed kent ze de mensen die ze altijd vertrouwde...

Blue Curaçao
Paperback, 288 pagina's
ISBN 978 94 6068 199 8
€ 6,-

Tijdens de skivakantie in Kirchberg verdwijnt de kleine Marius. Een grote zoekactie levert niets op en de politie staat voor een raadsel...

Piste Alarm
Paperback, 240 pagina's
ISBN 978 94 6068 159 2
€ 6,-

Vijf jaar zijn Susan en Hugo getrouwd. Daarom boekt Suzane een lastminute-vakantie naar Hurghada. Daar loopt Suzanne haar ex-vriend tegen het lijf...

Last Minute
Paperback, 256 pagina's
ISBN 978 94 6068 075 5
€ 6,-

Op kampeervakantie met haar gezin in Frankrijk raakt Mieke in de ban van de mysterieuze Ewoud. Al snel loopt de spanning op...

Vakantievrienden
Paperback, 108 pagina's
ISBN 978 94 6068 104 2
€ 6,-

Voetbalvrouw Michelle gaat mee op trainingskamp naar Gran Canaria. Maar wat een gezellige week belooft te worden, eindigt in een nachtmerrie.

Voetbalvrouwen
Paperback, 160 pagina's
ISBN 978 94 6068 153 0
€ 6,-

Colofon

Redactie: Karin Dienaar
Omslagontwerp: Riesenkind
Omslagbeeld: Hollandse Hoogte
Zetwerk: Studio Marian Akkermans
Druk: Wilco

Eerste druk september 2019
Tweede druk oktober 2019

ISBN 978 94 6068 438 8
E-ISBN 978 94 6068 759 4
NUR 305

Uitgeverij Marmer BV
De Botter 1
3742 GA BAARN
T: +31 649881429
I: www.uitgeverijmarmer.nl
E: info@uitgeverijmarmer.nl

www.lindavanrijn.nl
@lindavanrijnthrillers